U0470022

无尽长河的尽头

果しなき流れの果に

〔日〕小松左京 著

吕灵芝 译

人民文学出版社

著作权合同登记号 图字 01-2020-4511

Hateshinaki Nagare no Hate ni
By Sakyo Komatsu
Copyright ©1966 Sakyo Komatsu Library
First publised in Japan in 1966 by Hayakawa Publishing Corporation,Tokyo
Simplified Chinese translation rights arranged with Sakyo Komatsu Library
through Japan Foreign-Rights Centre/Bardon-Chinese Media Agency
Simplified Chinese edition copyright ©2022 by Shanghai 99 Readers' Culture Co., Ltd.
All rights reseved.

图书在版编目(CIP)数据

无尽长河的尽头 ／（日）小松左京著；吕灵芝译．
——北京：人民文学出版社，2022
（黑猫文库）
ISBN 978-7-02-015938-3

Ⅰ．①无… Ⅱ．①小… ②吕… Ⅲ．①幻想小说－日本－现代 Ⅳ．① I313.45

中国版本图书馆 CIP 数据核字（2021）第 206252 号

责任编辑	卜艳冰　王皎娇　胡晓明
装帧设计	钱　珺

出版发行	人民文学出版社
社　　址	北京市朝内大街166号
邮政编码	100705
印　　刷	上海盛通时代印刷有限公司
经　　销	全国新华书店等
字　　数	197千字
开　　本	890毫米×1240毫米　1/32
印　　张	12.375
版　　次	2022年1月北京第1版
印　　次	2022年1月第1次印刷
书　　号	978-7-02-015938-3
定　　价	59.00元

如有印装质量问题，请与本社图书销售中心调换。电话：010-65233595

目录

序幕 —— 1

第一章　象征性事件 —— 9
第二章　现实性结局 —— 53
尾声（其二） —— 92
第三章　事件的开端 —— 105
第四章　审判者 —— 140
第五章　遴选 —— 185
第六章　袭击 —— 221
第七章　猎人 —— 256
第八章　追踪 —— 291
第九章　狩猎结束 —— 326
第十章　无尽长河的尽头 —— 367
尾声（其一） —— 381

初版后记 —— 388

序幕

±n

大地再次剧烈震动。

茂密的巨型铁树林中,正在贪婪咀嚼地面蕨类植物嫩芽的巨兽,不安地抬起小小的脑袋。与长达十几米的巨大身躯相比,它的脑袋显得异常细小。巨兽一边咀嚼树叶,一边环顾四周,带着一副混合了胆怯与愚钝的神情。

大地又一次震动,高高在上的铁树枝叶瑟瑟抖动。轰一声,宛如铁板撞击空气的声音炸响,紧跟着阵阵远雷般的轰鸣声,或高或低,连绵不断地从大地深处传来。遮天蔽日的铁树叶子唰唰作响,一个东西落到了蕨叶丛中。一阵沙哑而尖厉的声音,只见一个黑色的小东西从叶片底下爬出来,如箭一般窜进了另一丛蕨叶里。天空中落下的纺锤形石头冒着青烟,瞬间就将蕨叶烤焦。火山石如雨点般下落,林中开始弥漫着矿物的焦臭味,还有二氧化硫和植物烧焦的气味。

那个巨大的生物早已消失无踪。当火山石掉落的势头稍有减轻，火山灰开始撒向千疮百孔的铁树叶圆顶时，蕨叶丛中那块高高凸起的、长满苔藓和小型蕨类植物的岩石，猛地动了一下。

原来那块岩石就是刚才的巨兽。它从蕨叶丛中爬出来，从外形看像是晚期剑龙的一种。隆起的背部高耸着两排盾牌状突起，但那并非为了防御外敌，倒更像是拟态用的小道具。就像刚才，它只要俯伏在蕨叶丛中，被苔藓和小型植物彻底覆盖的灰绿色突起紧贴背部，就俨然一块岩石。

剑龙挤开草丛走了出来，动作蹒跚，与小山一般的躯体相比，面部显得无比细小，没有任何表情。它穿过树林，又要穿过裸露着红土的平原，但是这个可悲的生物似乎产生了犹豫。它站在一个平缓的斜坡上，地面覆盖着稀疏的杂草，这里一丛那里一簇的灌木、草丛和光秃的岩石，似乎都在不停地痉挛。每一次大地震动，草原就会产生一阵波纹。

娇小的有袋类、四肢痕迹还很清晰的蛇，以及像袋鼠般一蹦一跳的小型恐龙，长着利齿、叫声骇人的鸟类，全都朝着山坡之下那片分不清是湖还是海的浅灰色水岸逃去。铁树林背后的火山朝天空喷发出好似羽衣甘蓝的浓密烟雾，滚烫的砂石不断掉落，天空被灰色的面纱覆盖了一大半，太阳呈现出鲜血的颜色。

这一带早已罕见的剑龙，站在大地上心生犹豫。

——应该跟那些动物一同逃跑吗？

可是，放弃它常年栖居、为它提供食物的铁树林，让它极为不舍。气候渐渐寒冷，四处都有剧烈的火山喷发，使得它的乐园——这个纬度圈内的铁树林，几近灭绝。反倒是细溜溜的松柏类，渐渐从偏远之地往南扩散了。

剑龙几乎没有像样的记忆。它这一族群的大脑小得出奇，而且分布在头部和腰椎两个地方。若是这躯体庞大的可怜草食性爬行动物能有记忆，也不过是在长长的脊髓灰质上留下浅浅的痕迹罢了。它依稀记得山坡底下很危险……过去并没有这道山坡，周围遍布丰饶的沼泽地，到处植物茂盛缠绕，这里曾是一片平坦的地带。可是，有一天，大地像今天这样轰鸣，喷出烈焰，将沼泽地一端高高抬起，用灰烬将其覆盖，才形成了现在的山坡……

剑龙还在犹豫。它那巨型身躯的某个地方一直潜藏着对山坡底下的恐惧，令它迈不开脚步。就在这时，它背后又传来了火山大爆发的轰鸣声。烈焰和浓烟射向天空，石块如同碎裂的面包皮，簌簌地落在四周，其中一块卡在它背部的突起之间，烫焦了已经化作鳞片状的厚重皮肤，肉体顿时有一阵尖锐的疼痛感。这下，剑龙终于开始奔跑了。它摇晃着身体，以缓慢到惊人的速度向前移动……背后逼近的危险与前方潜藏的危机让它转向了另一侧。山坡中段有一道狭长而陡峭的断崖，它正朝着断崖底下前进。草原上腾起一团团火焰，还能看见被第一场爆发的火山石击中、受伤倒地的小动物们。剑龙极其笨拙地挪动着四足，踩到了一具小动物的尸体——它被满是孔洞的火山石击穿脑部，倒在地上不再动弹，它的身躯又细又小，长度约两米，四肢纤长，全身覆盖着带光泽的黑色皮肤，只有面部与前肢尖端能看见一点白色，其中一条前肢还握着一个奇怪的、闪闪发光的圆形金属筒。当然，剑龙对此视若无睹。

　　好不容易走到断崖下方，剑龙的脚步却停住了。悬崖底下已经有了先来的"客人"，山坡下同样"危险"……笨拙到无法后退的剑龙，只能像船只改变方向一样，缓慢地转着身体。对面那颗悬在大约七米高处、巨大而冷酷的脑袋，冷漠地看着剑龙的笨拙举动。可是，当剑龙总算横过来，摇晃着隆起的背部准备走开时，那颗巨大的头颅突然张开了嘴。

　　它口腔里呈现出濡湿的火焰般的粉色、红色和橙色，露出两排向内弯曲的锋利牙齿。那张嘴一直裂开到脑后，边缘裸露出连接着巨大下颚、如同水压器似的肌肉。一眨不眨的眼睛就像两朵点燃了的血色火焰。堪比参天巨树的尾巴轰然砸在地上，重达二十吨的巨型身躯轻盈地扭转，只消一跃便来到了剑龙的正前方。剑龙俯伏在地。这已经不是拟态，它腹部紧贴大地，绷直背部所有盾牌似的突起，威吓性地扇动着，同时砰砰甩动着粗壮而尖利、生着棘刺的大尾巴——它唯一的"武器"。

然而，对面可是地球上所有生物中，堪称有史以来最残暴也最为巨大的凶兽——霸王龙。对它来说，这点反抗毫无意义。剑龙尖锐的尾巴尖甩向霸王龙相对柔软的腹部，划破了皮肤，尽管渗出了一点血，但这个"大地之上的王者"龇着锋利的牙齿，不为所动。断崖上落下一两块火山石砸在它头上，那足足半吨重、几乎完全被嘴巴占去的脑袋依旧一动不动。突然，霸王龙这个"暴君"抬起巨大的岩柱一般的后足，踹倒了剑龙。剑龙被它后肢上锋利的爪子割开了侧腹，倒在地上挣扎——它的颈部以惊人的速度向后退缩，却撞上了霸王龙的后肢。

一阵令人毛骨悚然的断裂声，剑龙的颈骨被折断了。

可是剑龙依然拖着耷拉在地上的头，试图逃离这里。

它的大脑很小，头部对身体并不重要。"暴君"不依不饶，低下巨大的头颅，张开足足一米半长的大口，狠狠咬住猎物的脖子，老虎钳似的下颚碾碎骨骼，锯子一般的牙齿撕裂了坚硬的皮肉，然后轻轻一晃，整个头便被咬了下来，落入了"暴君"口中。霸王龙用比后肢更加小巧灵便，同时更具邪恶感的前肢牢牢抓住长颈，三口两口便将撕咬下来的头吞了下去。没了头的剑龙躯体不断喷涌着鲜血，不过还是用异常稳健的脚步向后退去。"暴君"踏步上前，凑近顽强求生的躯体，抬起后足又是一击，击中了胡乱甩动的尾巴根部。嘎吱一声，剑龙后肢的关节脱臼了。这下，那具躯体终于轰然倒地，再也站不起来了。尽管如此，剑龙的四肢依旧在做着逃离的动作，粗壮的尾巴奋力敲打着大地。

"暴君"走向猎物，开始用餐。沾染鲜血的牙齿刺进腹部柔软的皮肤，用力撕扯，细小前肢上的利爪同时将表皮割开。尽管霸王龙的大脑容积比剑龙大，但功能却与自己的猎物无异，它冰冷黑暗的大脑感觉不到喜悦，也察觉不到正在逼近的危险，只有打倒猎物、吞噬皮肉、填饱胃口的简单本能。管它是漫天的火山灰岩，还是不断震荡的大地，它都浑然不觉，一心扑向自己的猎物，撕咬、吞噬。

突然，霸王龙猛地抬起头，它听见了刺耳的声音。那声音它从未听过，虽然微弱，但是充满力量，震荡在空气中。

那个声音断断续续，但是有规则地鸣叫着。尽管周围地动山摇，也盖不过那个尖锐的声音——它让霸王龙感到异常烦躁。这头巨型霸王龙已经活了几十年，从未听到过这样的声音，这使它产生了前所未有的焦躁和愤怒。

它缓缓转动沾满鲜血的巨大头颅，带着血沫的利齿上是破碎的脏腑、筋腱，以及长长的红色黏液。

很快，那双冰冷赤红的眼睛找到了声音传来的方位。那是——不远处的断崖……声音就来自每次大地震动都会抖落大量泥沙和岩石的断崖下方。霸王龙被没来由的怒火蒙蔽了双眼，扔下吃了一半的猎物，朝发出声音的方向大步走去。它二十吨重的躯体震动着大地，它愤怒地不断咬合牙齿……哪怕势头足以撞塌断崖，它也没有减缓脚步，哪怕落了满头沙土，它也继续喷吐着腥臭的气息，寻找声音的源头。

（滚出来……）如果它会说话，恐怕早已发出了这样的嘶吼。（是谁在我的领地上发出这种陌生而无礼的声音？你在哪里？滚出来！）眼前是一道又长又深的裂缝，声音就来自裂缝深处。霸王龙发出无声的嘶吼，朝裂缝猛地撞了过去。可是它硕大的头颅被岩缝卡住了，只有鼻尖勉强能伸进去。那个声音还在不依不饶地响着。霸王龙挣扎着想挤进去——碎石哗哗落下，但它已经无法前进。好不容易把眼睛的部分挤了进去，它在昏暗的洞穴深处，看到了发出声音的东西。

那是——

一个浑身震颤、不断发出尖锐鸣金之声的、形状奇怪的金色电话机……

第一章　象征性事件

1

"请进……"屋里传来教授的声音。

野野村转动异常松动的门把手,打开了门。他有点担心门锁的响动会冒犯到教授紧绷的神经。

房间里的空气潮湿而冰冷,显得死气沉沉。光线昏暗,从明亮的走廊来到里面,他不得不眨了好几下眼睛以适应变化。大泉教授有眼疾,在外需要时刻戴着深色太阳镜,在室内则从不打开百叶窗。

等双眼适应了黑暗,野野村发现还有一个人坐在教授对面。那人体形肥胖,衣服高档,一副精力充沛的样子,还戴着黑色粗框方形眼镜,下巴硕大,显得意志坚定。那是个生意人吗?野野村想。

"这位是野野村君……"大泉教授平静地说,"这位是K大史学部的番匠谷教授。"

哦,是那个人啊……野野村想。自己虽然是理论物理专业毕业,但也听过这个人物的大名。K大的番匠谷——万事屋,其人脉遍布财界、政界,甚至国外,精力异常充沛，是个绯闻缠身的学者。所有人都在背后说——他与其当个学者，不如去当政治家。话虽如此，他的讲座却比那些所谓的明星教授要维持得好，还经常毫无征兆地拿出一项惊人的科研成果，让学术界为之轰动。但是在学者的圈子里，他依旧是个被孤立的人，他的研究也经常遭到学院派的白眼。他的研究越是戳中传统学术体系的盲点，就越遭到敌视——所谓大学，就是这样的地方。

"坐吧。"教授说。

野野村在绒毛几乎全部磨损、弹簧形状凸显出来的天鹅绒沙发上坐了下来。

不过，这位番匠谷教授为何会在大泉教授这里？哪怕在远离俗世的N大理论物理研究所，大泉教授也属于格外跳脱的"隐士"。年轻人都把他视作老朽，他的研究领域也几乎不被重视——不，部分专业学者甚至在背后说他已经变成了妄想狂。事实上，教授之前任职的大学的确发生过让人怀疑他已经发狂的事件，使他险些被野心勃勃的弟子害了。若不是教授在旧制高中教的学生——N大理论物理研究所长带着给教授养老的决心把他请过来，之前的大学说不定真的就把他踹掉了。来到这个研究所后，大泉教授几乎从不上课，也没有研究成果发表。他的研究室被戏称为"冥想室",唯一会靠近这里的人,只有他的助手野野村。

"番匠谷君……"大泉教授眯起眼睛,顶着自己细瘦的鼻梁尖端,"是我的高中同窗。"

"我们的绰号是'堂吉诃德与桑丘·潘沙',"番匠谷教授发出洪亮的笑声,"换言之,我们被视作互补的关系。"

"我们都特别爱做梦,"大泉教授无声地笑了笑,"有人说,我们不应该当学者,更适合建立新宗教,或是干脆变成魔法师。从那时起,我就立志要研究'矛盾与背反理论',而他则要做'例外的研究'。"

"你看过阿尔弗雷德·雅里的《啪嗒学家浮士德若尔博士的功绩和观点》吗?"番匠谷教授说,"这本书里提到了将'例外'统一的'啪嗒学'。有些嘴巴毒辣的人管我叫空想的形而上学者——啪嗒学家。他们可能觉得那是嘲讽,不过我可认真了。我真的在研究'啪嗒学',这跟大泉君的'啪啦学'①正好凑一对。"

"我们都是'疯狂科学家',"大泉教授呵呵笑着说,"不过像现在这样,当各种学科的边界成为问题时,学术

---

① 指"Paradox",即悖论。

整体就会渐渐靠近魔法的体系——物理学已经超出可验证的范围，一头扎进了建模的时代，这你想必也有所感觉吧？比较有名的故事是，不确定性原理本身建立在伽马射线显微镜这一假想工具的基础上，因此爱因斯坦直到最后都持反对态度。"

教授为何要把他叫来？野野村缩着头想。活力充沛的番匠谷教授，像隐士一样的大泉教授——这两人的互补他能理解，可是，究竟要谈什么呢？

"番匠谷教授他……"大泉教授总算进入了正题，"带了一样很稀罕的东西来——特别稀罕。"

大泉教授瞥了一眼办公桌。由于室内光线太暗，野野村看得不太真切，但知道桌子上摆着一个细长的木盒，约有座钟大小。再看办公桌一角散乱的布片、包装纸和绳索，可以猜测那东西先前被小心翼翼地层层包裹起来了。

"我想让你看看这东西，然后说说想法，"番匠谷教授说，"刚才已给大泉君看了，他说也可以听听你的意见。"

"特别是实际的意见……"大泉教授略显讽刺地说，"比如该拿它怎么办——是进行公开研究，还是……"

"我能看看吗？"野野村撑起身子。

"看吧。"

番匠谷教授伸手拿起了那东西。盒子高约二十厘米，长宽各十五厘米。三人合力将会客室的桌子搬了进来。接着，番匠谷教授将木盒放在上面，打开了盖子——里面塞满了棉花填充物，有一个东西包裹在常用于打包实验器材的柔软和纸中。教授用粗大的手指拿掉填充物，随后捧出了包在和纸里的东西。

"这东西挺结实，"番匠谷教授低声道，"稍微粗暴一点也不会出问题。"

野野村好奇地盯着教授的动作。包在和纸里的东西发出了细小而连绵不断的声响。那声音很微弱——非常微弱，就像布料摩擦的声音。随着和纸被掀开，他看到里面闪出玻璃的光亮。接着，又看到了雾蒙蒙的灰白色金属。

"请看……"番匠谷教授突然用与刚才截然不同、异常低沉的声音说道，那东西被掀去了和纸面纱，咔哒一声摆在桌上，"这就是我带来的东西。"

野野村凝视着那东西。乍一看，它并没有什么特别……

"这是个沙钟，"野野村说，"就是形状有点奇怪……"

"没错……"大泉教授严肃地说，"我第一眼看到它也这么想——但是,你仔细看。"

野野村咽了口唾沫,这才发现自己口干舌燥——他瞪大双眼,盯着那东西。

它的外形无论怎么看都是普通的沙钟——上下两个圆环由四根柱子连接,都是撒了银粉的灰色金属质地,内嵌一个鼓形玻璃容器,淡黄色的细腻沙流穿过中间的小孔,从上面向下滑落,发出微小的沙沙声。

沙流片刻不停,带着似有似无的响动,缓缓向下流淌。

可是……

他凝视了两三秒钟,便发现这不是普通的沙钟,而是一个完全派不上用场的沙钟。

因为无论细沙如何流动,上方的沙堆都不见减少,下方的沙堆也不见增多!

"这是……"野野村的声音低沉而沙哑。

"你把它反过来看看吧,"大泉教授说,"这可不是耍戏法——没有任何机关在里面。"

野野村伸出双手,把沙钟倒置过来——发现它的金属外框十分沉重。上下颠倒之后,沙流转而流向相反的方向。然而,上方依旧丝毫不见减少,下方丝毫不见增多。

"这件东西果然很稀罕。"

野野村总算挤出一句话。他捧起沙钟,仔细查看底部。球形玻璃看不出任何异常,如果硬要说的话,就是玻璃球底部中央并非规整的球形,而是像柠檬一样呈漏斗状突起。金属圆环带有四个尖爪,支撑着玻璃容器。沙钟通体不见螺丝卡扣,但只要轻轻按下金属圆环上的尖爪,就能将它们旋开,把容器取出来。野野村取出玻璃容器,反复变换了几次方向。

的确没有任何机关。

上方的球体没有提供细沙的通道,下方的球体也没有流出细沙的管路。而且,只要将容器竖起来,上下两方的细沙就会始终保持同样高度,不断自上而下地流动着——自上而下……

若是将容器平放,沙流就会停止。他晃了晃,听见轻微的、沙锤一样的响动……他想,细沙本身会不会是某种特殊物质?但是凑近一看,无论怎么看都只是随处可见的、干燥细腻的河沙。淡黄的色泽似乎是染上去的,因为他看见尖细的硅沙里混着细小的黑云母片。

野野村把玻璃容器放回支架里,又将整个沙钟放回桌上。细沙又一次永无止境地向下滑落。自上而下——发出连绵不断的沙沙细响,就像在轻声提出疑问……

"这真是——太不可思议了,"野野村说,"太……奇妙了。请问这是谁做的?"

"不知道……"番匠谷教授说。

"你对这个现象有什么想法吗?"大泉教授安静地问。

"如果没有任何机械性机关……"野野村舔了舔嘴唇,"那就只有一个理论能解释这个现象。"

"你是说……"番匠谷教授问。

"这个容器的上方与下方……连接着四维空间。在我们眼中呈现直线关系,看似存在空间隔断的容器头部与底部,其实在四维空间中是相连的。我只能这样解释。由于看不出上部细沙从何处落下,两者恐怕不是直接相连,而是中间夹着什么东西……"

"那是什么意思?"番匠谷教授又问。大泉教授似乎已经对他做了一定程度的说明,于是野野村简单概括地陈述道:

"假设有一个细长的房间,"他顿了顿,"房间两端各有一扇门——这个三维房间的空间其实弯曲成了四维环状,一端与另一端连在一起。"

他一停下来,就能听见那东西的低吟……沙沙、沙沙……

"这个房间形成了弯曲闭合的三维空间——但是请注意，房间并没有像甜甜圈一样弯曲，因为我们无法辨识到空间的扭曲。只有从四维世界的角度来看，才能分辨出它的三维扭曲。光线看起来是从房间一头直线传递到另一头，天花板与地板看起来也是完全平行的面——换言之，地板一头到另一头的距离与天花板一头到另一头的距离相等。可是，因为这个房间两端是闭合的，若打开其中一头的门走出房间，就相当于从另一侧的门走进房间。"

番匠谷教授瞥了一眼那东西。野野村也跟着看了过去。

"光也会顺着空间的扭曲前进，因此打开一侧的门向外看去，相当于从同一个房间另一侧的门看到自己开门往外看的背影。如果对着那个背影开枪，那么自己射出的子弹，就会命中自己的背部。"

"原来如此，我明白了……"番匠谷教授说，"那么，尽管我们无法感知，但这东西的上端与下端其实是闭合的。"

"虽然很难相信……"野野村说道。不知何时，他脸上已经布满了油汗。

"只能这样想了。"大泉教授喃喃道。

"如果让这个研究所——不，如果让整个学界看到这东西，他们不知会有多震惊……"

"搞不好，还可能将它永远埋藏在黑暗中啊。此前已经有过数不清的类似例子，"番匠谷教授说，"更何况，拿出这东西的人还是你与我。"

"可是，究竟是谁做出了这种东西……"野野村还没缓过神来，凝视着那东西嘀咕道，"番匠谷老师怎么得到了它？是在旧物店找到的吗？"

"不——"番匠谷教授隔着粗框眼镜，目不转睛地盯着野野村，"所以，我希望得到你的帮助，而且是立刻……"

"我需要帮您做什么？"

"发掘，"番匠谷教授说，"这是一件出土物品，而且……不止这一件。"

"您说这是出土物品？"野野村愣愣地反问，"是从地底下挖出来的？"

"从岩石里面——"番匠谷教授沉声道，"从和泉岩层——西日本中央构造线的北侧，中生代……上部白垩纪的岩石中发掘出来的。"

2

他给佐世子打电话时，对方已经离开了房间。好在刚挂掉电话，她就打了过来。

"你能下班了吗？"佐世子用宛如歌声的平静语调问道，"我正好在大学附近。"

"这个嘛……"野野村欲言又止，"我突然抽不开身了，今晚就得赶去关西。"

"哎呀，果然……"佐世子满不在乎地嘀咕着，然后轻笑一声，"我就预感到今晚的约会约不成。"

"为什么？"

"因为今天是三邻亡啊！"

"什么？"

"三邻亡——你不知道吗？就是大安、佛灭、友引之类的。"

野野村把听筒举到眼前，呆呆地看了一会儿。佐世子这人真是……总会没来由地说些莫名其妙的话。

"你几点走？"

"搭最后一班飞机——我得马上回宿舍收拾行李。"

"我去帮你吧，"佐世子说，"你应该有时间吃饭吧。我先过去帮你把行李收拾好。"

挂断电话，野野村默默地呆站了一会儿。佐世子甜美而略带沙哑，又有点大舌头的悠闲声线还在耳边回荡。她的声音给人一种奇妙的安稳感，又散发着些许凝滞的气息,宛如日常生活的象征。与此同时,他的心——他的心已经被方才在大泉教授办公室里看见的、那个奇怪的沙钟牢牢吸引了。

怎么会这样?

他暗自嘀咕着毫无意义的话语。平稳而略带甜美的日常……时刻隐藏在日常背后、宛如巨大而黑暗的空洞、随时都可以让日常生活彻底塌陷的、无尽的知识世界,每周一到两次的快乐约会,还有横亘在广袤宇宙中的无限时间……怎么会这样?他再次自语道。

"怎么会这样?"佐世子站在他的房间里,无奈地摊开双手,"竟然连一件换洗的衣服都没有。"

"我到那边再买,"他不好意思地说,"求你了,别再翻那堆脏东西了,太丢人了。"

"对不起,都怪我偷懒了一周……"佐世子把脏衣服塞进了洗衣袋里。

"别说了。"他涨红了脸——不知为何,他今晚一直在丢人。

"我要交给管理人保管,"说着,她把已经装好的小包递给他,"要去关西什么地方,京都?"

"不,去大阪南边,跟和歌山交界的K市……"

"哦?"佐世子似乎吃了一惊,"那里离我老家很近。"

"你是那边的人?"

"嗯,我小时候就在和歌山长大,住在葛城山脚下。"

野野村有些吃惊。"这可是……"他喃喃道,"太巧了。我就要到那座山附近去。"

"你知道葛城山吗?那是役行者修行的地方。他制伏了葛城山的鬼,往金峰山方向架了一座彩虹桥。哦,对了,谣曲里不是有'土蜘蛛'这个名字吗?那也是出没在葛城山中、让当时的天皇十分烦恼的蜘蛛妖怪。据说那种妖怪就住在葛城山的古坟里。"

"知道了,"野野村边系领带边说,"反正只要让你开口,整个日本都是妖怪的国度。"

"我很古板吗?"佐世子歪着头说,"不过啊……我小时候经常听见或看见常识难以解释的东西。难道因为我是僧人的女儿吗?"

常识难以解释的东西!都说对超自然现象感兴趣的人往往缺乏知性……可是,如果不可动摇的事实就发生在眼皮底下,那该怎么办?难道在这种时候也要避开目光,以不合理为借口,以现代科学无法解释为借口,将它强行否定,然后抛在身后吗?难道这也算知性吗?所谓怪谈传说,往往有三种解释的可能性——

第一,可以将其视为某种隐喻,某种心理性的或是象征性的事物。世间那些所谓的文学合理主义者经常一脸得意地发表这种言论。第二，承认怪谈传说乃是历史上曾经发生过的事实，只是被后人加以润色歪曲了，例如将山民歪曲成鬼。最后，就是那种怪谈实际存在，没有被歪曲。这种看法往往不被认可。可是，那些见到真正鬼怪的人，又该如何是好？他们难道要承认自己的知性受到了侮辱，耻于自己看到那种现象吗？还是承认鬼怪的存在，重新构筑囊括那种存在的、全新的超合理主义体系？

"啊，可恶！"他转过身，拳头抵在佐世子白皙得近乎透明的额头上打起了转，"真想把我的想法直接移植到你这小脑袋里。要是能让你明白我的心情，明白我现在正站在多么奇妙的断崖边缘……"

"哦，我明白呀！"这个可爱的"老姑娘"挤出酒窝微笑道，"可是明白有什么用，我又做不了什么。"

"好了，我们去吃好吃的吧，"野野村大喊一声，仿佛要吐出胸中浊气，"还有三个小时——别去管什么宇宙之谜了。"

"扣好安全带　禁烟"的指示灯熄灭后，坐在旁边的番匠谷教授突然开口道：

"她是你的未婚妻吗？"

"不……"野野村有点迷惑地说，"只是单纯的朋友，虽然已经交往了很长时间……"

教授没有再问下去。

他们乘坐的维克斯子爵客机比预定时间晚了十分钟从羽田机场起飞，正穿过一片漆黑的浦贺水路，朝着大岛方向持续攀升。

"你知道我的方法论——或者说信条是什么吗？"教授带着笑意看向野野村。

"不知道……"

"就是不认真，"教授嘿嘿笑着说，"也可以说是跳脱的心，或者幽默感。总而言之，这些学者讳莫如深的东西，就是我做学问的信条。"

"原来如此……"野野村也忍不住跟着笑了笑，"太惊人了。"

"我可能不应该成为学者。说白了，我和大泉只是过渡性的角色，这点我非常清楚。不过，咱们究竟是止于两个怪人，还是能因此触发未来的改变，目前谁也不清楚。"

"不过……"野野村略显犹豫地说，"老师您在自己的专业领域也有很惊人的成果啊。我认为，即使是学者，也无须在专业领域内保持禁欲。"

"必须有人保持禁欲，否则就会造成极大的混乱。但是，可以在不摧毁学术体系的前提下，进一步加强专业领域之间的沟通。目前，智慧的效率还太低了。"

"若是电脑能廉价量产……"

野野村说到一半，教授突然发出了让周围乘客也吓了一跳的洪亮笑声。

"原来如此！大泉那家伙！"教授笑得眼泪都冒出来了，"他是想让一大半学者失业啊……"

"不是那个意思，"野野村慌忙解释道，"不过，现在应该是时候开始思考人类整体的'智慧经济学'了，您不这么认为吗？我感觉，不久的将来，人类将会在严肃的知性体系与随时都能将其颠覆的破坏性幽默之间，发现新的主体性。"

"但是有个前提，那就是人类的物质生活，也就是生产力还要进一步发展，并且得等到分配过程的矛盾完全化解，人类生活变得更加富足，不再纠结于物质财产。更何况，完全无抵触的智慧流通也不一定就是好事，因为智慧必须保持在停滞的状态下，才能开始发酵。谬误和教条的矛盾性价值……"

"跟破坏性的幽默具有同等效用，对吧？"野野村说，

"如果最严肃的知性能够随时调侃自己,那就没有必要专门设置小丑的角色了。"

"全人类小丑化,"教授仿佛喘不上气一样嘿嘿笑着,"今后会像乔万尼·贝尔修预言的那样——进入'半严肃'的时代吗?"

抵达伊丹时,已经过了十一点。野野村坐在没什么人的大厅等待托运行李,背后突然响起一个声音。

"请问……"

他转过头,只见一个面色苍白、脸颊有点凹陷、眼睛很大的瘦高青年站在那里,长大衣的领子还竖着。看似燃烧着火焰的双眼飘忽不定,让人有些毛骨悚然。

"克罗尼亚在哪里?"青年的声音听着有点像咳嗽。

"啊?"野野村说,"克……什么?"

"克罗尼亚——就是那台机器。啊,我是说沙钟。"

"哦,那个啊……"正好行李出来了,野野村转向那边,漫不经心地回答,"那个放在大泉老师的办公室里了。"

他弯腰拿起柜台下方的行李,再回头看,那个青年已经走出了大厅。

坐进机场的接送车,在夜色中上了高速公路,朝北大阪方向前进时,野野村突然想起这件事,问了教授一句。

"老师,来接我们的人呢?"

"接我们?"番匠谷教授皱起了眉头,"我没叫人来接啊!"

野野村吃了一惊,绷紧了身子。"真的吗……"他拼命在混乱的思绪中寻找话语,"我还以为……那是您的学生……"

"你说谁?"番匠谷教授警觉地问,"有人来过吗?"

"到酒店跟您说,"野野村回答道,"老师,您听过克罗尼亚这个名字吗?"

"克罗尼亚?"番匠谷教授摇摇头,"没听过。到底怎么回事?"

"好像是那个……沙钟的名称。具体到酒店再跟您说。"

然后,野野村就沉默了下来。他看着冰冷的街灯照亮的宽阔高架桥慢慢接近,心想要不要一入住酒店就打电话联系大泉教授。

3

国道二十六号线穿过大阪市南部,顺着大阪湾,途经堺、泉大津、岸和田、具塚、泉佐野，一路南下，在有轮渡开往淡路岛洲本的深日一带，拐进大阪与和歌山交界的和泉山脉，穿过孝子山口进入和歌山县。东边是河内、和泉的肥沃平原，以金刚、生驹山块为界，与大和平原接壤。西南方向则可以远远看见纪伊的群山。

他们坐在K大附属地质研究所的路虎越野车上，顺着国道向南行驶。野野村恨不得把脸贴在车窗上，注视着不断流逝的风景。

他还没见过从野井里打水上来的风车。"这一带是著名的洋葱产地，"教授指着田野上星星点点的小屋解释道，"和泉洋葱全国闻名，那些小屋就是用来风干洋葱的。"

"老师……"野野村问，"请问，您打算怎么处理那些东西？"

"我迟早会着手研究……"番匠谷教授面带苦涩地说，"但是在这之前，要充分探讨它们的状态。日本的大学虽然狂热信仰正统，但对超科学讳莫如深。这反而成了日本没有形成现代科学传统的原因。若是在美国，人们对这种看似荒唐的研究会更加宽容。"

"可能因为他们游刃有余吧，"野野村也愁眉苦脸地接过话头，"所以才不会心胸狭窄。"

"如果直接把这个发现发表到学界，我还真不敢想象会发生什么，"番匠谷教授莫名愧疚地说，"如果只有一个孤例，哪怕是清楚明白的事实，也完全有可能被群起而攻之，然后永远埋葬在黑暗中。正因为如此，我才想跟世界各地的学者充分交流，谨慎考虑后再公开。"

"交流？"野野村追问道，"那就是说，还有其他……"

"前面向左拐，"番匠谷教授告诉正在开车的学生，"前面路窄，你要小心。"

因为结实所以座椅也不太柔软的车子猛地一震，开上了坑坑洼洼的土路。他们穿过了几座屋顶矮小的农村房屋，向葛城山脉开去。"而且……"番匠谷教授扶着车窗边缘说，"现在情况很不妙。一开始是K市的乡土史研究者在山的腹中发现了有点奇怪的石舞台式古坟。那已经是十年前的事情了。我们大学那帮人和学界的人都只是随便看了一下，再也没去管。那位意志坚定的发现者一直在独自调查，又因为学界对他不予理睬，才找到了我的研究调查机构。这是大约一个月前的事情。看到我有动作，K大那帮人也突然行动起来。而且，政府还计划把一部分坟丘回填，在上面修建公路。"

"那么……"野野村在颠簸声中大声询问，"那东西是从您说的古坟里发掘出来的吗?"

"不……"教授也提高了音量,"古坟的历史大约有一千七百年到一千八百年,那个发现只是古坟调查的副产物。然而,反倒是副产物……具有非常了不得的意义。所以,我才找了物理研究领域的你来……"

汽车后轮突然陷进路面的大坑,同时前轮碾过一块石头,两人在颠簸中几乎撞到了车顶。

车子开到了一条尘土飞扬的路上,拐了个弯,南方的群峰转到正前方,又拐了两三次弯,前面出现一条进山的缓坡路线,再往前开,就是葛城山的高峰。

畿内——包含了大和、山城与摄河泉的古代大和中心地带南侧的和泉山脉是高耸在和泉与纪伊国界上、东西长约五十千米、高约一千米的低海拔山脉。东北方向是以海拔一千一百二十五米的金刚山为主峰的金刚生驹山地,西面是纪伊国屋文左卫门的出生地和歌山县加太地区,陆地在那里没入纪淡海峡。

乍一看,葛城、根来、金刚、千早等群山除了大量古迹之外没什么特色,不过从地质角度来看,这里却是一片很特别的山地。

那是因为——

这片山地位于著名的西南日本中央构造线——将糸鱼川-静冈大断层以西的日本列岛地质分为内带与外带——的北侧，由十分特别的中生代上部的白垩纪砂岩层构成。这片地质穿过纪伊水路，一直延伸到淡路岛南部、四国赞岐山脉和高绳山脉，层厚可达地下七千米，形成了白垩纪古地理的一个单元，名为"和泉层群"。它们所在的"和泉准地槽"在白垩纪曾经是海底的一部分，随着地壳隆起和海岸线后退形成了山脉。南面沿着中央构造线的纪之川断层带，与三波川、秩父的外带古生层相接。番匠谷教授一行来到了可谓山脉主峰的葛城山脚下，前面是被树林覆盖的陡坡。若再往东走，就能从河内长野穿过和歌山县桥本地区，走上通过纪见山口的道路。

顺着看似不久前才形成的车辙一路行驶，可以看见山腹沿着东西方向形成了断层。郁郁葱葱的绿色中赫然裸露出光秃的泥土，推土机、铲运机和挖掘机在树木之间挪动，旁边还能看见白漆写成的文字——"和泉金刚天际线公路预定铺设地"。前轮驱动的路虎越野车很快开到了坡顶，前方是斜川山腹被杂草覆盖的栈道，再往前只能步行。

"这边，"番匠谷教授指了个方向，"收费公路要沿这个方向挖掘,这片山坡要被挖开。当然,上面的古坟也保不住。"

"这有点罕见啊,"开车的年轻学生说,"古坟一般都建在大片平地或者小山丘上,顶多是平缓的山坡上。我从来没听说过什么古坟会建在又高又陡的山上。"

"和歌山一带不是偶尔能发现河流阶地上的弥生古坟吗?"番匠谷教授若有所思地说,"这可能是那个时代与古坟时代之间过渡期的产物。所以野野村君,我们即将进入的古坟本身就具有很高的价值。"

野野村没有回答,而是一把抓住了教授的手臂。"怎么了?"教授问道。

"是那家伙……"野野村压低声音说,"昨天在机场对我说话的人……"

"在哪儿?"教授的声音绷紧了。只见一个白花花的东西在竹林里一闪而逝。

"看不见了……"野野村低声道,"好像去了古坟的方向。"

4

野野村忍不住在草丛中小跑起来。开车的学生追在他身后，番匠谷教授则落在最后面。

绕过山坡的弯道，前方是一片高高的灌木丛，地面被杂草覆盖，形成一个露台一样的突出部位。突出的地方裸露着红黑色的土壤。

似乎有个白色的东西在灌木丛中晃了一下。

"喂！"野野村把手拢在嘴边喊道，"喂，你等等！"

叶片似乎摇晃了一下。

但那可能只是山谷吹上来的风，因为灌木丛再也没有任何动静了。

野野村站在原地，凝神注视着。由于在山坡上奔跑，他已经满头大汗。周围一片寂静，不时地有一阵风掠过山脊。他突然听见貌似笛声的动静，抬头一看，一只鹰飞过了阴云密布的天空，它身下的和泉平原一路向北延伸。细长的平原另一端被金刚、生驹的山棱切断，北边可以看见被红褐色污浊空气笼罩的大阪。

"怎么了？"

教授总算追了上来，问了一句。

"那里……"野野村抬手指过去，"他藏进了那片林子里。"

"古坟就在那里。"

番匠谷教授凝神看向杂草覆盖的突出部位。

"是不是你看错了?"

"没有,"野野村摇摇头,"我对那个背影有印象。而且刚才还稍微看见了他的侧脸。基本可以肯定,就是昨晚那个人。"

"会不会是记者?"学生说,"他可能听说老师在调查古坟……要是他擅自跑进去就麻烦了。"

"老师,您对什么人提到过那座沙钟吗?"野野村盯着树丛问道,"比如研究所的人……"

"没有……"番匠谷教授摇着头说,"我也是三天前才发现它,而且是我自己发掘出来的。当时我想了想,转头就去找了大泉君。"

"总之过去看看吧,"野野村迈开步子,"那个人刚才躲了进去,到现在还没出来。"

"最好小心点。"教授说。

"为什么?"学生问。

"没为什么……就是说说……"

"是啊,"野野村点头道,"那人知道我们有沙钟,还知道沙钟叫什么。说不定……他可能是那东西的主人。"

靠近凸出部位后,原本被灌木丛遮挡的山坡出现在眼前。野野村忍不住停下脚步,皱起了眉。

山坡另一侧，也就是西面有一条线，顺着起伏的山腹蜿蜒，下方是直线，上方则弯弯曲曲……

应该是公路，野野村想。已经靠得很近了。

"没人啊！"

番匠谷教授说。

"好像也不在古坟里。"

"再仔细看看吧。"野野村说。

站在凸出部位四下张望，他发现这里很大，缓缓凹陷的斜面朝山谷延伸出去，形成长度将近五十米、由粗岩堆积而成的平台，最宽的地方有二十多米。

凸起部位背后是陡峭的悬崖，上面长满长长的杂草，还有一块明显是很久以前的滑坡痕迹。平台边缘向下并非垂直的断崖，而是一圈堆积成石墙状的岩石，上面覆盖着泥土。从底下往上看，石墙只在草丛中露出一点顶端，隐约能看见上面生长的灌木。

古坟位于平台中央，坟土似乎来自背后的断崖，上部经过人工切削，几乎完全裸露出了石舞台——也就是覆盖在玄室顶部的巨大岩石。可以看出坟土在切削之前就被冲走了一部分，朝悬崖的反方向流出，形成了细长的空隙。因为那个部分颜色明显不同，而且风化比较严重。

"这真是……这是岩石对吧?"野野村低声说,"厚度大约有多少?"

"三点五米……部分地方超过四米。"

顶岩长约十三米,宽度将近七米,上方几乎完全平坦,随处可见方形凹洞。野野村忍不住惊叹太古之人的建造能力。

"很惊人吧!"番匠谷教授在野野村背后说,"这是一整块岩石,重量应该超过二百吨。你见过著名的明日香石舞台古坟吗?"

"没有……"野野村摇头道,"我只看过照片。听说那里有可能是苏我马子的桃源陵。"

"那座古坟位于大和高市村岛屿的正中央,虽然也用到了巨石,但最大的岩石也只有七十七吨,而且……"

"而且……"野野村喃喃道,"他们是怎么把如此巨大的岩石运到这么高的地方的?"

"关于你这个问题……"

教授拍了拍那块俨然从地底生长出来的巨大岩板。

"古代——史前人类的工程能力有点超出我们的想象。这里海拔大约有五百米,而且这块石头跟和泉山脉的岩石完全不同,是一种火山岩。这一带只能在往东一百千米的高见山地区找得到喷发性火山岩。"

"这块岩石是从那里运过来的吗?"

"其实还有其他例子。比如纪之川河口的古坟群里也发现了只在那一带出产的岩石。不过……"番匠谷教授皱起了眉,"把如此巨大的岩石搬运到这么高的地方,这种例子别处还真的没有。"

远古时代……野野村眺望着广阔的平原思考道。早在大和统一之前,就有人居住在这里,而且在一千五六百年前,人们突然拥有了大规模建造土木工程的能力,不仅挖土造坟,还开山铺路,将巨石运到了这里。他们是怎么做到的?

《日本书纪》讲到,修建倭迹迹日百袭姬的箸墓时,人们带着大坂山的岩石穿越奈良平原,"以手递传而运",来到了十五千米外的三轮町一带。

但是巨石文明又有点不一样。因为那需要非常高端的工业技术,而非单纯的"手工劳动"。

可是……一百多吨的巨石是如何搬到海拔五百米的陡峭山坡上的?这里的坡度可是超过了三十度。最高的山顶古坟,海拔又有多少米呢?

"九州和中国地区的神笼石有多大来着?"野野村问,"我记得那也是山腹中的巨石壁,应该有很大的吧。"

"小则两三吨,大也大不过四五吨吧,"学生说,"这么说起来，那也挺神奇啊。几百米高的山腹中摆满了巨石，延绵将近七千米。"

"你这个着眼点很不错，"番匠谷教授首次露出了微笑，"毕竟日本古代的巨石文明充满了谜团。只有一小部分学者在关注神笼石与西班牙塔拉戈纳巨石壁的关系。总而言之，这座石舞台古坟又给古代史增添了一个谜团。而且……"

"那个洞是什么？"野野村跳到巨型岩板上走了过去，"有点像明日香村的酒船石。不过，酒船石的洞好像更大……"

野野村在洞旁蹲了下来。虽然洞口已经风化圆润，但可以看出那是四个边长约为十厘米、几乎呈正方形的洞，并且组成了边长约一点五米的正方形网格。深度约四厘米，底部中心还有一个直径约四厘米、深约四十二厘米的圆洞。接着他又发现，那四个洞的中心部位，也就是正方形网格的对角线交点处有个直径约十厘米的圆形深洞，而且正方形每条边的中心还向外辐射出了长约一米的细长沟槽。

"你还知道酒船石，很不错啊！"教授说，"这的确跟那个很像，但并不一样。那种石头的凹槽又大又深，沟槽也很长，甚至被认为是以前人们用来酿酒的东西。反观这里的洞，实在太小了。"

"这上面肯定还连接过柱子之类的结构吧，"学生也走过来边看边说，"会不会曾经有个社？"

"你这个着眼点也不错，"教授说，"根据我的调查，这四个洞组成的正方形各边都正对着东南西北四个方向。但是经过量具精密测量，正方形边与正东正北的误差不到二十秒——你们对此有什么想法？"

"山根德太郎老师发掘的大阪难波宫遗址的南北误差都有二十秒到三分呢。"学生说。

"不管怎么说……"教授继续说道，"这座古坟埋藏着巨大的谜团和矛盾。它本身就让考古学家头痛不已了。"

说完，教授朝石舞台的东边走了过去。"下来吧。我们进去继续说明。"

5

石舞台只比他们所在的凸出部位平面高出数十厘米，因此整块岩石顶盖之下的玄室位于地下好几米深的地方。

玄室入口在石舞台东侧，也就是一行人斜对面的方向，周围长了一圈高约两米的灌木，开在凸出部位背后的悬崖斜面上。

入口前方有一座风化的小石台，以前可能是一座小祠。石台背后是一块裂成两半的石板，应该是遮挡入口的东西。不知曾经是书架还是什么物品的腐朽木片斜斜地倾倒在地上。入口有拼接花岗岩石材修缮的痕迹，但是比古坟本身要新很多。整个入口高不足两米，宽约一米，上下左右覆盖着杂草，连小祠的石台都得拨开草丛才能看见。

"进去看看吧，"教授边戴头灯边说，"顶部很低，路不好走，你们小心点。"

野野村与学生拿着手提灯，三人一起穿上了塑料罩衣。

他们分开野草走进去，很快就闻到一股老洞穴特有的霉味。空气冰冷潮湿，但是并不混浊。

洞壁与洞顶的石方加固只持续了二三米，后面就是砂岩层裸露的洞穴。这个洞先朝与山腹成直角的方向延伸了二十米左右，接着缓缓转向右侧，也就是玄室的方向。再走上十米，便来到了尽头。洞穴尽头的右侧又有一个高约一米半的细长小洞，宽度很窄，只能斜着身子穿过。

这个洞口也堆积着几块砂岩板，应该是盖住洞口的石板。

"这里开始下坡,"教授说,"小心脚下……"

走进横洞,角度倾斜得险些一头栽下去。就算侧着身子,洞壁上凸起的岩石还是会摩擦到腹部。而且还要一直缩着脖子,着实令人痛苦不堪。走在前面的教授虽然身材肥胖,动作却格外敏捷,一个劲往里走。

"这个横洞也是古坟发现者、乡土史学者鸭野先生找到的,"前面传来教授含糊的声音,"很快就能解脱了。"

狭窄的横洞持续了十米左右,前方突然变宽,高度也恢复到两米左右,可以轻松行走了。脚下的倾斜略有缓解,一行人向右拐了个弯——也就是说,洞穴一开始向山腹深入,然后转向玄室,缓缓朝反方向折回了。

野野村发现洞顶突然不再滴水了,原来洞壁和洞顶又有了石材加固。这些巨大而不规则的石材显然与洞口那些石方不一样。

"我们到了……"教授把手电筒转过来,"就在对面。"他们前方又有一个漆黑的洞穴。潮湿的土腥味已经消失,反倒是干燥的霉味变浓烈了。

洞穴另一头的顶端突然升高,成了一片宽大巨石堆砌的空间。洞顶高三米有余,宽约二米,是个细长的空间。

"这就是玄室吗?"野野村问。

"不……"教授露出了神秘的笑容,"这里是第一羡道。跟我来。"

洞穴为东西朝向,长约五米,他们刚才进来的洞口开在长边的角落里。东侧洞壁堆满了较小的石块,剩余的地方则是边长二到三米的巨石。西侧洞壁覆盖着两块竖起的巨石,其上横亘着几乎为规则长方形的巨石,并且有个宽约一米、高约二米的入口。里面就是巨大的玄室。

野野村走进玄室,立刻惊叹于它的巨大。这里宽约五米,进深可能有十米,高度也有将近五米,地上铺着粗加工的巨石,几乎完全平整,左右洞壁由两层边长二到三米的巨石覆盖。中央稍微靠前的地方有个细长石方拼接成的石坛,高约四十厘米,长约三米,宽约二米,石坛中央还有个小圆锥形向上隆起。

"太惊人了……"野野村说,"我从来没想到古坟的玄室竟有这么大。"

"大小还不算太值得惊讶,"教授说,"明日香石舞台古坟的玄室也跟这里差不多大,只是小了一点而已。最值得惊讶的,还有其他几个地方。"

"那是什么啊?"学生把手提灯照过去,"坛上的三角形黑块……"

"那是……"教授说,"你们把灯灭掉看看。"

三人关掉照明,周围顿时变得一片漆黑——只剩下眼睑内侧的红绿色残影。可是等双眼适应了黑暗,野野村发现,石坛中心那一带似乎隐隐有些光芒——尤其是中央的小圆锥体,散发出清晰的白色光亮。

这个被厚达三米板的石板完全覆盖的地下玄室,竟不知从何处发出了光芒。

"你们看上面。"教授说。

"看哪里?"

"走到那座石坛的圆锥底下,抬头看上面。"

野野村摸索着爬上石坛,小心翼翼地靠近在黑暗中宛如夜光蘑菇一样散发光芒的圆锥体,抬头看去——只见高高在上的洞顶,有一点耀眼的白光。

"刚才你们不是在石舞台上看到了吗?四个凹洞中央的圆洞穿透了岩板,正对着这里。"

野野村低头看向圆锥体。那是从顶部岩板滑落下来的土堆。他盯着那一小堆土,突然有些疑惑。

"那个细长的洞竟然没有被泥土堵住!"

"根据鸭野先生的描述,他清扫石舞台上的泥土时,发现一块奇怪的圆形石板盖住了小洞,"教授说,"不过话说回来，你觉得那个洞究竟有什么用？"

"我也不知道，"野野村说，"难道是用来观测星空的？"

"用石板把洞盖着，还铺上了泥土，怎么观星？"教授说，"当然，也不可能是通风口——因为死人不用呼吸。"

"不过……"野野村又抬头看了一眼小洞，低声喃喃道，"古人是如何在这么厚的岩板上开了一个笔直的小洞的呢……而且洞的形状还接近正圆。"

"是啊……"教授说，"这也是谜团之一。"

随后，教授在黑暗中挪动了一下身体。

"开灯吧。"

他们打开灯后，教授脸上露出了奇怪的微笑。

"你们还发现了什么？"

"棺材去哪里了？"学生问，"搬出去了吗？"

"这么窄的洞怎么搬出去？"教授说，"鸭野先生第一次进来时拍了照片——玄室本来就是这个状态。"

"那太奇怪了……"野野村说，"既然能造这么大的玄室，主人肯定是顶级豪族。有个石棺应该很正常才对……"

"我已经做了很细致的调查，"教授摊开手说，"地面、洞壁……尤其是通往外侧羡道的洞穴。可以比较自信地说，这座玄室自从建成，就没有遭到过外人入侵。"

"啊，"学生发出奇怪的叫声，"那不就是从一开始就没有棺材？好浪费啊！"

"会不会是出于某种原因，古坟虽然建成了，但是没能把死者葬在里面？"

野野村问。

"不可能，"教授摇头说，"这种巨石古坟一般是先把石棺放在里面，然后再在周围堆砌岩石，制作玄室。而且假设方才那个洞穴是唯一的入口，就算只把死者抬进来也很费工夫。"

"羡道尽头的洞壁呢？我看只有那里堆着小块岩石，会不会背后还有一个洞穴……"

"我已经查过了，"教授说，"超声波勘探结果显示，那个洞壁的另一头只有泥土和岩层。"

三人沉默了片刻。巨大岩石包围着他们，似乎要连同周围的死寂将他们压倒。

"还有奇怪的地方。"

教授迈开步子。

"这是真正奇怪的地方，让人搞不懂这座古坟究竟为何而建。"

野野村跟在教授后面，听见脚下传来叮铃铃的声音。

他漫不经心地用手提灯照过去,发现那是一个散发着微光的物体。于是他蹲下身捡了起来。

"您刚才说古坟建成后的一千多年,从来没有被外人入侵过吧?"野野村对教授的背影说,"但是现在看来,不久之前——可能是昨天、前天,或者刚才,似乎有人入侵了。"

教授捏起野野村递过来的东西,把头灯凑过去。那是一片领带夹大小的白色金属薄片。一端连接着两颗红色小球,打磨光滑的表面刻有六个奇怪的符号。

"是那个家伙?"教授低声说。

"除此之外应该没有别人。"

"会不会是鸭野先生掉的啊?"

"您知道那是什么吗?"野野村说,"那是白金。鸭野先生会带着如此贵重的东西探洞吗?"

教授表情紧绷起来。他把金属片还给野野村,一言不发地向前走去。野野村没有多想,就把那东西塞进了口袋里。

6

教授走到了玄室的最深处。

来到深处,也就是玄室西侧,野野村发现旁边洞壁上有个比他们进来的入口更大、石方铺设更细致的洞口。由于照明角度问题,他刚才一直没看到。

"这是什么?"学生说,"玄室有两个入口吗?"

第二个入口开在朝向山腹的洞壁上。野野村举起手提灯,发现通往山腹的洞穴顶部很高,并且是一条宽敞笔直的石板路——显然也是羡道。

此时,野野村总算明白刚才教授为何在外面告诉他那是第一羡道了。

"石田君,"教授对学生说,"你对日本的古坟比较了解。我问你,你知道旧式古坟中存在两条羡道的例子吗?"

"这个……我还真没怎么听说过,"那个叫石田的学生歪着头说,"不过埃及金字塔好像就有两条吧?其中一条是堵住的……"

"然而……"教授抬起手提灯说,"正如你们所见,这条羡道比刚才我们经过的第一羡道更气派,长度也更长,甚至让人感觉这边才是正规羡道。但是你们想想,为何正规羡道会朝着山腹方向?"

"前面是什么?"野野村问。

"死胡同。"教授严肃地说。

这条羡道完全没有意义,甚至起不到防止盗墓的作用。它究竟是做什么用的?

"您是在……"野野村看着深邃的石隧道另一头说,"这里面发现那东西的吗?"

教授不说话,而是抬腿向前走。他的脚步声回荡在石壁之间,显得冰冷而冗长。

钻入山腹的第二羡道长约五十米,前方突然变成裸露的大岩盘,其岩质与堆砌羡道的巨石明显不同,颗粒更粗。

——是和泉砂岩层。

"我就是在这里……"教授指着洞穴尽头的大型岩块群说,"发现了那东西。它当时被落石遮挡,只从岩盘上露出了三分之一。"

"它完全嵌入了岩石吗?"

"完全……"教授说,"没错,出土状态很完美。我把它连同周围的岩石一起切割出来,带回了研究室。稍微施加一点冲击,岩石就像切黄油一样裂开了。目前带有阴刻形状的岩块还放在研究所里。我还从落在下方的岩块中找到了原本覆盖在露出部分的岩石。"

野野村轻敲了一下高达三米的岩壁。这块岩壁大部分是淡绿色的砂岩,右上方则是混有粗颗粒的砾岩。

"这好像是沉积在海底的砂石形成的岩块吧。"野野村说。

"没错。这里直到白垩纪末期都还是海底,到新生代初期才开始隆起。现在还能挖到菊石、叠瓦蛤等化石。"

"说到白垩纪,好像跟侏罗纪并称爬行动物时代,"石田说,"日本没有恐龙吗?"

"好像没有。"

"海底砂石形成岩块……"野野村说,"那需要非常大的地压!"

教授猛地抬起头。

"对啊……那个沙钟在地压的作用下毫无破损。"

野野村抬起头,茫然地看着岩壁。眼角的余光发现岩石上有个小凹洞。他一边想着事情,一边漫不经心地注视着那个凹洞,接着,突然往旁边一闪。

"石田君,"野野村凝视着凹洞说道,"你帮我拿一下。"

他把手提灯交给学生,纵身跳上了旁边的大块岩石,并且没有停下来,又搬起一块石头踮脚,颤颤巍巍地站在上面,一手扶着洞壁,绷直了身子。

"怎么了?"教授问。

"麻烦把灯往上照一照。"

野野村四下打量了片刻,从岩石上跳下来,已经是满头汗水,面色有些苍白。

"老师……"他严肃地说,"这件事必须拿到学会上发表。单凭我这双眼睛的判断,他们可能不会相信。不过,我们要说服考古学家和物理学家,对这里展开大型发掘调查……"

"那是什么?"教授指着岩壁上的凹槽说。

"那是机械的阴刻……"野野村说,"而且是类似手枪一样的武器。这话说起来有点孩子气,我也不太好意思……但它形状很像儿童科学漫画里常见的光束枪。看来,这个砂岩层里不止埋藏着那座沙钟。"

"好……"教授似乎做出了决定,"知道了。那今天先到此结束吧!我有点累了。"

野野村也一样。他觉得脑子发热,天旋地转,感觉非常奇怪,而且,两条腿也像灌了铅一样沉重。

"太有意思了!"唯有那个叫石田的学生还能保持一脸兴奋,"我们发现了六千万年前外星人造访白垩纪地球的遗留物品。这下媒体可要炸锅了。"

"白痴!"教授罕见地换上了愠怒的腔调。

野野村心想,这小子面对这种不可能存在的发现,似乎没什么抵触。可能因为年轻,精神和头脑都还很柔软。与之相比，上了年纪的学者就难以避免地……

突然，他停下了脚步。

此时，他们已经折返到了第二羡道的中段。

"怎么了？"

走在前方的教授和石田转过头来。野野村轮番看着他们，然后抬头看向羡道顶端，抽了抽鼻子。接着，他猛然转过头，把灯光打向羡道深处。

"是谁？"他大喊一声，"谁在那里？出来！"

他的声音和脚步声在羡道中嗡嗡回荡。

教授与石田慌忙把灯光打过去，然而只看到深处的岩壁，没有任何人。

两人追在野野村后面，回到了方才离开的地方，只见野野村一脸呆滞地站在岩壁尽头。

"有人……"教授说到一半，皱起了眉，"这里没人啊！"

"是有人……"野野村凝神扫视四周，"不……刚才是有人。"

"在哪里？"

野野村不说话，而是抬起了灯光。

比目光稍高的地方，弥漫着一层薄薄的烟雾，仿佛是谁刚刚吐出来的香烟。

此时，教授与石田也闻到了甜腻的香烟味。

"我刚才跑到这里……"野野村声音沙哑地说，"看见这股烟正从岩壁里喷出来。"

"怎么可能……"教授说。

"嘘！"

石田突然说。

"有声音……你们听。"

石田把耳朵贴在了岩壁上。教授和野野村也忍不住贴了上去。

岩壁深处隐约传来了渐行渐远的脚步声。

接着，又是宛如时钟秒针那般绵密而规则的响声。那阵响声消失后，过了片刻，突然传来了金属质感的、断断续续的电话铃声。

不久，铃声骤然平息，无论再怎么等，也听不见任何声音了。

三人把脸贴在冰冷的岩壁上，足足等了十五分钟，直到脸颊上留下了印子，才重新站直身体。

"野野村君……我们要发掘！"番匠谷教授兴奋地喊道，"我明天开始全力投入准备，把你调查需要的测量器材都准备好。总之先挖开看看。这块砂岩层石壁后面肯定有东西。"

"不……"野野村抬起头,面无血色,"这层岩壁对面不会有东西。就算一直凿穿到和泉山脉另一端,恐怕也挖不出什么。"

"总之先挖再说,砂岩层里一定……"

"不是里,而是某处。"野野村一脸疲倦地说,"老师,不是我怕事,但我觉得,这家伙不是我们——不是我们这些现代人能应付的对手。"

第二章　现实性结局

1

野野村坐在返程的车中,完全沉浸在大脑深处悄悄萌发的炽热情绪里。

它无比炽热,就像一团燃烧得正旺的火球,让他手足无措,无论思考什么都没有头绪。它让野野村脑子发烫,全身战栗,又如坠冰窟。

为什么?他满心只有这个疑问。为什么会有这种事?太荒谬了。

他默然看向窗外,不由得惊叹于广阔的田园风景——无垠、悠然、安稳、平静……看着这片风景,他又觉得方才的经历像是一场漫长的噩梦。

仿佛直通幽冥的古坟羡道深处,散发着霉味的黑暗中,潜藏着妖异而梦幻的秘密……这与眼前的灿烂阳光,悠然而现实的风景显得如此格格不入。

刚才那些事,真的发生过吗?他突然疑惑。那会不会是诡异的死亡空间所逼出的一场黑暗幻象?香烟的烟雾、无底岩层内部传来的脚步声,这些是否皆为错觉?

"前面右转……"番匠谷教授无力地说,"我们去鸭野先生家看看吧。"

接着,教授用低沉的声音做起了说明——鸭野老人原本是当地的邮政局长,目前已经退休,靠一点农田和梅林生活,快八十岁了。他对乡土史很感兴趣,经常去调查各处的古祠和野佛。他没有孩子,跟上了年纪但举止优雅的夫人一起生活。

"那个人……"教授摘下眼镜,揉了揉脸,"在刚才的山脚下发现了奇怪的石祠,那里只有石门,石门内的空间却没有镶嵌内墙。鸭野先生觉得很怪异,后来去四天王寺做完祭拜,回程突然想起了穴穿大神宫。"

"穴穿大神宫?"野野村反问道,"那是什么?"

"听说就在四天王寺。那里有一座祠,里面是个圆形洞穴,朝着伊势神宫方向延伸。如果朝着那个洞穴祭拜,就等于参拜了伊势神宫。"

"大阪人的想法好奇怪啊,"野野村总算露出了笑容,"所以那洞穴就是皇大神宫[①]的电视天线对吧?"

"于是鸭野先生就上山去找,才发现了古坟,"番匠谷教授也露出了苦笑,"由于无法引起学者的兴趣,他

[①] 皇大神宫:伊势神宫的两座正宫之一,一般称作"内宫"。

就一个人调查了古坟。我们去拜访一下，说不定能有所收获。"

然而，当车子开到那座旧民房门口停下时，他们发现房子的挡雨窗关得严严实实。

"好像不在家，"石田下车去打探了一番，还到屋后绕了一圈，最后才走回来说，"夫人也不在。"

"可能进城去了，"教授说，"那没办法，我们先回酒店吧。"

座椅很硬的路虎又摇摇晃晃、七拐八弯地行驶了将近两个小时，总算回到了大阪中之岛的酒店。野野村此时已经累得什么想法都没有了。他的身体虽然不算疲惫，但脑子仿佛结成了一团糨糊，后颈到肩膀都无比僵硬，下半身也好似灌了铅，随时都要脱落下来。

已经快四点了，他虽然没吃午饭，但一点都感觉不到饿。

"我想在晚饭前小睡一下，先告辞了，"野野村说，"大泉老师那边……"

"我来联系他吧，"教授说完看了一眼手表，"睡觉前要不要在地下的酒吧来一杯？我现在太需要酒了。"

石田说了声不好意思，打了个岔。

"老师，明天还要用路虎吗？"

"这要看情况……你有事吗？"

"这个……"石田挠了挠头，"我跟朋友约好了明天去登山。"

"那你去吧。如果要用车我就找别人。"

教授苦笑着目送石田离开酒店。

"还是个研究生啊！"教授说，"怎么像个小孩子一样，太不可思议了。刚遇到这么大的事，还能若无其事地跟朋友去山上玩。"

"可能年轻人觉得这种事一点都不惊人吧，"野野村说，"一是他们很容易接受新事物，二是可能需要一段时间消化，才能真正感到惊讶。现在的小孩子都觉得核武器和登月火箭是理所当然的东西了。"

随后，两人便到酒店地下的酒吧去了。

"从明天开始……"番匠谷教授紧握方杯，凝视着虚空说，"必须有大动作。总之今天先好好休息，调整好心态。要不你先在这里待一段时间，跟我一起行动吧？我找间职工宿舍给你落脚。"

"不管怎么说……"野野村回答道，"我都要把沙钟再研究一遍。"

喝下两杯双份苏格兰威士忌，野野村感到脑子嗡嗡作响，一回房便睡死过去了。

番匠谷教授又在酒吧独自坐了半个小时，然后回到房间，在记事本上写了点什么，盯着那些字看了一会儿。最后，他拿起电话，打给了东京的大泉教授。对面说大泉教授不在大学研究室。他又打到大泉教授家里，说还没回来。番匠谷教授给大泉家留下口信，挂掉了电话。

接着，他又打了两三个电话。电话打完，他咬着大拇指思索了一会儿，等指甲快被咬出血了，他又拿起了电话。

"我要拨国际电话。"

"你好，现在拨通美国东部要多久？波士顿——啊，是吗……"教授看了一眼手表，"是深夜啊……没关系，请帮我接通波士顿的……"

教授报出电话号码，然后颓然倒在床上，脸上露出了貌似强烈痛苦的表情。

2

野野村听见水声醒了过来，房间里漆黑一片。

他猛地坐起来，四处摸索。接着，他发现自己出了一头冷汗。

他以为自己被关在了那座奇怪古坟的玄室里，忍不住到处寻找电灯开关。

薄纱窗帘外面，是霓虹灯闪烁的大阪夜色。

他睡了多久？

就在那时，他听见背后的浴室传来淋浴的水声，门缝里还透出了灯光。

"谁？"

他喊了一声，再次环视房间。

可能因为宿醉，他脑袋一转就阵阵抽痛。这是个单人房，可是有人在浴室里冲澡。

"是谁？"

他把双脚放在地上，又喊了一声。心跳越来越快。

淋浴声停了下来，浴室门被打开，灯光倾泻而出。一个用浴巾裹住的雪白身躯探了出来。

"你怎么不锁门就睡觉，太危险了，"佐世子说，"哪怕是高级酒店也不行。"

"是你啊……"野野村呆滞地喃喃说道，他觉得自己还在做梦，"啥时候来的？"

"大约一个小时前，"佐世子在浴室里甩着毛巾说，"我另外订了房间，你一直不接电话，我就过来敲门，结果门没锁，我就进来洗澡了。"

"吓我一跳，"野野村摇着晕晕乎乎的头，把手伸向水壶，"我跟番匠谷老师一块儿工作呢。要是被他看见，那该多尴尬。"

"哦，我刚才已经见过老师啦，"佐世子优哉游哉地说，"我刚到酒店就去了楼下的烤肉店，结果在门口……那位老师真奇怪，我慌忙低头行礼，他却一直盯着我，过了一会儿才说：'啊，原来是你，好久不见。'"

佐世子呵呵笑了。她的笑声在浴室里回荡，又拐了个弯传到野野村耳中。

"他当时两眼发直，嘴里念念叨叨，胸口还沾了好多酱汁，是喝醉了吗？"

"估计有一半是疯了，"野野村无奈地说，"至于我，则疯了超过三分之二。你可能不知道，反正我们都遇上大事了。"

浴室里传来哼歌的声音，她压根没听野野村说话。

野野村一口喝掉杯子里的水，喘了口气，敲了敲脖子根。解酒的水、不够充分的睡眠、昏昏沉沉的脑子——他看向窗外，红色、蓝色、黄色的霓虹灯光晕成了模糊的光芒，忽明忽灭……

莫非，这真的是梦？

他喝了太多威士忌，所以还在醉梦中？

佐世子在这里,在能够俯瞰堂岛川的大阪酒店的狭窄房间里……他又晃了晃脑袋。或许,身在大阪才是他的醉梦。

灯光的范围突然变大,佐世子裹着浴巾,沐浴在浴室的背光下走了出来。房门一关,她就成了在黑暗中飘荡的模糊白影。"你别开灯,我没穿衣服。"

一团温热的白色从他眼前掠过,散发着热气的皮肤和婴儿一般的洗发水香味在房间里弥散开来。佐世子一屁股坐在床边的椅子上,长出了一口气。

"啊,好热!"佐世子打开浴巾,敞着胸口,"你这房间会不会太热了呀?"

"嗯……"他呆滞地看着一会儿染成红色、一会儿染成蓝色的窗帘,"你怎么来了?"

"我能开窗吗?"佐世子撑起身子。

"笨蛋,那样会感冒的……"野野村挠着头说,"你怎么来了?"

"我突然想你了……"佐世子嘻嘻一笑,"再加上你说要去离我老家很近的地方,昨晚的约会又泡汤了……于是,我今天下午就向公司申请早走,坐飞机过来了。"

接着,她突然严肃地问:

"你觉得不太好吗?"

"真受不了你。"野野村倒在床上。

"我不会打扰你工作,明天就回去了。"

野野村仰面躺着,紧闭双眼,强忍着眩晕。各种记忆在脑中盘旋——无尽滑落的沙钟、白衣青年、通向岩层的古坟羡道、消失在岩壁深处的脚步声、香烟的烟雾、电话铃声、石舞台上的方洞,还有突然到来的佐世子……突然,一团火热而富有弹性的东西压在了他身上。他闻到强烈的洗发水香味,还有炙热甜美的气息在寻找他的唇瓣。

"喂……"

"就算不好我也不在乎……"佐世子喘息着说,"其实,我是莫名感觉你会突然消失,才不顾一切跑了过来……"

"我太累了,"他无力地说,"而且浑身都是土。"

"没关系……"佐世子的话语如同梦呓,"抱我……"

窗外的霓虹灯依旧呆板地闪烁,车流声早已变得微弱。

两人全身赤裸,伸开手足,像兄妹一样平躺在狭小的单人床上。

像兄妹一样?

不，像一同赴死的恋人一样。这张床就像正好能容纳两人的棺木……我们是英年早逝的埃及国王与王后的木乃伊……不对，好像没有双人棺木吧？木棺与外层冰冷坚硬的石椁将两人分开，死了也不能在一起，这可真不好。这不是爱。对于年过二十、已经沦为凡夫俗子的人来说，爱情太过麻烦，不过是两个彼此看得顺眼的人待在一起……爱情对于凡夫俗子来说，实在太枯寂了。

天花板一会儿染成红色，一会儿染成蓝色。野野村明明盯着那些微光，却知道佐世子在他身边留下了两行眼泪。

"你会离开……"佐世子用哽咽的声音说，"到很远很远的地方去……走上长长的旅途……"

"我还不打算死呢！"他故作戏谑地说，"我只是要在这里待一段时间。东京到大阪坐飞机只要四十分钟，就算开车也就三个小时。"

"我有感觉……"佐世子继续说道。

"我真的有感觉。虽然不明白原因，但我知道，你总有一天会回来，但要到很久很久以后……不过，你一定会在我有生之年回来。到时候你会变得无比苍老，因为漫长的旅途使你疲惫不堪……"

身体渐渐冷却，每次挪动身子，两人的手臂都会轻轻磨蹭。佐世子的上臂很凉。野野村感到身心俱冷，连亲吻佐世子的力气都没有。他伸开手，摸索着找到佐世子圆润的小手，与她十指交缠，紧紧相握。

两人一动不动地躺了一会儿。

指尖朝着窗户，合起的窗帘下摆映照着各色霓虹灯光，上方吊环之间露出了一点空隙，透过玻璃窗可以看见被煤烟污染的城市，还有上方的昏暗夜空。那个小小的三角形空隙中央，闪烁着一颗苍白的明星。

"佐世子……"

他想让佐世子看看那颗星星。

"佐世子……你看。"

他没有得到回答，只听见微弱的鼻息。佐世子像个孩子一样，眼角到发际的泪痕未干，就陷入了沉睡之中。

他独自一人注视着那颗星星。

转眼之间，狭窄房间周围的墙壁和天花板都消失不见，霓虹灯和纷繁错落的楼房轮廓，甚至城市与河川都变得无影无踪。他仿佛躺在悬浮于虚空的小行星的弯曲地表，失去了大气的保护，浑身赤裸地暴露在宇宙之中——头顶是无边无际的空间，目光的尽头有无数星辰，冰冷的星光似乎要将这对赤裸的男女冻结。

几万、几亿光年的彼方，不，在光芒都无法到达的黑暗彼方。那里还有数不尽的古老星辰。无数的星辰汇集成光芒的旋涡，包裹着无限的巨大星云，依旧无法填满那虚无的汪洋。虚无的重压瞬间将赤裸的他从行星表面吸向暗黑的中心，他仿佛变成了冰冷的大理石雕像，或是一颗星尘，被裹挟在无尽的涡流中，穿行在散发着怪异光芒的群星之间。他的心脏已经完全冻结，火热的搏动早已停息，但是胸中涌出了与生命全然不同的、冰冷的欢喜。他的身体虽然化作星尘，但是见证了无限、虚无和永恒，令他感到强烈的愉悦。我现在很幸福，他想，我超越了束缚的心灵、不足一个世纪的短暂生命，超越了平凡的日常，超越了自身的时代，甚至人类的社会与历史，以及漫长的生命之路，超越了星辰的岁月，化作与死等质的坚固心灵，没有任何事物能够损毁的坚固心灵，向着虚无与永远、谜团与秘密前进。这些宇宙极限描绘出的巨大的未知文字，引导着他冲破一切限制，去寻找纯粹的"知的喜悦"。

　　在那里，人类的诸般情念皆已冻结，如死亡般透明、如婴儿般无心的意识完全沉浸在观感、发现与求问的纯粹喜悦中。

　　虚无是什么？"时间"是什么？时间长河的尽头是什么？宇宙的终结是什么？萌发于大地之子末裔的昏暗内

心深处，又超越了自身母体，成为单一而透明的薄膜，与宇宙同等的意识又是什么？

可是，他上升到宇宙后，不断延伸的宇宙意识，却始终与大地相连。他唯一的牵绊，就是与他相握的佐世子的手。他穿透了建筑的层层阻碍，上升到星辰世界，意识却瞬间轻巧地翻转过来，如同一只气球，被两人茫然相握的手和佐世子在他怀中的动作牵制，飘摇在夜空中，散发着阵阵光芒，又重新掉落在这个匣子般窄小的酒店房间里。等他回过神来，窗帘缝隙之外已然没有星光，只剩下一片浑浊的夜空，相隔在蒙尘的玻璃窗外。

带着从空中坠落的眩晕，他默默倾听着佐世子缓慢的呼吸。突然，方才造访过的空虚宇宙的冰冷开始在体内复苏，他忍不住浑身震颤，朝佐世子靠了过去。佐世子平稳的气息轻轻滑过他的脸颊，用缓和的节奏给他带来安宁，使他不自觉地想起佐世子柔软而富有弹力、像牛奶般洁白而温润的身体，心中涌出怜爱之情。佐世子虽然已经年过三十，但她的心灵依旧带着些许孩子气，纵使没有深谋远虑，但也聪明过人。应该说，她用天生的温柔软化了自身惊人的聪慧，用母性的光辉包容了男人的心。

——为什么不跟她结婚？

住在一座小小的房子里，生儿育女，平静生活，成为随处可见的老夫老妻，虽然没有尝试过一切可能性，但由衷地满足于自己拥有的东西，尽情享受生活后，离开人世——他为何不这么做呢？

他猛然醒悟，自己早已深爱着佐世子。他一直在用毫不激烈、毫不露骨的方式，爱着这个女人，同时，他的心却向着冰冷天空的彼方、残酷虚无深处那些不可思议的文字倾诉，试图朝着它振翅高飞，怒卷千云。

生为兽类之裔，人心既可以安于满足的饱腹与温暖黑暗的洞窟，沉浸在无边幸福的睡眠中，同时也能映照出虚无与抽象的尽头、那巨大的宇宙影子。这是为什么？描绘星辰的文字，为何如此热烈而激荡？

寒冰一般赤裸的睡眠，被尖锐的电话铃声打断了。他浑身一颤，把手伸向床头。

"是东京打来的电话。"接线员话音刚落，听筒里就传来了女人焦急的声音。

"您是野野村先生吗？这里是大泉家。"那个声音说，"老师脑溢血发作倒下了。"

"你说什么？"野野村惊得坐了起来。

"他在郊外的路边倒下了……发现他的人听他叫了一声'番匠谷……'，现在他已经失去意识了。"

"这件事番匠谷老师知道了吗?"

"我刚才给他房间打电话,发现他不在。"

他挂掉电话,匆忙穿好衣服。已经醒来的佐世子马上打电话给日航,买好了深夜航行的月光号机票。他看了一眼时钟,零时三十分。开往东京的深夜航班很快就要起飞了。

"你回自己房里睡吧。"他对佐世子说了一声,转身跑出房间。

酒店大厅也没有番匠谷教授的身影。他给前台留了言,拦下一辆出租车跳上去,行驶在去机场的路上时,他的脑子才开始正常运作。

大泉教授脑溢血?虽说年纪大了总会有些毛病,可他怎么会倒在郊外?教授会不会把沙钟带回家了?那个可疑的白衣男人会不会去找教授了……不,今天白天他还在古坟那边,应该不可能。

"喂……"

他突然觉得有人在对他说话。

但他难掩心中焦急,没有理睬那个声音。出租车刚刚驶过丰中高架,走上了通往机场的笔直道路。可是……

他听得见引擎的轰鸣,也看见了仪表盘上显示七十千米的时速，但过了好久，他发现车子完全没有前进。

不知何时，周围已经没有了亮光，连星空和山的轮廓也消失不见，车子被包裹在彻底的黑暗中。司机握着方向盘，宛如石像般僵硬。

"喂……"又是那个声音。接着是敲打车窗的响动。

那个白衣男人站在车外，站在时速七十千米的出租车外。

"请把钥匙还给我。"

"钥匙？"他好不容易用沙哑的声音挤出一句话。

"是的。没时间了。我还要在这里停留一段时间，可他们必须出发。没了钥匙，机器就开动不了。"

他实在过于惊愕，身体一动都不能动。白衣青年似乎很不耐烦，打开车门抓住了他的手臂。

"如果你不明白，请跟我来，"青年说，"它应该在你身上，我要找出来。快来吧！"

3

一大早，佐世子到酒店前台退房，发现番匠谷教授推开正门摇摇晃晃地走了进来，不禁吓了一跳。

教授两眼充血，面孔肿胀苍白，头发乱成一团，衬衫领口敞开着，拽松了领带，仿佛跟人打了一架。

"啊……"教授在前台看见佐世子，眨了眨浑浊的眼睛，"你来了呀？对啊，昨天就见过你。"

"您没住在酒店里吗？"

佐世子瞪大了眼睛。

"我去了相熟的酒吧，在那里喝到打烊。总觉得如果不一直喝酒，心情就平静不下来……"教授喷着酒臭味的气息，捧着貌似宿醉疼痛的脑袋，"野野村君呢？还在睡吗？"

"没。他乘昨晚的月光号回东京了。"

"东京？"教授皱起了眉。

"是的。昨晚他接到电话，说大泉教授脑溢血发作倒下了……"

"你说什么？"教授突然用粗壮的手抓住了佐世子的手臂，"大泉脑溢血？"

"请问您是番匠谷先生吗？"前台员工从钥匙箱里拿出留言纸条，交给了他，"昨晚有好几通东京打来的电话。您应该是跟野野村先生一起的……"

"没错，"教授一把抓过纸条，边看边说，"不好意思，麻烦你马上帮我拨打东京的这个号码。你这边的电话可以用吧？"

"明白了，现在就给您接过去。可是野野村先生……"

"你先帮我接线，"教授挠着头发，严肃地说，"然后让门童给我送杯番茄汁过来……"

"野野村怎么了？"佐世子突然有点在意。

"请稍等。"前台提了接线要求，暂时挂断电话，环视整个大厅，叫来一名门童。

"这位就是一起的……"前台说，"昨晚的司机在吗？他在等客吗？那你把他喊过来吧。啊，你好。东京接电话了。"

番匠谷教授接过听筒，佐世子则怀着难以言喻的不安，紧盯着门童朝入口方向走去。

"你好，我是番匠谷。昨晚真是失礼了。大泉君的情况怎么样？啊？"

见番匠谷教授瞬间倒抽一口气的模样，佐世子猜测可能是坏消息，不由得绷紧了身子。就在那时，她又看见方才的门童领着一名身穿黑色立领制服、头戴制帽的中年出租车司机走了进来。

"那真是……不知该怎么说……葬礼准备怎么办？今晚守夜啊……"

"那个，请问您是野野村先生的同伴吗？"门童对佐世子说，"野野村先生就是昨天深夜突然离开前往机场的那位客人对吧？"

"对，是他。"佐世子点点头。

"是这样，这位是昨晚送他去机场的出租车司机，但是他还没拿到车费……"

"哦……"佐世子惊讶地张大了嘴，"哎呀，是吗？那我马上付给您。"

他是昨天太着急了，忘记带钱包了吗？佐世子心想。他一定是急着走，啥也没带就上车了。

"真不好意思，请问多少钱？"佐世子打开手提包，问了一句，"他给您写了什么欠条之类的吗？"

"这个嘛……"司机欲言又止。

"当然，我也要参加今晚的守夜……啊？"

正在打电话的番匠谷教授突然盖住话筒，一脸紧迫地转过头来。"大田女士，野野村君昨晚没去大泉教授家，今早也没见到人。他真的坐上了昨晚的月光号吗？"

"老师，"佐世子带着哭腔看向教授，"您说的这件事……等您打完电话，能听这位司机先生说说吗？"

"不好意思，请各位节哀顺变……是啊，连我都想哭了。那么今晚见，我一定会赶过去。"

挂断电话，教授大步走向佐世子。

"野野村出什么事了？"

"呃，那个……"司机说，"刚才我已经说了……"

"先坐下，"教授说，"究竟怎么回事？"

"昨晚快一点的时候，我在酒店门口接了那位先生……"司机开口道，"他要我尽快赶到机场，说要乘坐月光号。当然，最近路修好了，深夜开到机场连二十分钟都不用。"

"然后呢？"

"这我该怎么说呢，事情太奇怪了……"司机挠了挠头，"人的确是接到了，我也把车开出去了。开出去之后，客人又问了路上要花多久之类的问题，所以我肯定在市内那段路时，他真的坐在车上。当时是深夜，用不着管什么信号灯，我就一直踩着油门，从东加岛开到名神的丰中高架，穿过去之后，可能到了第二个信号灯吧，遇上了红灯，我当时往后视镜一看，客人竟然不见了。"

番匠谷教授明显咬紧了后槽牙。

"后来很快就绿灯了，我猜客人可能躺在座椅上，就没管他，一直开到了机场候机厅。可是无论我怎么叫他都不应，就转头一看，发现后座上压根没有人。连包也没有。当时车门关得好好的，也没有把人甩出去的痕迹。

我想他是不是趁着等红灯的时候跑了，可我当了这么多年的司机，怎么会听不见车门开关的声音呢？"

"车窗呢？"教授急切地问。

"两边都关得紧紧的，"司机说，"不仅如此，后座两边的车门全都上着锁——有的客人比较小心，就会自己把车门锁上。您说这要怎么跑掉呢？窗户都摇起来了，两边门也从里面上了锁，谁能瞒着司机跑出去呢？想到这里我就害怕。开了这么多年出租车，我还是第一次遇到这么吓人的事……"

司机抬手抹了一把额头。

"我想那该不会是幽灵吧。就把车开回了酒店，不过门童也说客人的确上车了，而且他还有个同伴没走。我就想至少把车钱收回来，所以才会来找您……"

"从行驶的车辆里程……"教授喃喃着，咬住了下唇，"你完全不知道他什么时候不见的，怎么不见的，对吧？一点动静都没听到？"

"我啥感觉都没有。对了……穿过丰中高架的时候，客人肯定还在车上，因为他在抽烟。而且遇到第一个信号灯时，他也还在……"

"到了第二个信号灯那边，人已经不在了，"教授探身说，"这中间发生了什么？"

"听您这么一说……"司机突然绷紧了身体,"我觉得应该是听错了,当时好像从很远的地方传来了声音……说你是谁?到哪里去?"

"很远的地方?"佐世子喃喃道。

"是的,绝对不可能来自后座。感觉就像在车外,而且离得很远的地方有人在争吵。可是我当时的时速有七十千米,不可能听见外面的声音。正好在那个时候,我突然感觉有点不舒服,就想这会不会是错觉……"

"你没有听错,"教授闷哼道,"一定是……那个家伙!"

"老师……"佐世子忍不住握住了番匠谷教授的手,"那个家伙是谁?野野村怎么了?他是被人带走了吗?"

"大田女士,"教授苦着脸站起来,"看来我让野野村君卷进了一件很麻烦的事情。"

"要报警吗?"佐世子惊恐地问,"请警方搜查……"

"不,"教授低下头思考片刻,然后压低声音说,"你可以报警,但恐怕找不到人。如果他再次出现,应该会毫无征兆地冒出来……"

佐世子一言不发地呆立在酒店大厅。

她感到全身血液冻结。

教授让司机等他一会儿,再次走向前台。

"我决定乘下午两点的飞机回去,"教授看着时钟说,"现在正好八点,还有六个小时。你准备怎么办?跟我一起回去吗?"

"不……"佐世子摇摇头,"我要找他,还要报警……"

"也是,保险起见还是要报警。不过……别怪我说话不好听,警察应该帮不上什么忙。你想想他奇怪的消失方式吧。警察只会认为司机撒谎了。"

"他……"佐世子刚开口,突然感到胸中苦闷,来不及抬手拭泪,眼泪已经滑落下来。

"请听我说,"教授牵起佐世子的手,让她重新坐下,"我很想向你解释这件事,但是现在看来应该解释不清楚了。这个世界上有很多我们无能为力的事情,至少对现代的人来说是这样。你能理解吗?"

"他……"佐世子用颤抖的声音说,"他死了吗?"

"不知道。如果不仔细查找,谁也说不清楚。总之,看来他是消失了。我有理由认为,那并不是单纯的失踪。但是那个理由又显得过于疯狂……我无法解释。总而言之,野野村君应该是被卷进了某件事情……"

"某件事情是什么?"

"现在我还不清楚……"教授脸上露出了难以言喻的

困惑,"这么说可能很奇怪。我现在完全不清楚那究竟是什么。总之现在,世界范围内正在发生非常奇怪的事情。我昨晚给波士顿的朋友打过电话,那边似乎也察觉到了。"

"是政治方面的事情吗?"

"跟政治没有关系。至少跟现代的政治无关……"教授摇摇头说,"总之,我们……也就是我和大泉,以及遍布全世界的朋友,一直在到处搜寻无法解释的奇怪事实。到了最近,它突然呈现出了更加奇怪的模样。本来无规则撒落的散沙,突然描绘出了图形。现在我们还不知道它最终会变成什么模样,就算知道了,也不知道能否解读那个图形的意义。"

教授看了一眼手表,然后站起来。

"所以请你先耐心等待,等我回来再去报警。飞机起飞前,我还有个地方要去。"

"您要去哪里?"佐世子突然感到害怕,也跟着站了起来。

"去一个地方。因为我有个猜测……"

"您要去野野村那里吗?"佐世子的声音变得异常尖锐,"您有线索吗?那我也……"

"不行。"教授断然说道。

"为什么?"

"我也不知道为什么，"他露出了混乱的神情，"总之，就是觉得不行。"

随后，教授突然换成了怜悯的表情。

"你在这里等我回来。莫非你不擅长等待?"

"不……"佐世子呆呆地说，"我已经习惯了等待。可是，如果有线索……"

"对他……"教授眼中闪过莫名的烦躁，低声说，"你也要等待。就算没有线索……"

说完，他就转过身，走向司机和门童正在等待的出口。

4

"然后……"刑警说，"教授就再也没回来，是吧?"

"是的。我一直待在房间里，直到正午过后警察打来电话。"

刑警放下铅笔，挠了挠鼻翼。被薄云遮蔽的午后阳光无力地倾洒在房间里。

"这的确很奇怪啊!"中年刑警说，"我再问一次，你真的一点头绪都没有吗?"

"是的……"佐世子小声回答。

"这可太奇怪了……"刑警拿起写了不少字的本子，再次凝神注视，"教授说的那家伙，是个年轻人，还是老人，是男是女，你也不知道吗？"

佐世子摇摇头。

"司机的证词也不像说谎……"刑警嘀嘀咕咕地说，"教授的东西也没少……这可太莫名其妙了。"

刑警注视着纸上那些名字。野野村、番匠谷、石田……他已经与K大确认过，这三个人那天驾驶K大的车辆前去古坟调查，并且已经回来了。可是当天晚上，野野村莫名失踪，第二天番匠谷教授又在古坟玄室中被什么人殴打了头部，身受危及生命的重伤。后来是在山下等候的司机报了警才把他救出来，现在还处在病危状态。就算能保住一条命，也很难保证番匠谷教授的大脑不受损伤。凶手使用的凶器完全无法判断，因为教授不仅头部被打伤，其全身骨骼和血管组织都变得异常脆弱，连医生都被那种奇怪的症状惊呆了。

"大泉老师是脑溢血，所以可以排除在外……"刑警说。

"可是——"佐世子说，"东京那边说，大泉老师可能不是单纯跌倒引发脑溢血，说不定是被什么人推倒的。"

"这么说……"刑警两眼顿时有了精神,"你认为,大泉教授也是被人杀死的?"

佐世子轻颤一下,摇了摇头。

"我不知道。"

"这个叫石田的学生,也就是那天开车的人,第二天跟朋友去登山,之后就行踪不明,还不确定是否在山上遇难了。"

刑警一脸为难。

"如果换个角度想,这也很奇怪。为什么到处都找不到他们的尸体……你怎么想?这么多相关人员一两天之内要么死了,要么失踪,你觉得这会是巧合吗?"

"不……我不知道。"

"你觉得,这背后会不会有串联一切的事件呢?"

"嗯,是的,"佐世子肯定地说,"番匠谷老师好像也有所察觉。"

"如果他能坚持活下来……"刑警叹了口气。

"你们调查过那座古坟了吗?"佐世子问。

"调查了好几遍,"刑警点点头,"那里没有别的出入口……反正因为罕见,K大的人好像说要办理保存古坟的手续。"

刑警抱起了瘦削的胳膊。

"古坟吗？这事整得好像古坟的诅咒一样，跟国王谷似的。"

"国王谷？"佐世子反问。

"你不知道吗？国王谷就是集中了很多埃及古王朝坟墓的地方。哦，其实我很喜欢这方面的事情，经常看相关的书。"

刑警害羞地笑了笑，佐世子也因为自己的大惊小怪而有点难为情。就算是刑警，也会看各种书，有各种兴趣爱好。佐世子自己就认识一名警官，很喜欢后期印象派的画作，收集了很多复制品。

"国王谷在十九世纪末到二十世纪初被白人发现并发掘，当时有种传闻，说打开国王谷的人将会遭到诅咒，结果，最初参与发掘的相关人员全都离奇死亡或是发狂了——这可是真事。"

佐世子突然感到内心深处闪过一阵可怕的战栗。葛城山……远古时期的咒术之山……不正是她给野野村讲了住在葛城山古坟里的传说妖怪土蜘蛛的故事吗？

"虽然我现在觉得那些传说不太真实，但最好还是别太靠近古坟和古冢，"刑警苦笑着说，"大阪附近不时就会发生一些难以解释的事情。下味原那边不是有个产汤稻荷嘛，据说真田的密道挖到了那里。最近政府要把那座神社的一角拆掉建成大阪市的公园，结果工人陆陆续续都发起了高烧，而且原因不明，还因此耽误了工程。再加上和歌山那边发掘贵志川古坟的人又离奇死亡……"

说到一半，刑警可能觉得有点可笑，就啪嗒一声合上了记事本。

"那么野野村先生的寻人申请要以你的名义提交吗？你说他没有亲人是吧？"

"嗯……"佐世子点点头，"我不太清楚他小时候的事情，但是听他说过，自己很早就成了孤儿。"

离开警察局，佐世子去了接收番匠谷教授的医院。

"你来啦，"已经与她相熟的年轻脑外科医生在医院走廊上见到佐世子，跟她打了声招呼，"病人应该已经度过危险期了。"

"能救回来吗？"佐世子忍不住提高了音调。

"命应该能救回来……"医生说，"但是大脑功能可能无法复原。"

佐世子垂下了眼睛。

"那么……"佐世子小声说，"老师连话都没法说吗？"

"他好像一直在念叨着什么，"医生吸着香烟说，"但是完全听不懂。几年前，苏联一位有名的物理学家出了车祸，花了整整两年的时间连续做脑部大手术，总算恢复了大脑功能。可是番匠谷教授无法接受那么大的手术。因为他各种体内组织都处在十分危险的状态，暂时需要绝对的静养，躺着休息。"

"老师受伤的真实原因是什么？"

"这怎么说呢？"医生凝视着香烟燃烧的火光，"虽说是挫伤，但是非常特殊。举个例子，就是他的后头部到肩胛骨下方被一种十分柔软、宛如橡胶棒的东西狠狠击打了。"

"橡胶棒？"

"嗯，这只是举个例子。再打个比方，就是在一个细长的布袋里装满钢珠散弹，反正就是那种力量非常大、能把骨头打得粉碎的东西。鉴别伤口的医生是这么说的，不过要我说啊，那应该也不太对。"

佐世子屏住呼吸，用目光催促医生说下去。医生清了清嗓子，然后看了看周围。

"当然这要问主任老师的意见……但是我认为，单纯的挫伤无法解释教授全身出现的症状。"

"我什么都不知道，"佐世子声音沙哑地说，"老师……

他究竟怎么了？"

"全身皮下都有大小出血，而且结缔组织、血管、骨骼等器官全都脆成渣了，他还能活着反倒是个奇迹。主要是发现得早，加上最近交通事故多，医院处理熟练才把他救了下来。不过单纯的挫伤恐怕无法解释他的组织脆化和体温上升。教授刚被送过来的时候，体温足有四十一二度。"

"医生您有什么想法吗？"

"我认为可能是震动，"医生说，"这只是我个人的见解——我们做解剖时，也会在超声波手术刀或声子微波激射器导致的组织破坏部分发现类似的症状。也就是说，老师可能遇到了超高能量的震动……"

说到这里，年轻医生突然闭上了嘴。因为几个貌似在巡视病房的医生正好从走廊转角拐了出来。

"总之你别太担心……"年轻医生突然压低声音。说完，转身就要走。

"我可以去看看老师吗？"

佐世子从背后问了一句。

"你可以到病房去，但是不能说话。"医生说完，快步走开了。

佐世子知道那位年轻医生对自己抱有一点好意和好

奇心。可以肯定，他在猜测这名女性究竟是番匠谷教授的什么人。因为他们不同姓，佐世子并没有提交两人有关系的证明，而且也不像工作上的伙伴。

还有一点很奇怪，就是没有一个跟番匠谷教授有亲缘关系的人到医院来看望过他。

曾经听教授说，他的家人都在外国。即便如此，国内的亲戚过来探望一下也是应该的吧。

住院之后，各种手续都由大学那边代为办理，佐世子因为常来探望，也帮了一些忙。前来看望的人都是学术期刊的工作人员，而且还很少。番匠谷教授其实在国外声誉更高，在日本国内则有许多论敌，跟大学关系也不怎么好。蹲在警察那边的记者打探到了野野村的失踪和教授的遭遇，倒是过来看了两眼，不过最近接连发生了工厂大规模事故、恶性绑架事件和大型贪腐案件，他们很快就从医院和佐世子身边消失了。

这天，佐世子第一次被允许靠近教授的病床。当她隔着氧气面罩看到教授的脸时，心中不由得一惊。

短短一周时间，教授的面容就发生了可怕的改变。他脸颊凹陷，鼻梁瘦削得只剩下一条细线，眼窝深陷，铁灰色的眼睑覆盖着蠕动的眼球。嘴唇因为高烧而肿胀起来，颜色发黑，干燥开裂。他的皮肤……在头部的绷带与身上的白色病号服之间，露出了宛如木乃伊般死灰的颜色。

"病人的脉搏和呼吸都很微弱，"陪同她进来的老医生用耳语的音量说，"不过烧已经退了，而且心律失常和呼吸衰竭症状都已经消失，可以算是脱离了病危状态。只不过，病人的脑电波依旧持续表现出奇怪的波形。它属于正弦波样，只是变化的方式特别奇怪，仿佛教授遭到了格外强烈的刺激，正在高速思考。"

"他的嘴唇在动……"佐世子绷紧身体，低声说道，"他说了什么吗？"

"应该是呓语……"医生摇摇头，"我们只关心病人的情况，对呓语的内容没有兴趣。他说的好像是拉丁文。"

"拉丁文……"佐世子有点失望。

"没错。他说了……tempus，还说了好几遍omnipotent。① "

"我可以多待一会儿吗？"

为了不让医生看到突然涌出来的泪水，佐世子面朝病床，低声说道。

---

① 意为"时间"与"巨大的能量"。

"你别靠太近……"医生说,"病人需要绝对静养,所以也不能对他说话。只要别待太久就行。"

医生离开后,病房里只剩下一名陪护的护士。佐世子背对护士,凝视着教授的脸,无声地流下了眼泪。

(老师……老师,您知道他的情况,对吧?)她在心中问道。(他怎么了?老师是因为他而去了古坟。那里有什么吗?老师知道些什么吗?他到底被卷进了什么事情?除了老师,没有别人知道了吗?你要我耐心等待……可是,真的只要等待,他就会回来吗?明明只有老师知道真相,可是你却什么都不说……)

有人把手搭在她的肩膀上,佐世子转过头,看见护士面带怜悯的表情,指了指手表。她擦干眼泪,也没有补妆,就离开了病房。

低头穿过走廊时,佐世子突然被方才陪她走进病房的医生叫住了。她回过头,发现医生正在跟一个身材高大的外国人说话。

"这位是大田女士,"医生对外国人说,"这位是来自美国的里德先生。他在波士顿博物馆工作,说想跟你聊几句。"

"我叫亚历山大·里德,"外国人用口音浓重但流畅的日语打完招呼,还鞠了一躬,"我想询问一些关于番匠谷博士与大泉教授的事情，前天早上刚从波士顿飞到羽田。"

"我不太清楚情况，"佐世子有点犹豫地说，"因为我也是大约一周前头一次见到了番匠谷老师，跟大泉老师也只见过两三次……"

"大泉老师——他提到过 Sand Glass 吗？"

"Sand Glass？"

"呃，就是 Hour Glass……日语怎么说来着……这种形状的玻璃容器里装满了沙子，可以测量时间……"

"你是说沙钟？"

"没错，他提到过沙钟吗？"

"没有……"佐世子感觉脑中突然闪过了什么。

"是吗？"里德显然非常失望，"B 博士……哦，就是番匠谷老师的伤情怎么样？"

佐世子和医生简单说明了番匠谷的情况，里德决定先到病房里看一眼。"如果你方便的话，请稍等我一下，"他说，"我希望能跟你多聊两句，可以吗？"

佐世子点点头。

后来，佐世子与里德来到中之岛酒店地下的烤肉店，边吃饭边交谈。这时，佐世子才真正了解了沙钟的事情。

"B 博士受伤前一天，"里德看着记事本说，"从这家酒店打来电话,跟我聊了很久。就是那时,他对我说了奇怪的沙钟和古坟的事情,还告诉我沙钟放在东京的大泉教授那里。我马上整理好工作,赶到了日本。可是当我找到大泉教授家时,他已经去世了。大学的人和家里人都不知道沙钟的事情。我又努力四处寻找,还是没找到。后来我发现了用来装沙钟的盒子,只是里面空无一物……沙钟可能已经被人拿走了。而且番匠谷博士还受了这么重的伤,完全无法交谈。请问 B 博士是怎么受伤的?"

佐世子回答不知道,然后把过去二十四小时内发生的一连串奇怪事情说了出来。失踪、死亡、遇难、原因不明的重伤,再加上沙钟的消失……

听着听着,里德的面色越来越苍白。

"原来如此……"他说,"原来如此……这的确很奇怪。可是……"

说完,他陷入了思考。

"你知道那座沙钟是在日本古老的地层中发现的吗?"

"不知道……"佐世子摇摇头。

"那个地层非常古老。照番匠谷的说法,应该是六千万年前形成的地层。"

"六千万年?"佐世子喃喃道,"那时地球上还没有人类吧？"

"没错，非常非常古老。当时称霸地表的还是恐龙这些巨大的爬行动物。"

"为什么那个时代的地层会……"

"老实说，现代科学考察经常在人类甚至其先祖都尚未出现的远古地层中发现很多不可思议的东西。一八九六年，人们在美国内华达州几百万年前形成的地层中，发现了夹在岩石缝隙里的金属螺丝。还有人曾在三千万年前的地层中发现瓷砖地板。"

"为什么？"佐世子万分惊讶，忍不住轻呼一声，"为什么会这样……难道在远古的恐龙时代，就已经存在人类了吗？"

"不知道，"里德摇摇头，"到了最近这段时间，人们开始发掘出越来越多更奇怪的东西。不久前，铅矿的矿工在法国与西班牙交界的比利牛斯山脉挖出了一大块金属圆筒的一部分。矿山管理者目睹了挖掘现场。可是第二天，等他们把学校老师拉过来，那个宛如油桶般巨大的圆筒残片已经消失得无影无踪。阿尔卑斯山奥地利一侧也有人在几千万年前的地层中发现了一块小圆镜。美国学者还捕捉到了来自落基山脉地底深处的无线电信号。"

佐世子瞪大双眼看着里德。里德却露出了莫名狼狈的表情。

"我们……我和番匠谷博士，还有分散在世界各地的有志之士都在调查这件事，因为比较好奇……不过目前还完全没有头绪，只是觉得很不可思议。"

佐世子还在注视着他，里德害羞地笑了笑，然后摇摇头。

"这件事跟你说了也没用。耽误你时间了，真对不起，"说完，他轻拍佐世子的手背安慰道，"我很遗憾听到你的恋人失踪了。真的很遗憾。可是……如果可以，请你把他忘了。"

"我要等他，"佐世子说，"不管他最后能不能回来……"

"是吗？"里德皱着眉，叹息一声，"我会尽量研究这起事件。另外，我也在请大学那边让我查看番匠谷的资料。我跟他一起进行了很长时间的研究。那是完全偏离学术体系的离奇研究，如果不是我们，恐怕谁也不会搞。不过话说回来，我们的研究可能也需要像你这样可以长时间等待的人。有些东西无论再怎么着急，也很难轻易得到。未来便是如此。我们只能等待，才能走进明天。现在暂时还是如此……"

里德站起来，向她伸出手。"我先回美国。过后一定会再来找你。"

然而——

里德的话并没有实现。返程的客机在夏威夷着陆后，他便在檀香山机场消失了。佐世子对此毫不知情。

就这样，这件事迎来了一个"现实性结局"。它只是现实层面的结局。换言之，就是这个日常里的现实性结局。

但是，被这条广阔的日常洪流所冲刷，继而慢慢老去，随波逐流，直至被遗忘，才是我们狭窄的日常空间意识中的真正结局。至少，这件刚刚发生的事情，已然不会在这个日常中继续展开。其相关人员或是死亡，或是音信全无。本应成为事件遗留物的奇妙沙钟，也消失得无影无踪。再也没有知情之人，也再没有能够讲述这件事的人。因为从一开始，知道事情之奇妙的相关人员就寥寥无几。大泉教授死了，野野村失踪了，番匠谷教授成了植物人，名叫石田的学生行踪不明——连对事件稍有把握的里德，也莫名消失了。

不，其实相关人员中，还有一个人也消失了。

尾声（其二）

那件事已经过去了一个多月。

佐世子后来辞去了东京的工作，迁居到关西。部分原因是因为她故乡的唯一亲戚——舅舅失踪了，年老的舅妈悲痛欲绝。

她的父母已经去世，亲妹妹与外国人结婚，搬去了南美，两人已经很长时间不通音信。大田家的亲戚关系都很淡薄，所以她曾经被母亲娘家，也就是鸭野家收养过一段时间。因为鸭野家后继无人，在舅妈的恳求下，她办了养女入籍手续。

直到她在葛城山麓鸭野家的老房子里安顿下来，才得知舅舅鸭野清三郎也跟那件奇怪的事情有关联，惊得她说不出话来。原来舅舅正是那座奇怪古坟的第一发现者，也是把番匠谷教授请过来的人。就在野野村和番匠谷教授调查古坟的那天早上，舅舅离开家便再也没有回来……如此看来，她也在不知不觉间卷入了事件的旋涡。

虽说如此，她自己却无从解开层层纠缠的谜团。她直觉地意识到，自己只能茫然察觉到这一连串未完成事件背后的东西，但是无从追溯。不久之后她又发现，番匠谷教授、大泉教授，还有野野村留下的笔记和记录中，都没有一丝一毫解开谜团的关键信息。

鸭野老人留下的葛城山古坟记录中，唯有"与番匠谷教授探索古坟第一羡道，发现奇怪沙钟"这样的文字，现在沙钟已经消失，谁也无法判断那行字究竟意味着什么。

一开始，她还积极联系K大番匠谷研究室的人，以及大泉研究室的人，希望他们能从古坟研究中抓住一些线索。可是，这些人留下的资料完全没有让事情变得更清晰。而且鸭野老人在图纸上清楚标明、番匠谷教授也对其有所记录的古坟"第二羡道"，也就是通往山腹、前方是死胡同的那个羡道，后来再也没有被发现过。古坟里只剩下一条羡道，与那个狭窄的洞穴相连。调查结果表明，唯有古坟顶上的石舞台略显奇特，除此之外没有什么特别。里面之所以没有埋葬死者的痕迹，可能出于某种缘由，最终未能埋葬。人们能做出的推论，唯有古坟位于山坡陡峭的斜面——这点比较罕见——以及它可能是大和朝廷成立之前，葛城山古老祭祀一族加茂氏的墓葬。

佐世子在当地初中当了老师，同时又申请成为两三所大学的旁听生，旁听历史和哲学的课。有时，她还会强迫自己去听物理学的初级讲座，因为野野村的一本笔记本中写着让她尤为好奇的东西，如果可以的话，她希望自己能够解读。那本笔记本上写着《时间与认知》的标题，内容似乎为随手记录，大开本的页面有三分之二都写着密密麻麻的文字。

笔记本开篇这样写道：

"思考认知时，是否可以认为，时间除了过去、现在、未来这三个次元，还存在'高度'的次元？一个最明显的表象就是我们越往未来前进，过去就变得越遥远，更能够正确认知。然而有个前提，就是我们偏重事实胜过体系，虚心接受真实的历史……"

她一点点研读着随处可见晦涩学术用词和外语单词的文字，感觉自己渐渐靠近了野野村的思考，在脑中形成了他的阴刻。尽管她还是无法理解他的思考，但完全理解了他的内心——尤其是"雄性"内心涌出的、几乎不可理喻的冲动，或者可以说是在他人眼中可能毫无价值的、被称为"知性好奇"的东西。尽管佐世子很快就跟不上他留下的"理论"碎片了，但她还是坚持读了下去，感觉自己和他的思维尽管截然不同，却彼此依偎，紧紧相拥，仿佛与他——与野野村本人相互接触，分享着彼此的温暖。直到舅妈给她介绍对象，她才惊讶地意识到，自己没有跟野野村结婚。但在当时，她与他的内在已经完全融合，心中不再浮现出"爱"之类的辞藻，因为两人在某种程度上已经成了一体。

于是——

她一直等待。仿佛等待是理所当然的……有时她也会想起自己那天夜里在酒店冲动道出的话语。刚说出那句话时，她觉得自己只是一时激动，忍不住胡言乱语，后来也没再多想。可是现在回想起来，那句话竟是一种奇妙的预言，仿佛来自自身直觉的最深处。那天，她既预言了野野村的失踪，也提到了他的归来。既然前者已经应验，那么后者或许值得期待。

当然，就算没有那种预言，她也能够等待。三十岁过后，她明白了无论多么焦急，有时还是只能耐心等待，同时也意识到，期待往往会让人更加空虚。她每天翻阅一次被自己摩挲得残旧的笔记本，坐在宽敞而陈旧、寂静而阴暗、裹挟在山峦与田地之间的鸭野家中，安静地等待。因为可以等待，她的生活并不空虚。

房子门前可以看见葛城山。虽然看不见古坟，但是顺着山峦中腹因为修建道路而裸露的红色泥土看过去，她知道古坟就在某一点的下方。她并没有亲自去过古坟，不过考虑到野野村和舅舅的失踪与之相关,她不禁感慨,在这座时刻都能看见古坟的房子里等待,实在是太合适了。听说古坟的一部分由于修建道路而坍塌时,她心中没有什么特别的想法。但不知为何,一个念头始终在她脑中萦绕不散——野野村还有舅舅可能穿过那座古坟前往了不知位于何处的遥远世界,只在里面留下一串足迹,并且在漫长的年月之后,又会结束遥远的旅程,再次从那里归来。

她的生活就是到学校工作,到大学听课,然后每周一次到医院看望昏迷不醒的番匠谷教授。除此之外,就是与慢慢老去的舅妈交谈,翻阅野野村的笔记,完成一些家务。田地已经交给别人耕作,舅妈去世后,她又卖掉了一部分。番匠谷教授后来一直没有恢复意识,三年后也去世了。她前去参加葬礼,发现吊唁人数稀少,不由得心中一阵悲痛。

一开始,街坊邻居都会议论"鸭野家的老姑娘",后来,她也成了悠闲乡村生活中的点景人物,被周围的人自然而然地唤作"老师"。

岁月始终单调而寂静,顺着和缓的节奏起伏。

她坐在越来越陈旧,但毕竟已经有着将近一百五十年历史、一点点变化丝毫不算什么的鸭野家中,透过深栏连轩远眺葛城山峦，看遍了春日的新绿，秋日的朽叶，也看遍了冬日罕见的山顶积雪。佐世子总会呆呆凝视着朝日和夕阳染红山巅。季节一年年轮转的自然节奏之上，又添加了人类创造的"时代"的流动。从山腹两侧逐渐延伸的红色道路，不知何时连在了一起，开始有汽车通行。可是，大山依旧端坐在那里，人为的变化反倒被吸收到自然之中，让佐世子觉得，那里似乎一直都存在着汽车道路。

至于人世，依旧以越来越快的节奏向前奔走。到处都在发射人造卫星，各国政府的首脑轮番更替，发生了国际危机，也出现过几次严重的经济衰退。城市建设和公路建设依旧带着扭曲的姿态不断发展，偶尔去大阪或是东京，佐世子总能见到造型癫狂的建筑物，让她深深感叹，自己已经跟不上那样的变化了。尽管如此，她并没有被时代抛弃的感觉。她知道一个劲快走的时钟都是廉价易坏的东西，也不希望拥有那种东西。即使在开启三个半小时就能抵达美国的喷气机航线时，即使在电视可以面向全世界直播时，她都没有感到特别兴奋。因为她知道，这些新事物并不会立刻改写文明，新世界要在其基础上经历两三代人才能诞生，而且即使诞生了，人类也会始终怀抱同样的问题，有时甚至轻易就将文明的时针逆转，走上遥远的歧路。

只要往北方去，她就能看到令人眼花缭乱的变化，但当她看向南方，葛城的群山依旧在四季的轮转中岿然不动。当然，北方大阪的上空同样始终笼罩着红褐色的污浊大气，肮脏的东西无论到什么时候依旧肮脏，人们的生活依旧逃不过贫富差距，即使来到了新世界，依旧能看到脏乱的巷子，在那里闻到廉价食用油炸的猪排味。因为人们不可能在十几二十年间一举消灭贫富差距，也断然不可能瞬间摆脱贫民窟和泥泞的道路。犯罪和堆满垃圾的角落，摇身一变成为砂糖一般甜蜜的白色方形广场。而眺望那片葛城的山峦，她会感到一千多年前，不，甚至两千年前，就有人定居在这里，跟她一样眺望山峦，行走在山间，或是举行祭祀，与现在别无二致。透过那些群山，她突然感觉两千年前的加茂一族，还有长髓彦和土蜘蛛这些远古人物，都成了近邻的沉默农户一般，让她感到亲近。当时一定还没有汽车道路，也没有目前正在挖掘的隧道，尽管如此，山的形状不会因一两千年的时光而改变，"人类的问题"也不会在一两千年之间发生变化。那么，那些丈夫突然动身前往陌生的土地，只能在家一天天眺望着群山、耐心等待他们归来的妻子，在这一两千年间应该也没有改变。她就像没有落发的尼僧，每日翻阅着那个人的笔记，如同念诵经文。

葛城山建成了新的隧道，国道二十六号线成了十车道的直通高速公路。几年前美国刚刚投入使用的气垫船开始在那条高速公路上现身，旅行观光专用的旋翼机也出现在和歌山和葛城山一带。此时，她注意到自己的视力开始衰退了。

头顶早已生出了白发，牙齿不再坚固，冬天也越来越怕冷。

她带出了一届又一届的学生，许多人都成家了，偶尔还会带着孩子到"鸭野老师"家来玩。虽说每年教的东西都一样，可是她隐约感觉到，自己渐渐适应不了教材的变化了。山上的景色也变得有些不同。和泉金刚的天际线愈发延长，生上山和北边的信贵山之间修起了横跨龙田川的大桥，与生驹信贵的天际线连成一片时，她想起很久以前有个传说，讲役行者指挥自己降伏的血鬼，在葛城山和金峰山之间架起了彩虹桥，独自嗤嗤地笑了起来。未来将要发生的事情，会不会早已存在于人类的旧梦之中？

她得到"老奶奶"这个绰号的第四年从学校退休了。令人惊讶的是，她当时已经是整个中学年纪第二大的老师。退休之后，她就没怎么出门，也不与人来往，整日只是看书，不时地给附近的小学生辅导一些简单的功课，也教一些书法。但是再过一段时间，她连这些也几乎不做了。

大阪南部、和泉平原、河内平原都发生了很大的变化，八尾的机场逐渐发展成第二大阪机场，可以容纳百人座的国内线旋翼机和中型喷气机。周围还建起了轻轨和飞行汽车专用的高速公路，出现了三座俨然工厂的大型水耕农场。多奈川旁边建成了发电量五十万千瓦的核电站，汽车道路变成了一片大网。广域行政区"近畿州"成立，市町村经过两次整合，又诞生了南大阪市这个新的大城市，农业地区也渐渐完成了城市化。可是，不变的东西依旧不变。葛城山依旧保持着太古的姿态，远眺群山的老宅和周围的梅林，以及长满鱼腥草、紫苏、蜂斗菜的院子，还有在院子里咯咯哒寻食的鸡，跟以前一样。天气好的日子，有个腰背已经弯曲的白发老太太会披着褂子坐在外廊上，任凭阳光洒在身后，定定地眺望远方的山峦。那位老太太不时会戴上眼镜，翻开边缘已经残破不堪、纸张也早已发黄的笔记本仔细阅读。有时候，她还会对着展开的笔记本，静静地打起瞌睡来。

附近也有很多"鸭野老师"的学生，有时会过来看望她。日本第一次派出月球探险队时，报社听闻担任副队长的中年学者是老师的学生，还专门上门来采访过她。不过那也是很久以前的事情了。她的学生也上了年纪，有了各自忙碌的事业，有的人还去世了。可是，老太太依旧会在天气好的日子里，出现在外廊上。

进入二十一世纪多年之后，老太太旁边不知不觉多了一个身影。那是个跟老太太同样苍老的人，表情也跟她同样安稳。等到周围的人发现时，老人似乎已经完全安顿了下来，时常穿着陈旧的和服，与老太太一道坐在外廊上晒太阳。街坊邻居都猜测，那可能是她的亲戚。现在佐世婆婆有个人说说话，心里也能高兴一点吧。

两人的关系看起来格外亲密。他们总会坐在一起晒太阳，老头不时地抬头看山，说上一两句话，老太太则一边倾听着他的话，一边戴上眼镜，颤颤巍巍地剥开一个橘子，给老头撕掉上面的白筋。两人看起来都八十多岁了。"老人节"那天政府派人来接他们去参加活动，可他们都笑着摇头拒绝。老头似乎有点耳背，每次听到什么话，都要转向老太太，用目光问她到底说的是什么。

一个冰雨飘飘的和泉平原的二月寒冷的夜晚，从未离开过家门一步的老人突然拄着拐杖，摇摇晃晃地下了山坡，出现在警察岗亭。

"鸭野老太太死了。"老人说。

不知是冰雨打湿了,还是流过泪,老人满是皱纹的脸上湿漉漉的,甚至凝聚着水滴。陈旧的棉坎肩(这一带叫作"甚平")上,也凝结着正在融化的冰霜。

"我是……我是……无家可归的流浪汉。一天走到那位老太太家问路,她似乎把我错当成了她一直在等的人。但是我……多亏了她,有了地方落脚。刚才,鸭野老太太过世了。她一直……一直握着我的手……"

老人再也顾不上体面,开始啜泣。

"请您冷静点,"年轻的警官按下视频电话的呼叫按钮,"原来老太太去世了啊……"

警官叫来医生,说明了情况,随后到岗亭里屋去拿大衣。

"我马上过去。外面很冷吧。请您在这里休息一会儿,暖和暖和,"警官一边在里屋穿衣服,一边大声对外面的老人说,"老太太去世了啊,不过好在她有你陪伴。那位老太太以前是当地初中的老师,我妈和我老丈人都是她的学生。所以老太太也算是一把年纪啦……"

警官边说边走出来,发现老人垂着头,坐姿有点怪异。他不禁皱起眉,把手搭在老人的肩膀上,只见其枯木般轻盈的上半身颓然软倒了下去。原来,老人带着泪痕，就这样也离开了人世。

方才还在下的冰雨已经化作雪花，无声地堆积在地上。

第二天，在一片当地罕见的积雪中，人们给两位老人办了火葬，然后根据老太太书箱里发现的留言，将他们并排葬在了鸭野家的墓地。送葬的人异常多，火葬地点也根据老太太的遗言，按照古老的传统安排在了户外。一缕白烟飘上雪后晴空，穿过轻轨的轨道，又穿过了金刚生驹陆地桥，飘得又高又远，融入了吉野的群山。那一缕轻烟消失的遥远苍穹的彼方，从大阪第二机场起飞前往旧金山的喷气机拉出了两道航迹云，就像两位老人一般，悠然向东南方向延伸。

与老太太并排的墓碑上刻着"野野村浩三"这个名字，其实没人知道死去的老人究竟是谁。他亲口说过自己无家可归，而且谁也不知道他叫什么，也不知他什么时候来的，从何而来。所以，他本应该被归类为直到现在仍不时出现的横死街头之人，被安葬在公墓大楼的共用区域。

但是人们说，何必呢！佐世婆婆把他当成了以前的恋人，心里也很高兴不是吗？

野野村浩三。

野野村佐世子（旧姓鸭野）。

近邻的人们又在小小的墓碑上亲手刻下了"公历二〇一八年"的日期。两座小墓碑就像两位老人生前那样，弓着背并肩坐在一起，静静凝视葛城山的方向。不过，这座旧墓场不久之后也要转移，让道给钢管铁路建设，两人的骨灰都要被安放到墓地区的纳骨大楼里。

根据佐世婆婆的遗言，婆婆养父留下的藏书文献、婆婆自己写下的大量"记录文件"都没有被销毁，而是捐到了K大历史研究所的书库里。两人居住的房子被奈良的远亲接手，旧木材被拆下来搭建茶室，地皮也被卖掉了。文献资料在K大历史研究所的未整理书库中长年沉睡，最后人们要拆除书库，增设电脑图书馆时，打工的学生做了不专业的解读，将全部文献收录在储存装置中，至于旧资料本身，除书籍之外都被销毁。

就这样，这起事件的最后一名相关者死去，迎来了第二次终结。然而，时间并不在意人世的变化，仍在兀自流动，二十一世纪最终走向二十二世纪，其前方依旧存在着永无止境的等质时间。

第三章 事件的开端

1

头痛欲裂。

他如同身在旋涡中心,被强烈的疼痛挤压着,又有更加尖锐而激烈的疼痛如同银色柳叶刀狠狠刺入大脑中枢,在那刀割一样的剧痛末端,闪闪发光的话语如同紫色电流般旋转。

"冷静……"那个话语说,"要冷静——是我在说话,我就是你,明白吗?"

"好的……"他回答,"好的,好的,知道了。一切正常,这点小事撂不倒我。"

一片漆黑。

脑子深处,身体周围,都笼罩着浓密得可怕的黑暗。与此同时,他又能清楚地看见自己飘浮在黑暗中,动作缓慢,如同游泳般挣扎。

——我在做梦,他想。

"想象,或者说梦境的世界,"紫色的话语再次出现,"你,也就是我,究竟是什么人?想起你的任务。"

"任务？"他瞪大眼睛。眼球之外和眼球之内都是墨汁一样的黑暗，黑暗从眼中溢出，在透明的头盖骨中盘旋，溢满。

"认知，终将会达成，对不对？"那个声音说，"在此之前，意识将会消亡。人类这一种群的意识也会消亡。但是你应该能想象出达成的状态。"

"想象了，有什么具体的线索？"他反问道，"没错，末日终将来临，但时间的终结不一定与认知的达成相重叠。消亡之前的时间有限，在那个范围内，认知始终不完整，始终是半吊子。"

那个话语——那个声音突然染成了淡红色，仿佛强调般猎猎甩动。"你只需要思考话语，只要'认知的达成'这一概念足够明确，只要那是能够思考的状态，就存在可能，对不对？意识中浮现的事物，无论多么奇异，都将能够实现。无论何等妄想，都拥有现实存在的正当性。"

"然后呢？"他似乎渐渐明白了，与其说渐渐明白，更像是记起来了，"然后，怎么样？难道认知也有终焉吗？"

"不，应该是时间，"话语闪耀出炫目的蓝色光芒，"认知没有终焉，但是时间会有。空间弯曲，形成闭环。

如此一来，时间也成了有限的闭环。它与空间一样，源头连着终点，终焉就是初始。然而，即使在时间终结之后，认知依旧会延伸。认知与时空朝向不同的方位，意识终将超逸。难道不是吗？"

"闭合的，时空之外……"他喃喃道。

"超越闭合的时空……"声音说，"终焉与初始相连，一切现象完成之时，认知将会完全脱离那个闭环，向外启程。即使知道了这个世界的一切，那也并非终结。"

尖锐的疼痛移向上臂。发光的话语骤然飘远。"好了……"话语微微闪烁道，"你听着，要好好干……"

"醒了，"一个耳语般的声音说，"可以了，切断电源。"

他意识到，自己正从漆黑的暗夜上升到灰色的高空。黑暗渐渐褪去，灰色逐渐明亮，转化为白色。很快，他的意识仿佛从水面浮出，回到光明之中。

他眨了眨眼。

视线前方是缓缓凹陷的天花板。疑似摄像头的东西和貌似银色投光器的物体，都闪烁着模糊的光。

"感觉怎么样？"一个沙哑的声音说。

"还可以。"他回答道——但是只有嘴唇嚅动，没有声音。

"头还痛吗?"那个声音问。

脑子深处残留着一点银色的痛楚,宛如一抹残影。

"好点了……"

"能起来吗?"

他点点头,随即感到四肢传来如同按摩一般的轻微震动。阵阵颤动中,身体的感觉慢慢复苏。

"好了——喝口水吧。"

躺卧的平台向上翻起四十五度角,他坐起身子。一个身穿白衣、体形瘦削、目光浑浊的年轻男子向他递出水杯。他贪婪地喝了一口。

"吓我一跳……"白衣男子说,"差一点,你就要因为呼吸麻痹而死掉了。你以前就对麦司卡林成分有这么强烈的过敏反应吗?"

"为什么让我摄取那种药?"他凝视着男子的眼睛,人虽然年轻,却蓄着精心打理的胡须,"我做了什么?"

"别怪我,"接过他手上的水杯,白衣男子转向身后,"研究所下了命令,让我在你的饮品里添加了吐真剂。"

"我到底干了什么?"他声音紧绷,却什么都想不起来,"难道我在研究所偷东西了?"

年轻男子转过身,几乎要把他的脸盯出个洞来,随后不动声色地问了一句。

"姓名?"

他正要回答,却没有发出声音。因为他什么都想不起来。

"过敏反应和呼吸麻痹的时间太长,引起了轻度记忆紊乱,"男子说,"不用勉强,慢慢就能想起来了。"

"我到底干了什么?"他大声问,"给我说清楚!"

"你在研究所的禁区乱晃,还用声子增幅枪打坏了上前查问的警备机器人。"

"为什么?"

"那只有你才知道,"年轻男子说,"你当时喝了点东西——不是酒精饮料,而是LSD①饮料。这一带也有提供那玩意的地下酒馆吗?"

"当然有……"他松了口气,"的确,我喝醉了。所以可以了吗?一切都是醉酒行为。"

"事情没有那么简单,"男子说,"你的确喝了,但没有醉。对你的大脑调查后发现,那是一种名为'表面烂醉'的罕见状态。虽然有点夸张,但我对你使用了精神测定法。"

他露出了忿忿不平的表情。

---

① 一种半人工致幻剂和精神兴奋剂。

"然后呢？查到什么了？"

"啥也没查到，"年轻男子摸了摸胡须，"刚给你灌下吐真剂，你就差点死了。是谁在你脑子里人为制造了禁入区域？那东西是怎么弄出来的？为什么要弄出来？你为何要用'表面烂醉'的状态打掩护，靠近那个禁区？"

"我怎么可能知道，"他冷笑道，"我都丧失记忆了，连自己是谁、干什么的、这是哪里、我怎么在这里都不知道。"

"你的姓名和职业看这个就知道了，"男子淡漠地说，"我给你把衣服拿来，你看着自己的资料，好好想想。不过你可别抱太大期望。我查了一下，你确实存在失忆症状，但很可能并非药物所致，而是你，或者你的上级人为制造。"

说完，男子便打开一扇米白色的大门，走了出去。

他被独自留在米白色和淡绿色装点的小病房里，心中突然有些不安。他是谁，为什么会在这里，这些他一点都想不起来。无所适从的强烈不安让他分辨不出周围的环境，房间病床全都模糊不已，身体犹如飘浮在半空中。

我究竟是谁？

（好好干，M……）

脑中突然响起了声音。好像跟方才在黑暗中听见的声音有些相似，只是这个声音干燥淡漠，带着例行公事的冷感，而且是个女声。

（机会来了，病房就在禁区后面。你沿着走廊往右走，从正门出去就能看到铁丝网……）"等等……"他浑身一震，四处看了看，小声嘀咕道，"是谁在对我下命令？我是谁？禁区是什么？"

（现在不是开玩笑的时候！）女人的声音里透出了烦躁，威压越来越强烈。（你被灌下吐真剂时应急施加的记忆压迫电压已经去除了，要是你一直假装失忆……）

"这是真的。我好像真的上头了，"他拼命尝试回忆，然后回答，"如果你是我的上级，那就赶紧告诉我。我是谁？我该干什么？"

（够了，M。）女声越来越愤怒。（如果你不执行任务，保安……）

脑中的声音突然中断了。房门无声打开，方才那名男子拿着一套闪闪发光的衣服和鞋子走了进来，脸上还带着一抹浅笑。

"给，这就是你的衣服，"男子说，"我看了你的身份证明，也咨询了你工作的星际航行保险联盟。当然，保险公司不可能透露自家调查员在干什么工作。"

他一言不发地穿上衣服。很合身，的确是他自己的衣服。可是很奇怪——总感觉它跟身体有些格格不入。

"好了，走吧。"等他穿好衣服，男子催促道。

"去哪儿？"

"所长要见你。"

"好……"他做好了准备，"我正好也想见他。"

"你对我们研究所有什么头绪了吗？"男子与他走进电梯，微笑着问。

"没有人会泄露职业机密吧。"他耸耸肩道。

"难道因为我们所长接连制造了宇宙飞船和人造卫星事故，你们怀疑他在骗保？"男子露齿一笑，"那个调查应该已经结束了。你们那儿的调查员以前的确曝光过某人造卫星公司的诈骗案。不过，咱们研究所就算拿了钱也没用。那些永远失去的大脑和一点点辛苦搭建的特殊机器无论多少个亿都换不回来。"

电梯来到楼顶，从大圆顶向外眺望，可以看见覆盖着皑皑白雪的苏门答腊脊梁——巴里桑山脉的主峰登波山。男子带着他穿过异常宽敞的楼顶，朝遥远彼端那座散发银色光辉的铁塔方向走去。

"所长室在楼顶吗？"他问。

"所长在上面，"男子打开铁塔下方的网格门说，"他在咱们研究所的定点卫星上。不用换衣服，坐电车去吧。"

说完,他咔嚓一声关上网格门,转身打开一个银白色卵状载具的大门,再次露齿一笑。

"你先请——保安省秘密调查部的 M 先生……"

2

卵状载具内部有四台 G 座椅(耐加速度座椅)。巨型铁塔内部可见三台容纳十几人的大型载具。他走进去时,看见外壳上安装的大量金属轮,尝试回忆了一下。

哦,原来是电磁升降梯啊。他不禁苦笑。这东西毫不稀罕,自己却看入了迷,可能记忆紊乱尚未完全恢复。

他高高地仰起脑袋,发现铁塔在五百米左右的高度突然变色,其尖端高高耸入热带耀眼而蔚蓝的虚空中。此时,他才意识到空气的清冷和氧气的稀薄,不由得浑身一震。记忆又恢复了一些。这里在苏门答腊赤道线上,巴里桑山脉最高峰葛林芝的山顶。此处海拔三千六百九十米,若是从 LSD 的烂醉状态中清醒过来,也难怪他冻得发抖。

"好了,请吧,"白衣男子请他坐进载具中,"你是第一个进入本研究所中枢部分的外部人员,但无须太过客气。"

他下定决心，走了进去。陶瓷包裹的气密门悄然关闭，G座椅仿佛云朵一般，将他包纳起来。

"你是第一次乘坐前往定点卫星的电车吗？"白衣男子微微一笑，"毕竟别处很难见到高达三万千米的升降梯。"

"而且还是研究所的私有物，那还真是头一次，"他深陷在G座椅中喃喃道，"我在喜马拉雅山坐过俄国的电车。当然，他们那些都是用于批量运输的简陋货梯……"

"哦，我知道那个，好像叫'珠穆朗玛特快'吧，"男子边说边查看气压计和温度调节器，"不过那家伙到达八千五百米的高度后，就变成沿发射轨道行驶的真正电车型载具了吧。二十千米以下的加速用的好像也是老式的火箭助推器。"

"因为它的纬度很靠北，"他闭上眼睛说，"新大陆同盟在安第斯山脉搞的科托帕希升降梯也用火箭进行初期加速。"

"这里用的都是电磁感应加速。五万米以下配备四台辅助的线形电机。准备好了吗？"

卵形载具中顿时充满了嗡鸣声。柠檬色的触发信号灯开始闪烁，突然变成耀眼的绿色，紧接着身体便深深陷进G座椅中。这时，G座椅突然反转，水平朝向两人的上升方向。座舱顶部两侧嵌有小窗，钢铁框架不断掠过椭圆形的窗格。

"最好别看窗户，"男子在旁边发出沉闷的声音，"有的人会吐。"

窗外立刻变成了不断流动的灰色光影。各类加速计指数缓缓攀升，指向2G时，又颤颤巍巍地停了下来。外面开始传来呜呜的风声。G表指针停止后，显示座舱进入范艾伦带的辐射剂量仪指针开始显示诡异的数值。

加速持续了大约十八分钟，G座椅背后突然一松，身体忽地浮了起来。匀速运行一段时间后，座椅再次转动，方才脚下的位置来到了眼前。座椅上安装的加速计指针开始往反方向转动，最后指向−2G。秒速猛然下降到二十四千米，座舱开始减速。此时，他看见窗外的黑暗空间中布满了如同细密蜘蛛网的金属丝"轨道"。

这里是东经一百度、赤道正上方、三万六千千米高空的宇宙空间。研究所直属的定点卫星为标准甜甜圈形状，外径约两百米，正在高速旋转。中心有个直径五米左右、被称为"轴"的不动部分，那就是从地球延伸上来的绝缘金属网制成的升降梯管道，其上方还设有摆渡火箭用的圆锥形入口。从不动的中轴部分前往俗称"环"或"轮胎"的甜甜圈形居住区，需要先走进轴室外围旋转的中转舱，等待其与外围旋转的辐条同步，这对他来说倒有点新鲜。原来如此，要是连中轴也一起旋转，升降梯的管道就会拧成一团。这种设计比喜马拉雅卫星那边巧妙多了。

居住区内部几乎看不到什么人，只有几个研究所成员在安静地分析资料，或是发起通信。两人穿过几道气闸，走向所长所在的房间。那个房间空空荡荡，只摆着一张孤零零的桌子，所长背朝门口站着。

一踏进房间，他突然觉得外壁全是透明塑料板，不由得心里一惊。但那只是错觉，原来整面墙壁覆盖着好几块巨大的屏幕，映出了宇宙星辰和遥远的地球。

"我把人带来了。"白衣男子说。

"好，"所长看着整面墙壁的星空说，"你先出去吧。"

白衣男子离开后，所长转了过来。他先前就观察到此人个子很高，肩膀宽阔，胸膛厚实，但是等对方转过身来，他才发现这人是黑人混血。一头拳曲的黑发贴在头皮上，两只眼睛散发着难以掩饰的野性。

"要坐下吗？"所长用洪亮的声音说，"升降梯是连接这里与地面的最快方式，不过只花四十几分钟跨越三万千米，多少有些强人所难。你一定累了吧？"

他的确有点累。在经历了一连串加速之后，他突然被扔进卫星的稀薄重力场中，现在还感到胸口发闷，脑子充血。等他落座后，所长也在办公桌后的椅子上落了座，然后轻叹一声，用指甲泛青的修长手指揉了揉太阳穴。从他的动作可以看出，此人也疲惫不堪。

"保安省到底在想什么？"所长突然安静地问。

"不知道……"他耸耸肩，"我是保险联盟的……"

"别开玩笑了，M先生……"所长用嘲讽的眼神看着他，"刚才我旁听了保安省特搜课长发送到你脑内接收器的通话。没听错的话，那应该是奥尔嘉·梅契尼科夫的声音吧。看来那老太婆依旧喜欢站在一线指挥。"

"有烟吗？"他问了一句——此时总算冷静下来了。

"你尽管在这里放松，"所长从抽屉里拿出宇宙空间用的香烟递给他，"范艾伦带的外带经常掠过这里，所以外围安装了强磁场屏障，可以完美阻断无线电波。就算你们的窃听装置也不管用。"

"星际保险联盟的确派人过来做过秘密谈话，"他边说边交叠双腿，"我平时也会帮那边做事。"

"那帮卖保险的！"所长咧着嘴，露出了半边雪白结实的牙齿，小声骂道，"好几个世纪了，那帮人的本性难道一点都没变吗？求别人加入的时候格外热情，一旦要他们出钱了，就挑三拣四，不愿给钱。这次也是，你知道我接受了几次调查，又被审核了几次文件？都这样了，还不愿意全额赔付。"

"毕竟短时间内接连发生了三次，一次是宇宙飞船，两次是人造卫星。而你又一直罩着警卫队长。"

"现在已经明确了不是他的责任，你叫我怎么做？"所长目光强势，但声音依旧安静，"他也失去了自己的下属，有一个还是他侄子。现在事故判定已经下来了，难道还要像以前的官员连坐制度那样，万一出点什么事，就算负责人没有过错，也要引咎辞职吗？要是这么说，难道我也该辞职？"

"这种事故几乎无法查明真正的原因。"

他渐渐回忆起了自己平时的冷酷手段。驳回对方的所有质问，仅仅追问自己提出的问题。他要靠这把钻头一直深挖下去，挖着挖着，对方就会露出破绽。

"所以我认为，第一次事故发生后，你们应该立刻展开严肃检讨，严防同类事故再次发生。"

"我想你应该把报告书从头到尾细读过了吧，"所长冷冷地说，"难道你完全不理会在报告书上署名的调查团——那些专家和法官的判定吗？"

"审判的原则至今仍是'疑罪从无',但是辛贝尔所长,我们可不一样,"他小心翼翼地把烟灰弹进抽气孔里,"第一次是意料之外的事故……难道第二次、第三次也是吗?"

"我再重复一遍,警卫方面没有疏漏,"辛贝尔抱起双臂说,"绝对没有。"

"不,有,"他也模仿所长抱起了胳膊,"你们为何没有请求我们支援?你把手伸到学术省,断然拒绝了我们局长提出的帮助,这不就是最大的疏漏吗?"

"请你们保安省的人?"所长猛地一拍桌子,"不行!绝对不行!我怎么能让你们踏进我们的地盘!你们把所有人都当成罪犯,又怎么可能明白我们这个共同体有多脆弱。就算理解了,也只会激发你们的施虐冲动。你们就像看见花园就忍不住踩踏的小孩子。我们的警备系统就是在共同体的成长过程中,作为其一部分建立起来的。"

"花园的守门人抓不住凶残的炸弹狂魔。他们顶多驱赶一下小孩子和野狗。"

"你们不也抓不住凶手吗?"所长用异常洪亮的声音说,"你们顶多只会妄想——炸弹狂魔就是所里的成员。"

"坦白说吧,"他松开双臂,"所长——联邦保安省认为超科学研究所有所隐瞒。你们以 IT 法为挡箭牌，拒绝保安省介入调查，必然是因为这里有什么。"

"我还可以用 IT 法作为挡箭牌，拒绝回答你的任何问题，并且命令你立即离开，"辛贝尔所长面无表情地说，"IT 法——象牙塔法案是我们学者耗费漫长的年月，经历血腥的斗争，好不容易才争取到的权利，你知道吗？在这项法案生效之前，几百万的学者惨遭杀害，文献被焚，还被舆论暴力打入监牢，剥夺了生存技能，不得不流落他乡……就连所谓完全自由的民主社会，也存在大量学术禁忌。我们时刻被你们这些人监视、纠缠，连在路边弹一下烟灰都要被举报，成为不遵守道德的证据被提交到庭审上。"

"但也有不少议员认为，让你们拥有犯罪者的庇护权太过分了。"

"那不是单纯的犯罪者。我们也要经过严格审查才决定是否发动庇护权。可是，如今地表的寺院和教会已不再有庇护权，将其保留下来，难道不好吗？毕竟我们不是犯罪集团。"

"我来这里不是为了跟你争论这个，"他毫不客气地说，"我只想知道你们究竟隐瞒了什么。这次抓到我，应该是个对彼此坦诚的好机会……"

辛贝尔所长把玩着火星钢玉的镇纸，沉默了片刻。果然有问题——他想。这个所长心里清楚我是什么样的人物。是在这里开诚布公，跟我做个交易，让最高法院驳回保安省申请的强制搜查令，还是把我赶走，依靠政治人脉解决这件事？他近乎本能地认为，所长会选择前者。

因为他知道，所长正因为别的事情心力交瘁。过于憔悴的人通常无力展开交涉。

"坦白说……"所长果然用他料想中的语气开口了，"我们也没隐瞒什么。只是……"

"只是什么？"

"三起事故接连发生时，我们——至少是我，多少猜测到了原因。"

"那么，你已经对凶手有头绪了？"

"凶手？"所长嘴角勾起一丝笑意，"我可没说那是你们口中的犯罪。"

"我们就不要拐弯抹角了吧，"他强行打断了所长的话，"只要我们有意愿，并非不能搞强制调查。超科学研究所的连续爆炸事件有可能是异星系外星人的攻击——只要这样说，星际治安局就会授予我们特别权限。这玩意儿可容不得你说三道四。虽然我们的前线尚未直接接触过外星人，但存在各种征兆，早就积攒了不少压力。"

突然，辛贝尔所长的微笑在嘴角冻结了。他脸上眼看着没有了血色，双眼瞪得老大。

"对啊，外星人……"所长声音沙哑地喃喃道，"这样解释也说得通。不……不可能。"

"所长，怎么了？"连他也有点紧张了，"你想到什么了？"

辛贝尔所长没有回答，而是按下了通话器按钮。"准备一艘太空艇，"他说，"我要去五号资料卫星。对，现在马上。"

接着，所长又转向他说：

"跟我来，路上跟你解释。"

3

从地面上升时乘坐的卵形升降梯装有特殊防辐射外壳，因此可以穿着普通服装乘坐，不过从定点卫星前往研究所的资料卫星，就要套上极为厚重的防辐射护具。

他按照要求，在宇航服里面穿了一层防辐射服，发现太空艇内部也带有中子屏蔽乳胶涂层，此时才真正意识到，这里是地球赤道上方八九万千米、被范艾伦带覆盖的地方。外带那些一二百伏的高能质子带在磁场和太阳辐射的影响下，不时会猛然膨胀到内带的这个地方来。当然，这一带本来就是电子带，因此卫星自带的磁场屏障应该能阻拦掉大部分辐射……

他和辛贝尔所长走进近乎半球形的太空艇，小艇顺着旋转甜甜圈的一根辐条滑行至发射口，借着离心力被发射到了宇宙空间。随后，它很快捕捉到标识卫星发出的光信号，自动驾驶模式启动，选中相隔数十千米的一颗资料卫星，开始缓速前进。太空艇窗外能看见研究所中枢定点卫星的巨大圆环，其中心部位像一根细丝一样，低垂到遥远下方闪耀的地球大气层中，那就是他方才经过的升降梯通道。

"我有一个疑问……"他看着窗外的风景说，"你们为何不满足于地表的设施，还要在大气层外建好几个资料室、研究室和综合整理室？宇宙联合军司令部的人甚至怀疑你们发现了什么新东西，正在躲起来偷偷摸摸地研究。"

"军队司令部为何会……"所长拔高了音调，但很快就恢复了平静，"他们想多了。考虑到研究所两百年的历史，我们的资料自然是越积越多，这你应该很清楚。这些资料跟普通的科学研究不一样，不能把旧的全都扔掉。未解决的东西，就得一直保留。"

"这我知道，"他打断了所长的话，"我还知道你们的研究所前身是博物馆联盟。在这方面，你们算得上专业级的磨磨蹭蹭了。不过即便如此，你们搞了整整三台模拟记录仪是……"

"哦，那东西用起来很方便。因为嵌入了电脑，整个博物馆的记录能够压缩到手掌心这么大的储存空间里。不过要我说啊，就算现在通信研究所正在开发的物质再生器能投入使用，我们还是需要一定的空间来保存实物。你听说过西伯利亚东部冰河洞里发现的长达两米的环虫吗？"

"没有。"

"大约五六年前发现的，那东西被冻得死死的。我们在封冻状态下把它从头到尾观察了一遍，最后决定将其解冻拿去解剖。在化冻的时候，那家伙就死透了。于是我们把它的尾部切下来，观察它的组织。然后把头部泡进了防腐液。解冻三天后，那家伙的组织已经完全死亡，还被切成了无数块。可是到了第四天早上，一名研究所成员发现泡在防腐液里的脑袋竟然爬了出来，在走廊上慌忙逃窜。当时造成了很大的骚动，最后那家伙跑进下水道，从此行踪不明。如果让物质再生器将它记录下来，机器肯定能完美重现死亡的组织。可是，那家伙复活的秘密要如何重现出来呢？"

一颗印有 No.5 标识的银色卫星渐渐逼近，于是他放弃了继续提问。

超科学研究所管辖的五号卫星内部几乎被一台巨大的电脑完全占据。里面只有一个操作间，一个仓库，除此之外别无他物。一名研究所成员坐在操作间里，正在用小型计算机运行复杂的程序，周围没有其他人。

"解读还算顺利吗？"所长问。

"嗯，快要抓住规律了，"研究员头也不抬地说，"跟第一次预测的结果一样。毕竟从脑电波分析重新构筑思考这种事，以前谁也没做过。"

说完，研究员离开计算机，走向微型读写器。就在那时，研究员明显双肩一抖，用受到惊吓的锐利眼神看向了他。他忍不住紧张起来。

"这是我从超能力研究部门请来的成员，"所长低声说道，"他很优秀，是个被动型心灵感应者，或者说是个'读心者'。虽然范围有限，但也表现出了一些预知能力。"

所长转头对盯着他们的研究员开口说道：

"别在意，托尼。他是我的特殊客人。"

他感到内心深处涌起了一丝焦虑。只是不知道为什么。

"M先生……"所长一边走进电脑室,一边用沉着的声音说,"这里就如你所见。仓库里还有三名警备员。此处还被称为'冥想室',通常都是研究员一个人待在里面,放空身心,等待众多数据中冒出一个模糊的幻影。这在佛教中叫作'开悟'。"

"以达天声。"他用调侃的语气说。

"这不好笑。这里正在整理自查尔斯·福特以来,人们有组织收集的几亿个超自然现象,现在好不容易快要找到规律了。"

"福特是谁?"

"史上第一个系统收集超科学和超自然现象的人。对了……"

所长停在操作间一角的巨大透明球体前方。

"你知道我们使用五个卫星上的五台电脑,打算干什么吗?"

他摇摇头。球体内部悬浮着五个小小的卫星模型,各自散发着放电一般耀眼的光芒,那些光束在磁场的作用下弯曲,与临近的模型相连。所长转动表盘,模型在球体中移动起来,光束描绘的立体图形立刻发生了改变。

"这不是还有两个没发光的卫星模型吗？"所长沉痛地说，"它们就是遭到破坏的卫星。连控制用的宇宙飞船也一同被破坏了。"

"这是什么游戏吗？"

"每个卫星的电脑中都储存了研究所两百年间搜集来的资料数据。从一号到五号的电脑都以随机思考的形式，从自己储存的资料中寻找并提取存在可能性的无数种规律，并加以整理，同时以'讨论'的形式用电波信号彼此传递每一种规律。"

"原来如此，"他点点头，"而宇宙飞船就充当了电脑之间的头脑风暴的主持人。"

"没错，"所长点点头，"一开始我们都在地表进行这项工作。但是讨论进行到某种程度，每个电脑都开始拥有个性，于是我们就想在这五台机器之间导入一种空间上的关系。"

"电脑拥有个性？"他瞪大了眼睛，"这我还是头一次听说。我以为，电脑的思考正因为排除了个性，才能超越人类？"

"不对，"辛贝尔所长向他投去了怜悯的目光，"无论什么机器都不会完全相同。哪怕是量产型的机器，也只是在一定误差范围内被视作相同，实际则拥有各自固定的脾性。这种脾性再加上各自独有的经历，比如工作种类和使用者脾性的影响，就开始形成某种稳定的性格，也就是个性。就连电脑这样的机器，只要被使用的次数多了，也能找到自己的'个性'。"

"哦……然后呢？"

"而且，我们还在一定程度上培养了那些个性。无论多么天才的头脑，只要从非常长远的角度来看，都比不上众人集中的智慧。'三个臭皮匠顶一个诸葛亮'，你知道这句东方谚语吗？"所长用关爱的目光凝视着透明球体，"让每一台电脑发挥自己的个性，说不定在个体的差异之中，就会发现意想不到的进步的萌芽。与此同时，也有经过无数次复杂的循环重组，最后才能摸清规律的东西。比如地球上出现生命，一直进化到人类——电脑容量毕竟有限，要完成这种思考实验着实有些困难。于是我们放弃使用电子模型来让五台电脑讨论自身的思考组合，而是让电脑本身设定一个思考因素，将思考过程转化为电磁场，由电脑本身向卫星的操纵装置下达指令，在空间上任意定位。"

他目不转睛地看着球体中发光的模型。那仿佛是五个坐在房间里自由思考、自由讨论的人。

其中两个人在热烈地讨论，另一个人不时插上一句，做出评判。一个人静静听着两个人的讨论,试图找到新途径,还有一个人稍微远离其他参与讨论的人,沉浸在自己的思考中。球体中的模型仿佛在对话,交换着绿色的光束。在这片宇宙空间中,电脑互相交换着电磁振动——而负责将五个人的话语和举动记录下来的人,就是宇宙飞船。

"为什么在讨论的电子模型之外还要导入空间位置关系?我不太明白……"他喃喃道,"结果如何呢?你在宇宙空间里抛出五个骰子,出来了五张王牌吗?"

"连续三次……"所长嘴角微微颤抖着,小声说道,"于是,我们几乎对某件事有了确信。紧接着,就是一连串的事故。你能明白吗?我们正在做一场实验,离结论只差一步了。你觉得在这种时候,我们会为了区区一点保险费,故意制造事故吗?"

"你说的结论……"他故作随意地问,"是什么?"

"这么说吧。事故本身跟我们研究的问题有点微妙的关系,"所长压低声音说,"实验被迫中止了。可是,我们向剩下的电脑咨询了意见。电脑们基本同意。这一连串事故反倒让我们离那个触手可及的结论更近了一步。"

"什么结论?"

"未来的干涉……"所长说,"目前官方还没有发表结论，但我感觉基本没错。而且奇怪的是，干涉存在两种模式。"

"两种？"他用平板的声音说，"哪两种？"

"一种就像路标，散落在历史长河中。它们等待我们去发现，通过某种无法解释的奇特现象，尝试向我们诉说。仿佛在朝我们大喊：洞察我的意义，解读我的存在。但是，我们不知道它们想表达什么。它们就像零散的天书，由我们看不懂的文字书写而成。每一个现象都属于截然不同的类型。有的深藏泥土之中——应该说在泥土深处，古老的地层之中。有的则在远古遗迹之内。还有的突然出现在地表，化作奇怪的印记，或是不断嘶吼着意义不明的话语，被人们当作诡异的幽灵……"

"还有一种模式呢？"他走向窗边，问道。

"还有一种，就是未来的干涉，试图打断那些诉说，"所长用僵硬的声音说，"我们——现代的我们想要倾听那个声音时，它就会横加阻拦。当我们得到一些证据时，它就会将其抹除。它夺走我们的知识，在大局上，让人类整体的关注从这个方向上偏移。它就像一只无形的大手。现在我们已经查明，这两种干涉力量的纠葛，从二十一世纪后半期开始愈演愈烈。因为从那时起，超越常识的发现和现象突然连续发生,而将其全盘否定的事件,也毫不客气地加快了频率。"

4

资料卫星——不,准确来说,五号电脑卫星的窗户可以看见散发着光芒的半球形地球。它的视直径①约有二十度,像个圆盘一般扁平。透过散发着银白色光芒的大气层,可以看见模糊的紫色、绿色、蓝色斑点,那是地表的陆地与海洋。不远处还有一个银色光斑,那是研究所的定点卫星。下方银丝一般的升降梯通道一路垂向地表,隐隐反射着光芒,就像以地球为轴心、向宇宙空间伸出的巨大行星指针。还差几分钟,那根指针就要滑入地球长长的阴影之中了。

他凝视着眼前的光景,发现自己已经对所长的话完全失去了兴趣。那些话实在太无聊,只是些再明白不过的事情。或者说,他现在最关心的是,自己在拼命寻找着某种东西——某种几乎无法理解的东西。

"这是什么门?"

---

① 即角直径,是以角度做测量单位时,从一个特定的位置上观察一个物体所得到的"视直径"。通常用于描述天体大小。

漫长的沉默过后,他突然问。

"通往仓库的门,"所长疲惫地回答,"这是电脑室对面那间仓库的后门。"

"可以打开看看吗?"

"请便,"所长说,"我没什么可藏的。'讨论'暂时停止,目前正在对地面运过来的资料准备调查。这里面只有那些资料,还有一堆零碎的物品。"

仓库里一片杂乱。

一半空间存放着卫星上的生活物品、修理工具和私人物品,另一半则放着资料。那都是些不起眼的东西。有陈旧变色的书籍和笔记,还有仿佛从海底捞上来的、锈迹斑斑、长满藤壶的青铜小机器,以及含有化石的小块岩石,貌似陨石、魏德曼花纹明显的石块,骨头碎片和貌似棺材一角的彩色木片……

"这是什么?"他停在一台小小的箱型机器前方。这东西一只手就能拿起来,上面安装了键盘和开关,另一面是老式二极管一样的荧光屏幕。"是一台老式电视机吗?"

"没错!"所长点点头,"三百年前的东西,不过做得很精巧。它属于最早期的晶体管结构,目前我们正在对它集中分析。搞不好它能填补丢失资料的空白。"

"什么意思?"

所长没有说话,而是轻轻碰了一下那台电致发光技术出现之前的电视机。咔嗒一声轻响,荧屏发出了淡绿色光芒。

"这东西虽然很老,但没什么毛病,"所长说,"当然,这也多亏它很早就落入收藏家的手中,没怎么被使用过。那人把这东西保存在了自己的藏品仓库里,一直没有人去关注,直到一百五十年前,被史密森尼博物馆的超自然现象部门收购了。"

"这是日本产的,"他说,"没电池吗?这东西能接收到星际放送吧?"

"电池完全没电了,"所长露出神秘的笑容,"只要换上新电池,就能接收到部分频道——不过它的价值在于,就算没有电池也能映出东西。等着吧!"

突然,房间被一片漆黑笼罩,应该是所长关了灯。

漆黑的仓库里,没有电的小电视机画面发出淡淡的绿光。接着,那上面又出现了模糊的动态,他不由得凝神注视起来。模糊的动作一会儿凝聚,一会儿散开,过了一段时间,竟组成了一张人脸的轮廓。

"大约三百年前,这台电视机放在东洋某座医院的病房里……"所长的声音在黑暗中显得异常沉闷,"病房里的病人长期卧床，最后去世了。在此期间，电视机一直摆在那里。很久以后，病房又住进了新的病人。不久之后，新病人就发现，这台电视在半夜切断电源后，会显示出貌似那个死去的病人的脸。"

"很普通的鬼故事嘛。"他凝视着屏幕上的模糊轮廓，同时警惕着周围的黑暗。

"可是这台电视机没有遭到破坏，而是落到了一个喜欢鬼故事，也喜欢稀罕物的收藏家手上，运气真可谓出奇得好，"所长低声耳语道，"你看，这个男人三百年间一直在向我们诉说。"

由于过度模糊，很难分辨那张脸的主人是否睁开了眼睛，但可以看出他的嘴一直在动，仿佛在快速说话。看他的样子，应该是个五十多岁、身宽体胖的男人。面部表情充满知性，但因为病痛而严重憔悴。他的口中完全没有发出声音。

"这个时代的幽灵，就是你们正在集中研究的对象？"

他问了一句，心里飞快估算了这个卫星的结构和规模。

"没错。我们花了很长时间——将近二十年时间，去调查这个幽灵的身份。后来终于查到，他曾经是某方面的国际知名学者。要在旧记录，尤其是非大众知名人物的记录中找到他，着实费了一番工夫。"

"你们查出什么了?"

"查出了他诉说的内容……"所长的声音很低,近乎耳语,"刚才不是有个超能力者在做研究吗?他读取了这个幽灵的唇语,尝试用超感能力与幽灵展开模糊的对话,进而对他那些不可思议的话语内容进行分析,同时进行调查验证。"

"这幽灵到底在说什么?"

"他说……"所长顿了顿,深吸一口气,"他在危急时刻遇到了古时被称作'离魂'的现象。他的意识现在——也就是从他离魂的那一刻起,就被困在了我们认知中时间和空间不存在的地方。可是,他在那个地方可以看到我们完全看不到的东西,可以理解我们全然无法理解的东西。于是,他就通过自己的见闻,对我们不断发出警告。三百年间,用我们难以理解的手段……也就是说,通过三百年前放在他病房里的这台电视机……在他一息尚存时,从身体中游离出来的意识似乎在自己被封闭的地方与他身旁的这台机器之间创造了某种通道。你问怎么创造?我们并不知道。可是,这条唯一的通道,现在仍旧与他所在的地方保持着某种形式的连接。"

"你刚才说警告?"他小心翼翼地从电视机前退开了,"什么警告?"

"他的警告很模糊,难以把握。但是我们正在一点点解析,相信不久之后就会明白。现在已经快要捕捉到一些意义了。"

他不再发问,安静地等待所长说下去。

"他还活着的时候,在住进医院前,似乎有过某种奇异的体验。当时,他意识到了跟我们同样的问题。并且在他的意识被封闭的地方,那个问题变得更加清晰了。那个问题——就是未来的两股力量。"

此时,他已经从所长身边退开了。刚才他知道了自己要找的是什么,不过为了保险起见,他又提出了最后的问题。

"你们查到这个幽灵的真实身份了吗?"

"当然查到了,"所长转向黑暗中传出声音的诡异方位,突然狐疑地说,"他是活跃在二十世纪后半期的日本历史学家,名叫 Takanori Banshoya 博士[1]……M 先生,你要去哪里?"

他在黑暗中飞快地摸索着。那东西遵照他的暗示适时出现了。他将其一把抓住,枪口对准了电视机。在黑暗中宛如磷火般忽明忽灭的方形小屏幕忽然消失——与

---

[1] 即番匠谷教授。

此同时，电视机宛如内部突然升压，悄无声息地碎裂开来。

"你在干什么？"

所长锐利的声音划破了黑暗。摸索电灯开关的动静让他把功率开到了最大。自己能否及时走进事先导入仓库中的空间切换光线——那个瞬间，他突然没有了自信。一阵激烈的、分不清是怒吼还是惨叫的声音，在仓库中回荡起来。

三个人在定点卫星监控室的屏幕上，目睹了超科学研究所下辖的五号卫星突然像爆竹一样炸得粉碎。地球周边区域响起警报，几台急救宇宙飞船赶到现场时，卫星已经连碎片都不复存在了，成了在宇宙空间中迅速扩散的一团气体。急救宇宙飞船在气体中四处航行，将它们收集起来，最后垂头丧气地返航了。当时身在卫星内部的超科学研究所所长辛贝尔、正在工作的一名研究员，以及另一名疑似保安省的工作人员，全部消失无踪。

短时间内发生在超科学研究所的连续事故中，当属这第四起事故最为难解。前三起事故尚且能归咎为保养不当或与宇宙碎片发生了撞击，总之都是很普通的爆炸事故，但是第四起跟前面三起截然不同，巨大的人造卫星连同内部的电脑竟然转瞬之间完全气化。这种现象本身就足以成为超科学研究所的研究对象。

而且，后来赶到的急救宇宙飞船收集回来的气体样本中，并不存在核爆导致的辐射与核裂变生成物，只能检测到随处可见的金属分子和气体分子，而且气体分子的能量过于微弱，完全无法将其认定为"爆炸现象"。因此准确来说，五号卫星并没有爆炸，而是瞬间"气化"成了低温低压的气态。

负责调查原因的学者认为，可能是组成卫星的分子之间的大部分耦合能量突然像被空间吸收一样消失得无影无踪。不管怎么说，某种力量把数量多达十的十次方的分子晶格瞬间打散，而且这种力量尚未来得及转化为单个分子的动能，就神秘消失了。

政治问题则以另一种形式不断发酵。学术省公布，五号卫星收集了地球以及宇宙空间、外部行星的各种奇特现象资料，占全部资料的百分之三十，同时还暗中责难保安省违反IT法，派调查员前去调查，并暗示这起爆炸事故可能与保安省特搜课某调查员有关。

对此，保安省的梅契尼科夫女士发起了强烈反击。她声称，组织内不存在名为"M先生"的人物，虽然保安省的确派出了一名调查员，但他在事故发生一周前，已经被发现死于地球某处，因此，事故发生时，他不可能身在五号卫星。而且保安省认为，超科学研究所的一连串事故可能隐藏着某种"阴谋"，他们已经向学术省当局正式提交了事故调查介入的申请。随后又提出，保安省并没有安排违反法律的调查，并谴责学术省试图将事故责任转嫁给他人。

总而言之，地球联邦政府在正式命令下展开了事故的综合调查，调查期间，关闭了超科学研究所的部分区域，并责令其将卫星轨道上的研究所资产转移到地球或月球上。如此一来，超科学研究所被称为"扑克骰子"计划的一连串研究项目不得不中止了很长一段时间。

第四章　审判者

1

穿过黑暗、蜿蜒而又扭曲，仿佛永无止境的通道，他再次回到了自己的老巢。

那是一片宽阔的灰色空间，空间的边缘笼罩着灰色雾气。如果有什么东西在雾的深处朦胧显现，亮灰色雾气的一部分就会像油膜一样散发出五彩的光芒。空间正中央是一块宽阔平整的圆盘。圆盘很薄，几乎看不出厚度，整体呈现浅浅的褐色和灰色，反射着朦胧的光。圆盘悬浮在球型空间的中点部位，上面摆着圆顶状、圆筒状和长方体的灰白色块状物。

这个空间被封闭在无止境的倦怠、阴郁的午后和沉重的忧愁中。它看起来无比陈旧，失去了一切气力。不知岁月的陈旧块状物没日没夜地匍匐在这个永恒的灰色世界中，颓然不动，散发着灰头土脸的疲态。

尽管如此，在经历了黑暗与扭曲的诡异震动，以及突然袭来、宛如几百根钢针穿透身体的剧烈疼痛、恶心、眩晕、虚脱之后，当充满宿醉痛苦的狭窄空间另一端出现那个灰色空间的模糊身影时，他还是产生了回到老巢的放松感。

然后，他耷拉着肩膀，顶着筋疲力尽的铅灰色表情，拖着沉重的脚步，落到了散发着微光的灰色圆盘上。几个不明年龄、表情阴暗的人悄无声息地从他身边走过，他们没有对彼此说话，甚至没有瞥上对方一眼。

他走进了用双眼看不见的文字注明了"七部"的建筑物中，跌坐在凝固成椅子形状的灰色团块之上，双手抱住头，许久没有动弹。一团雾气从房间角落涌出，在他面前形成了桌子的形状，又有一小团橙色的云雾出现在上方，旋即变成橙色的雨点落了下来，化作宝石般圆润的液滴，停留在云团组成的桌子一角，仿佛在等他喝下去。

可是，他看都不看一眼，依旧垂着头。不一会儿，橙色液滴似乎放弃了等待，融入了灰色的云团里。

"辛苦了。"

一个不成声音的声音在昏暗的房间中响起。

"似乎很顺利啊。"

"死了两个人，"他头也不抬地嘀咕道，"通话装置被我破坏了。不过番匠谷的意识似乎真的被封闭在别的空间里了，不在那台机器内部。"

"必须马上把他找出来,"那个声音说,"可是,连我们都不可企及的空间,究竟要以何种形式存在?"

"不知道。你不如问问'他'吧。"

"'他'的确可能知道,"那个声音略显恼怒地喃喃道,"可是,我们无法与'他'直接对话,这点你很清楚。"

"可是我跟'他'直接对话了。"

"什么?"

声音吃了一惊,语调锐利了几分。七部长在他面前强行实体化了。云团组成的桌子因此急剧硬化,继而出现无数龟裂,瞬间炸裂开来,整个房间被强烈的力场波动所摇撼。

"真的吗?那真的是'他'吗?"

"我觉得是,"力场波动让他头痛欲裂,他只能皱着眉头说,"我按照二十三世纪那名男性的身体肉体化时,在意识重新构建的前一刻,有个人对我说话了。我感觉,那就是'他'。"

"你怎么知道是'他'?"

"我也不清楚,就是直觉。"

"你们说了什么?"

"记不清了。好像是认知的超越性。"

部长长叹一声。他黝黑端整的面庞闪过了羡慕的神色。

"那应该真的是'他',"部长喃喃道,"如果'他'直接对你说话了,那你可能是'天选者'的候补。这真是个特例。"

"也不好说。前面不是还有很多测试吗?"他说,"而且,我也不想当什么'天选者'。为何非要选中我呢?"

"你问这个也没用。为何在无限的星辰中,唯有那颗星星能够生成生命体?为何你会存在,且存在于此处?这些问题谁能回答?"

"除了'他',"他说,"这些问题只有'他'明白。"

"那个'他',若处在我们'知道'的状态,或许也不明白,"部长说,"反过来说,'他'可能是我们意识本身的产物。我们大可以认为'他'是我们想象的产物。与此同时,'他'也完全可以把我们当成'他'的产物。"

"别说这个了,"他苦涩地咕哝道,"这话说起来没完没了。"

"对,你应该很累了。"

"累是什么?"他尖锐地问道,"肉体化期间,那种感觉非常具体。肌肉酸痛、四肢无力、脖子僵硬、脑袋沉重、胸腹憋闷——那都是物理的状态,可以清楚指出哪里疼痛,哪里无力。可是现在,疲劳并非具体的东西,只是一种心理状态。抽象的心情要如何缓解?它既没有可以按摩的肌肉,也没有能够被酒精激活的血管……"

"艾,你没有忘记吧?"部长温和地说,"我想,让你放弃疲劳的东西,一定在广场上。而且,新命令已经下来了。"

"部长,我能暂时放弃自己的存在吗?"他略带嘲讽地说。

"那就没有意义了,艾,"部长耐心地告诉他,"就算能够中断存在,你也已经没有自身的存在去感知那段空白了。因此,那段空白对你来说没有任何意义。不管怎么说,我们必须存在,只要存在不断绝,就必须一直存在——从某种角度来看,这是我们最可怕的宿命。"

"新命令是什么?"他无可奈何地说,"总算到决战时刻了吗?"

"那个命令还没下来,"部长读取着墙上看不见的文字,"围剿叛军还需要收集更多具体的资料。你到第二十六空间去,指挥'审判者'的收割。"

"第二十六空间?"他惊讶地问,"那个空间的受控对象已经进入收割期了?"

"很遗憾,我们似乎无法指望那个空间保持顺畅的直线型发展,"部长说,"当然,星辰的命运各不相同。一旦土地出现了病害,即使收获很少,也必须尽快收割。"

"知道了,"他露出无奈的苦笑,"而且如果对象是'审判者'级别,肉体化也轻松许多。再就是他们的感情纠葛也很少。"

"但你要注意……"部长说,"收割时他们可能又会现身。"

"那么……"他惊愕地抬起头,"难道,这是个圈套?"

"应该不是,"部长摇摇头,"但我也不能确定。"

2

瑞克·斯坦纳用望远镜凝视着散发出奇怪暗淡光芒的太阳,表情沉痛地哼了一声。

"还有三个小时……"

火星上的所有人都像疯子一般四处窜动,而且全都沉浸在诡异的沉痛气氛中。他们像嗓子里堵了石头,发不出声音来。火星上的大部分人员和设备已经被转移到了宇宙空间中,在轨道上等待,以便发生异变的瞬间能够立刻躲避到火星背面。工厂等大型设施中,可以移动的部分也全都被转移到了异变时火星处在夜晚的一侧。

然而他们完全无法预测异变将持续多长时间。搞不好，宇宙飞船可能只有沿着火星轨道航行，一直躲在火星背面才能够得救。

"松浦啊……"瑞克忍不住转过身，叫了一声同样在与地球保持联系、同时观测太阳情况的同事，"我们真的会没事吗？表面爆炸的瞬间，我们真的不会被烤死吗？"

"现在目测会没事，"松浦用日本人特有的、分不清R与L的口音回答道，"不过问题是——光压也就算了，爆炸产生的气体到达火星时究竟带有多大能量。"

"混蛋！"瑞克抬起袖子抹了一把一直在往下淌的、分不清是汗水还是泪水的液体，"早知道会变成这样，我就把一家人都带到火星来了。"

"你看，"松浦指着雷达仪说，"地球出发的最后一批避难飞船正在接近——只有三艘。"

雷达仪的角落里出现了三个光点，正在缓缓划过屏幕上方。

"是啊，早知道会变成这样……"松浦咕哝道，"就应该早点放弃军备，专心造飞船。"

"太扯淡了！"瑞克闷哼了一声，"哪怕再晚一个世纪也好……那样即使救不了全部，也能救到更多人……"

的确如此。时至二十一世纪中期，居住在宇宙空间中的人口仅有数万，而且大部分在从事月球表面的开发。

而其他行星的开发，则被计划到了二十一世纪后半期到二十二世纪展开。

宇宙开发之所以如此迟缓，说到底是因为国际争端和政治机构的问题。

由于国际关系紧张和经济变动，各国的开发项目经常被迫中断。直到亚洲爆发了局部核战争，各国之间的对立才算走上完全和解的正轨。二十一世纪初，地球正式完成了核武器全面废弃和全面裁军，直到二〇一〇年，全球总生产的统筹分配机构才开始运作。而且，一直等到二十一世纪前半期即将结束，宇宙开发项目才占到了全球总生产的一成。

当时——

围绕太阳周边的几颗OSO（环轨太阳观测点）卫星突然报告太阳表面有异常现象。短短八个月后，天文学家就预言两年后太阳活动"将对地球生命体产生重大影响"。

3

距离"最后时刻"还有几个小时，地面反而重归平稳和静寂。

汉斯·马里亚·福明——今年二十六岁的中德混血青年结束了南太平洋地区第七部门选拔委员的所有工作，来到棕榈树叶覆盖的陈旧小屋的粗糙露台上，躺在这个小岛殖民时代的治安长官曾经用过的、早已风化却依旧结实的摇椅上，叼着已染成完美琥珀色的祖父爱用的陶烟斗，美美地享用着邦德烟草，喷吐着明艳的紫色烟雾。

无比通透的南海上空升起了形状特异的积雨云。离日落还有一段时间。虽说如此，西方的天空却变成了诡异的深紫色，还摇曳着边缘为淡红色的白色巨大光帘。

——在这个纬度都能看见极光。

"你不看看吗？"迪格·迪戈老人从树丛间探出满是皱纹的脸询问道。他是岛上年龄最大的人，据说已经超过了一百岁，他本人也记不清自己的确切年龄。他见多识广，性格安静，记忆力和智慧都超凡脱俗。他出生在古老的酋长家族，半个多世纪前也曾当过酋长。不过大部分场合，老人都是以这座岛为中心的波利尼西亚族人中最为睿智的讲述者，无论在哪个岛都备受尊敬。即使时代不断变迁，他的智慧早已被人遗忘，他的曾孙辈还是会对他表示平和的敬意。

"还有多久？"

老人伸直了腰，转头看向背后的太阳。他有许多知己在欧洲和美国的知名大学，因此能说流利的英语、德语和挪威语。

"几个小时吧，"汉斯看了一眼表，"刚才新闻说了，基本按照预测的时间开始。"

老人注视着太阳。这半年以来，太阳一直呈现出浑浊发黑的模样，周围不时地出现一圈清晰的绿色光芒。

"这个开始，要如何开始呢？"老人托着腰喃喃道，"是所有一切突然被炸飞、燃烧殆尽、就此终结，还是安静地、一点一点地走向末路？"

"学者们说，应该是安静地发生，"汉斯拿开烟斗，擦了擦吸嘴，"因为侵袭地球的最大威胁是辐射。只不过，最初的大爆炸可能会形成一股炙热的冲击波。这方面恐怕无法准确预测。"

"不过话说回来，你们的科学还真是不可思议，"老人张开没有牙齿的嘴，无声地说，"着实很伟大，竟然能够把太阳异变导致的世界终结时刻精确到几小时的范围……"

那又能怎样？汉斯想。

的确，宇宙空间的太阳直接观测早在二十世纪后半期就实现了。现在，太阳学已经有了异常迅猛的发展。比彗星更靠近太阳飞行的 OSO 卫星"巴尔干 IV"给人类带来的信息为二十世纪后半期一度被认为到达顶峰的宇宙物理学的各种理论添加了新的谜团，并且发展成了太阳学这门全新的学科。上世纪中叶，贝提·魏塞克的"碳＝氮循环"模型推导出的氢氦转化方式虽然基本上不需要修正，但其能量发生方式却被证实具有更复杂的附带过程和迂回过程。

另外，人们还发现太阳内部局部存在氢燃烧过后产生的惰性"氦芯"，通过气体对流或扩散，可能以几千年、几万年一次的概率，形成巨大的气团……

同时，人们也摸清了太阳黑子的性质。而且，通过对火星和小行星直接的地质研究，发现太阳是一颗脉动变星，配合黑子周期，每十一年发生极为微小的变化。不仅如此，它还存在周期为七百年的大变动、周期为三万到十万年的长期变动，以及偶然发生的、原因完全不明且不存在规则的大变动。

艾奥瓦州立大学天体物理研究所的弗里德曼对水星黄昏地带地底残留的过去几次太阳大变动的痕迹进行研究，发现其周期与地球地质时代生物的飞跃性变化周期几乎一致，由此得出推论：生物的演化、灭绝、交替以及地球的变动都受到太阳异常活动的影响，尤其是白垩纪晚期巨型恐龙突如其来的神秘灭绝，很可能因为当时身处热带的恐龙直接暴露在了太阳高速粒子的大量辐射中。

太阳不规则变动的原因完全无法查明。然而，持续直接观测太阳的世界联邦宇宙研究所团队从近十年的太阳异常活动展开类推，并于两年前发表结论，认为两种黑子活动周期重叠的年份，将会发生对地球造成毁灭性影响的大变动。

该研究团队认为，与黑子周期无关的不规则变动已经在二十年前出现了。人们之所以在调查过其他没有大气的天体上的地质情况后才发现这种变化，是因为它是几千万年甚至几亿年一次的、跨度极为漫长的变化，几乎无法直接观测。

然而，联邦宇宙研究所的太阳团队统计了银河系周边与太阳类型相近的恒星上发生的、除周期性光变以外的不规则光变现象（二十世纪还局限于大气圈内部观察，因此几乎毫无发现），并计算了概率。

"我们的太阳在六千万年前发生过这种非周期性的大变动，当时正好是中生代晚期，"研究组代表贝恩·莫迪克教授宣称，"而在我们所处的时代，发生下一场大变动的概率——已经非常高。"

有人认为其原因来自内部，也有人说来自外部，也就是太阳系整体正在穿过的宇宙空间。可是不管怎么说，这一研究团队的结论在当时已经能观测到。这成了人们重新整理二十年间各种太阳异常活动，并展开综合分析的契机。

其实更早以前就有人发现了异常。二〇一〇年开始出现太阳活动周期紊乱，太阳黑子在完成了十一年的周期变化后，又在短短五年内出现了新的变化，并且从那以后，变化的时间进一步缩短，使得人们只能称其为"异常"。

世界联邦综合统计局也在同一时期发表了近十年地球上出现的，尤其是生物群系、气象、地壳变动方面的异常数据。内容包括动物的季节性迁移变化，尤其是温带、亚热带陆地以及海洋生物出现了移居寒冷地带的倾向，并且畸形率增加，地球各地爆发的气象异常……然而没过多久，事实开始超过统计的步伐。五年前，太阳表面开始出现异常耀斑，把范艾伦带的外带高度强行推向地表，最终令外带与内带几乎连成一片。磁场风暴的加剧导致国际通信面临危机，电离层的上下波动也变得异常剧烈，有时还会出现"G层""C层"等新层，人们不时地会接收到地球另一端的电视画面。

后来，人们对温带和低纬度地区出现的极光也开始习以为常。耀斑导致太阳表面爆发高速带电粒子流——也就是太阳风,粒子束的密度和能量猛然飙升,已然进入"太阳风暴"的状态。

然后——

持续统计观测太阳内部变化的学者最终提出了破坏太阳内部能量平衡的因子发生破坏性重叠的时间。那个时间在一年到五年内,后来经过几次修正,加入了前一年出现的两个有史以来最大的太阳黑子的运动情况。专家们指出,这两个黑子在太阳赤道附近第一次相遇的时刻,便是"毁灭之时"。

混乱早已伴随着先兆出现。世界联邦政府几度面临崩溃,同时也变得异常活跃,让人忍不住想,正因为有了这个历史尚浅但高度统一的机构,人类才有希望撑过这场极有可能将自身种群打回原始状态的混乱。

可是——

在文明的这一阶段,人类无法完全逃脱宇宙的任性之举。不仅如此,人们也无法想象变动的规模究竟有多大。因为区区一位数的差别,就是短暂躲藏在地底即可生存和整个地球完全陷入致命辐射的区别。

可是,在人们预测变动会缓慢推移、持续几个月到一年的变动中期,地表受到的辐射量已经是平时的几千倍了,全球气温会显著上升,人类将无法居住在地球表面。若是变化再剧烈一些……

"今天的极光特别美。"

迪戈老人喃喃道。

"你说你小时候曾在这座岛上看到过极光?"汉斯问,"那是真的吗?"

"是真的,而且那是人造极光,"迪戈老人来到他旁边,坐在地上,"记得那是一九五八年,也就是美国执行名为'硬饼干行动'氢弹实验的那年。这座岛虽然看不见氢弹爆炸的光芒,但是它造成的极光持续了整整两年。"

一九五八年是将近一百年前,汉斯想。那么这位老人……无疑已经一百多岁了,他的确切年龄究竟是多少呢?

"赫尔·福明,你打算怎么办?不到地底避难吗?"

"我要进去,"汉斯说,"但是再过一会儿。我想尽量待在这里,而且……"

"你是不是认为,地底避难所和地下城市最终都会变得毫无意义?"

"不,"汉斯断然否定道,"得救的概率会大幅提高。"

究竟要多大的地下室才能容纳九十亿人类？实现核武器全面废弃时，人类是否预料到自己有一天又要回到防空洞？

汉斯凝视着深蓝色的天空。空中飘荡着阴惨的不祥之兆。

最后，救助计划还是交给了中央统计局的大型电脑。

面对这种事态，对人类最有利的策略是什么？

人类已经厌倦了"冷酷的判断"。他们回首自己漫长而残酷的历史，早已发现"利己主义"会将人类变成何等凶残的恶魔，因此，"公正无私"的判断只能交给机器。在经过漫长而沾满鲜血的历史之后，人类已经丧失了对自身道德进行判断的信心。

这应该叫道德的堕落吗？应该说，人类在意识到自己永远无法像机器那般无私后，总算得到了这个智慧。

这样也好，汉斯想。人类只需要守护人类共通的炽热心跳，而命运总是从人类"生命"的外部降临，使人类为了抗争而团结起来。无论发生什么事，人都不能充当他人的"命运"，而且也不需要憎恨机器，蔑视机器或感到自卑。机器只是无法改变的命运的信使，它的冷酷就是命运的冷酷。

不过，他们却被迫做出了这样的判断。

"在当前的事态中,为了更有效地维持人类这一'种族',必须进行更高效的世界总生产的分配。"

第一个方向是将数万人送到宇宙空间中,同时携带能够在其他行星维持生活的机器装置。第二个方向是将生产力转向维持地下生活。在这两个方向之间的生产力分配弧线中,世界联邦政府进一步借助计算机的力量,选择其中一点。

结果显示,在最幸运的情况下,地底避难所可供三亿人生存约两年。最糟糕的情况,就是即将被送到宇宙空间以及已经身在外星的合计六万人能够存活三年。

不管怎么说,为了让一小撮人类的"种子"活下去,九十亿人几乎要牺牲殆尽!

"纽约和布鲁塞尔怎么样?"迪戈老人像一团破抹布似的抱膝坐在地上,小声说道,"我去过那两个地方。"

"还挺平静,"汉斯说,"骚动已经过去了。能破坏的已经破坏殆尽,自杀的人已不复存在。现在人们早已放弃挣扎,变得异常平静。"

如同死寂……汉斯暗自补充道。他心有余悸地想起自己在纽约华盛顿广场碰到的少女,和她脸上或许可称为淡漠的平静表情。曾经充斥着烟火气、活力与噪声的大都会,在他上次造访时,却成了一个令人难以置信的、平静祥和的地方。汽车缓缓行驶，出租车不再按喇叭，报童也不再叫喊。全世界最繁忙的大都会，竟然人人都不再与时间赛跑，而是顶着空洞的表情，缓缓行走在路上。新闻刚公布时，那里一度陷入暴动状态，当时被破坏的路牌和橱窗都无人修理，一直保持着原来的样子。

人们不再穿着盛装，男人也不再刮净胡须。

那是一种类似虚脱的祥和。那里的祥和与"死"无异，那座城市已经死了。

"人其实不怎么怕死。"

迪戈老人把下巴抵在膝头咕哝道。

"怎么可能！"汉斯说，"他们只是不知所措罢了。"

"联邦政府从一开始就没有隐瞒任何信息，这点非常好。我们终于有了能够全面信任自己同胞的政府。"

"可是因为这样，全球陷入了极大的混乱，"汉斯很疑惑，这座太平洋孤岛上的老人为何能说出如此高端的意见？"有人甚至试图推翻政府，还有人企图占领宇宙飞船和地下避难所。"

"而阻止了那些行径的，不也是民众自身吗？"老人抖着腿说，"人类虽然单纯，但所有人都拥有极高的智慧。这跟教育无关。在做出决定人类整体命运的重要判断时，每个人都拥有足够的智慧。"

"那也要到所有人意识到已经无计可施的时候。而且中间要花很长时间。所有报道机构……"

"那你在这个地区的选拔工作很困难吗?"

那倒不会。的确,亚洲地区的宣传与选拔工作远比欧洲新大陆那边轻松得多。应该说,更多人选择与大家留在地面,反倒让选拔遇到了困难。这可能是亚洲型社会的特质。

"你可能想说因为这里是落后地区,"迪戈老人仿佛早已看透了汉斯的想法,"为了留下人类的种子,必须有人做出牺牲。请问,能够马上理解这一点的是落后文明,一旦有机会就推开他人试图跻身幸存者行列的反倒是先进文明吗?自我牺牲精神和同胞精神等于落后,而自私自利和自我中心却成了先进思想?"

看到红棕色皮肤的青年隆戈走过来,汉斯松了一口气。事到如今……事已至此,跟老人争论毫无意义。

"所有人都进去了。"隆戈说。他拳曲的黑发下有一双闪闪发光的黑色眸子,跟往常一样透着阳光的神色。"我遵照吩咐在岛上走了一圈,没有落下任何人。"

"辛苦了,"汉斯站起来说,"真的一个人都没有了吗?"

"是的。有位老婆婆躲在海边的洞窟里,我也把她带回来了。岛上真的一个人都没有了,只剩下你们两位。"

汉斯转头看向老人。他很老了,相当于半截身子入了土。可是,他必须把他带走。

"入口的屏蔽门要按照预定关闭吗?"隆戈问,"我觉得早点也可以,因为孩子们一直想往外跑。"

"那就提前一个小时关闭吧,"汉斯看着表喃喃道,"我马上过去——等我再抽一袋。"

4

隆戈穿着开襟衬衫的细瘦身影跟来时一样悄无声息地消失在林间。太阳已经倾斜了不少。

汉斯通了通陶管烟斗,又点起一锅烟。

岛上的地下避难所——别处还能找到如此权当安慰的地方吗?他们拓宽天然洞窟,得到了可以容纳三千岛民的空间,还安装了屏蔽门和换气设备,储备了水和粮食。可是,这根本称不上是完美的避难所,连一颗小型原子弹的热量都阻隔不了。而且岛上环境有限,几乎无法考虑到避难所的宜居性。然而,这也已经是聊胜于无了,因为其他岛上的居民都将不得不跳着舞、浑身赤裸地迎接死亡。

反正九十亿人都要死。汉斯看向海岸,边走边想。不久之后——几小时后、几天后、几个月后……缓缓地迎接死亡。

尽管如此,世界各地建成的地下避难所收纳的人数也十分可观。然而,大部分避难所只能权当安慰,连他自己都不知道其中有几成具有完善的设备,具体位于何处。海边依旧吹着风,浪花轻轻泛起,宛如长舌舔过白色的沙滩。听着海浪的声音,他抬头远眺颜色不断变深的蓝色天空,以及空中飘荡的极光。

多么平静的末日啊!

这里虽然听不见人们聚集在欧洲各地教堂中祈祷的声音,但是有一群人屏息静气地躲在宛如墓穴的简陋洞窟中,依旧阳光,依旧单纯。他父母是天主教徒,所以他从小就在心中描绘着模糊的末日光景,一如启示录描绘的那般。

的确,这十年来,洪水、地震、雷霆和瘟疫都异常多发。可是到头来,约萨法特山谷并没有响起七个号角,天启四骑士也没有现出让人浑身冻结的可怕身影。

不,真正可怕的光景尚未到来。天空降下烈火,苦艾天使降临,一切的水不可饮用……没有哈米吉多顿的末日……没有审判的终结……

人类最终没有得到审判。如果有什么东西能够审判，那就是人类自身做出了审判。人类迟迟没有形成"种群"团结，与"自然"展开对抗，因此得到了报应，面对自然突发性异变的应对能力远远不够充分。不过，如今的状态形同死亡，又何苦为死者计算年龄呢？

青色的天空中划过一道闪光。退避到笼罩地球轨道的太阳大气之外的"被选中的人"搭乘着一千五百艘宇宙飞船，现在应该已经到达了火星轨道。那么，空中的闪光应该就是"影子"计划的人造卫星。

"影子"计划是介于退避到外行星轨道和地下避难所之间的计划。为了躲避太阳风的猛烈激流，这个计划利用了地球投影在宇宙空间的影子。一些无法发送到远距离的机器设备都尽量发射到卫星轨道上，然后令其加速到地球外侧，到达能够始终保持在地球阴影部位的轨道上。为了规避地球引力的影响，人们不得不进行好几次加速。利用月球、太阳和地球的潮汐作用，卫星应该能在"影子"部分停留很长一段时间——大约半年。然而，如果爆炸规模超出想象，"影子"计划也不过是寻求心理安慰的一个手段罢了。

按照计划……汉斯又看了一眼表。最后的避难飞船应该已经到达火星了。

然后……他看着充满不祥征兆的天空，想起了正在远离地球狂乱的大气、飞往遥远宇宙空间的避难飞船上的一名女性，还有目前静静地坐在火星表面、凝视着地球与太阳的旧友松浦。艾尔玛就托付给你了……汉斯对着遥远火星上的松浦默念道。完全出于偶然，艾尔玛成了被"选拔"的一员，而他成了选拔委员。汉斯已经把自己完全交给了这奇怪的命运，决心把艾尔玛送到投身于遥远荒凉宇宙前线的那个男人身边。

如此一来，就说不上谁是胜者。松浦——汉斯凝视着逐渐被夜色笼罩的虚空思索道，困难将要落在你们两人头上，要好好干，然后时不时记起你们还有个共同的好友。

警铃。岛上唯一的破烂警铃响起，关闭屏蔽门的时刻已至。那只是一块二十毫米的钢板，连气密性测试都没做过。面对突如其来、意想不到的破坏，那扇简陋的屏蔽门给三千个单纯的岛民带来了心理安慰。它不过是一个象征，证明人类面对命运的刁难时并没有垂头丧气，像羔羊一般认命，而是竭尽全力做出了微小的抵抗与拒绝……

周围的风异常燥热，一阵比一阵猛。海边的沙砾被风刮起，打在脸上。浪涛猛然高涨起来。他转身背对大海，眼前出现了让人骤然一惊的诡异落日。

太阳已经沉到反向的水平线上,散发着异样的橙红色光芒。周围有一圈闪耀的绿光,宛如墨水的荧光。透过水蒸气观察太阳,就像一个巨大扁平的圆盘上撒落了无数金粉一般闪闪发光的斑点,又好像密密麻麻的雀斑。

粒状斑……这个白热光球喷发气体的斑块已经肉眼可见。曾经在地球大气的笼罩之下、连大型望远镜都无法观测到的、在史瓦西让气球飞到高度两万五千米的平流层才总算拍摄到的粒状斑……

骇人的火球正中央,出现了同样肉眼可见的暗色污浊。细长的斑点外形就像感叹号,朝右上方延伸,前端接着一个圆形的巨大斑点。很快……

对,很快。虽然这个"很快"的跨度非常大,但依旧是很快了。

走进树林前,他再次回首眺望天空,向松浦和艾尔玛道了别。

就在那时——他突然听见了松浦的声音。

他吓了一跳,猛地转身,当然没看见松浦的身影。那可能是风声和海浪声的错觉,但他还是忍不住四下环顾。此时,他确切无误地听见了远隔八千万千米的火星上的松浦的声音。

(喂,那是什么?)松浦大喊道。(那个大编队是什么?朝这边过来了!)

接着,他又听见了慌忙对着通信机说话的声音。汉斯瞬间理解了自己为何能听见远在火星上的松浦的声音。他偶尔会毫无征兆地表现出心灵感应的能力。从小到大,光是他记得的就有十次左右。那个能力每次都像疾病发作一般突如其来,想必这次也一样。

当他仰望天空时,汉斯突然意识到,松浦刚才的声音并非与火星上的同事对话,而是向着汉斯本人在喊。

因为,火星上的松浦方才发现的"大编队",也出现在了汉斯头顶,地球南太平洋的上空。其数量粗略一看可能有好几百架,分成了几个编队,在高空的云层间闪烁着银光,并且以惊人的速度掠过。大编队眼看着分成了几个小队,往四面八方散去,其中一支如同在空中滑行,朝西北方向降落下去。不等他倒吸一口气,那个小队又分出一架飞船,朝着这个岛降落下来。

"地区本部!地区本部!"

汉斯想也没想就掏出胸前口袋里的通信机,拉出天线叫喊起来:"这里是毛阿奇基,发现不明飞行物的大编队正从上空通过。你那边能看见吗?"

强烈的静电让通信几乎无法完成。很难判断这到底是因为太阳风暴还是不明飞行物。此时那个接近岛屿的飞行物像叶片一般，左右倾斜了两三次，然后若无其事地、轻飘飘地着陆了，甚至没有激起一颗沙粒。

现在隔着短短几十米的距离，汉斯终于发现，那就是二十世纪后半期到二十一世纪初，世界各地被目击到何止几千几万次，一度成为人们的热门话题，甚至开玩笑的对象，可是到最后始终没有弄清真相，进入宇宙开发时代后再也没有流传过的，那个传说中的圆盘——"飞碟"。眼前这东西与传闻的描述过于相似，几乎让他惊呆了。

飞行物底部平缓，顶部中央突起，整体呈银色，内部发出了粉红色的脉冲灯光。着陆的瞬间，那个光芒消失了。三根起落架深深插进沙滩里。

然后——

圆盘的一部分悄然凹陷下去，高大的——足有两米的人形生物穿着银绿色连体服，头戴额部发出红色光芒的头盔，动作僵硬地走了出来。

汉斯忍不住后退了两三步。

汉斯！

那不是声音，那是突然出现在脑中的呼喊。让他忍不住转开脸的意念波猛然侵袭了他的意识。

快点，汉斯！

那个人——那个类人生物用意念波朝他大喊。

快点，没时间了。汉斯·马里亚·福明！

一切来得过于突然，而且还发生在"最后一刻"的前一瞬间，可谓命悬一线的时刻。汉斯瞬间失去了所有的判断力，尚未从惊讶中恢复过来，就不由自主地遵照那个类人生物的话，摇摇晃晃地朝圆盘走了两三步。

"站住。"

有力的手突然攥住了他的胳膊。

"不能过去。你不能乘上飞船被他们带走。"

背后的声音有点像迪格·迪戈老人，可是要年轻许多，充满了力量。连拽住他胳膊的手也充满了力量。不知为何，汉斯强迫自己不要转过头去。

你在干什么，汉斯？

前方人物的意念波变成了更强硬的命令。他的上半身不受控制地向前倾斜。

"停下！"

背后的声音也骤然压低，更加坚定了。

"为什么？"汉斯好不容易蠕动干燥的嘴唇，头也不回地发出沙哑的疑问。

"难道你要抛弃同胞感情吗？"背后的声音说，"将死之人，残存之人，全都为了种族的未来接受了遴选。被选中的人肩负着其余人的一切。这就是我们这个时代的所有同胞——所有经历了不同命运，如今却站在同一道悬崖边上的种族的总体意愿选择的道路。难道你要抛弃共同体的命运吗？你要独自成为其他种族选中的人，走上另一条道路吗？"

快点，汉斯！

前方那个高大的人用饱受重力压迫似的动作，摇摇晃晃地向前走了两三步。

快点……你必须遵从我的命令。现在不是磨磨蹭蹭、沉浸于感伤的时候。快点，汉斯！

"到这边来。"

背后的人猛地拉动他的胳膊。

"到这边来——我们的人也刚刚到达。"

那个人用可怕的力量把他拽到了树林里。此时太阳已经落下，热带林下方突然笼罩上了浓重的夜色。他本以为早已逃得无影无踪的鸟儿竟然还留下了一只，突然像发了疯似的尖叫起来。

汉斯！

空中来客的意念波穿过树林，不依不饶地追了上来。他被那个看不见长相的神秘人物拉扯着向前奔跑，激起了地上的沙粒，折断了干枯的枝条。

汉斯！汉斯！

意念追赶过来。

你去哪里，汉斯？你要违抗命运吗？汉斯！汉斯！汉斯……

5

"怎么如此突然！"

这里是火星极乐城圆顶内开设的"诺瓦特拉计划本部"。火星开拓团的干部与来自地球的大量移民计划执行委员代表集中于此，与太阳爆炸前突然大批出现、被称为"外星人"的代表相对而坐。

这个充满震惊和愤怒的质问，是计划执行委员安东·瑞斯基教授提出来的。

"怎么如此突然！"

"解释了你们也不懂——因为有人在搞破坏。"

身高将近两米二、肩膀异常宽阔的外星人代表用缺乏抑扬顿挫的平板音调回答道。

声音就像翻译机发出来的一样——假设这些外星人的确发明了这样的机器。

外星人戴着头盔，眼部以上都被遮盖着。露在外面的半张脸长着酷似人类的鼻梁、脸颊、嘴唇和下颚，但是从下颚与唇部的机械动作来看，那应该是照顾了人类接受能力的面具而已。

外星人眼部虽然被深绿色貌似塑料片的材质遮盖着，但是难掩里面发出的锐利光芒。

"搞破坏？"瑞斯基教授反问道，"谁在搞破坏？"

"我刚才说了，跟你们解释也没用。总而言之，由于我们的船队在超空间遭遇了航线障碍，到达时间晚了一瞬间，但用诸位地球人的时间单位计算，是晚了两年。为此，我们的任务变得异常困难。这次回去，恐怕要被追究责任。尽管如此，我们还是要尽一切可能挽回事态。因此，我们没有时间在这里长期停留做出选择，或者说服诸位。不怕你们觉得傲慢，我们的历史远比地球智慧生命体的历史要漫长，并且科学水平也远超诸位目前的状态。所以，请你们相信我们，听我们的指挥行事。当然，也希望诸位把一切决定权交给我们。"

瑞斯基教授一脸困惑地转向背后的委员们。委员们背后还挤着许多本部职员。而外面——

已经退避到火星"夜"侧，暂居在露营用轻便圆顶中、移动载具中，以及上空的宇宙飞船中等待的十万人，都通过电视信号，紧张地关注着本部异样的交涉光景。

"那么……"哥廷根大学太阳学权威施瓦茨科普夫博

士插嘴道，"你之前说，爆炸规模将完全摧毁地球？"

"没错。正如我一开始所说，经过一定时间，火星也将难以幸免。恕我失礼，诸位的恒星天文学知识极为贫乏，而且作为智慧生物的观测时间过于短暂。实际上，这类爆炸极有可能远比你们想象的规模更大。最大规模的耀斑将在变动开始后几十个小时到几百个小时出现，其影响会越过遥远的第四行星轨道，一直扩张到小行星带。你们正在经历有史以来头一次，并且只有一次的母恒星大变动。这当然无法准确预测。"

"现在恐怕没时间要求你提出地球人能够理解的理论依据，并由我们亲自探讨了吧？"施瓦茨科普夫博士略显自嘲地说，"也就是说，我们只能无条件相信你们所说的'事情不妙'。"

"这样说可能很奇怪——但希望诸位相信我们的善意。我们跨越了数百万奥尔戴斯，按照你们的单位就是数万光年的距离，率领如此庞大的舰队完成了严苛的超空间航行，向你们伸出了援手。请相信这个善意。"

"为了证明我们并非故意迟到，这次还冒险向地球派出了七个分队，"貌似副队长级别、体形较为细瘦的外星人插嘴道，"那边由于一时无法理解目前的事态，可能会发生更多混乱，并且出现更大的困难。可是，我们的同胞正在努力克服困难，希望在这紧急时刻尽量拯救地球智慧生命体。请诸位相信我们的善意。"

从"昼"侧观测站紧急返回本部的松浦暗中窥视着挤在本部大厅中的人们的表情。

大家都顶着面具一般死板的脸，然而很明显，那些僵硬的表情背后涌动着强烈的情感与混乱的思考。

所有人——这些都是面对九十亿同胞的死，要做出一个决议的人。

他们从九十亿同胞中被遴选出来，即将跨过人类的死亡，将地球的意志与希望带向宇宙。他们被强制背负九十亿"种群"的遗产，为了躲避灾难，即将在宇宙中展开流浪，最后让"种子"扎根，守护它长大。人们夜以继日地奋战，就是为了完成这个使命，将人类的能力发挥到极限，直至今日。

现在，一群从宇宙彼方突然出现的陌生种族，张口就说他们的预料完全错误，他们的一切努力都那么渺小，他们拼尽全力的计划竟无法挽救任何一个地球人。

松浦看着大厅里的人群，他们仿佛冻结的表情背后，是一个让人忍不住想放声大哭的自信崩溃的过程。他实在不忍直视。本来因为指望不了任何人的帮助，他们全靠自己的力量，想尽办法存活下来。现在这群可怜的孤儿面前，却突然出现了富有而聪慧的大人，向他们道出了真相——你们的小破房子不堪一击。

二十一世纪中叶最顶尖的学者，还有能力更超群的人们，全都成了一群受到羞辱的孩童，低垂着头，紧咬嘴唇。仿佛有人劈头盖脸地对他们说：你们的智慧，不过如此而已。纵使他们肩负着人类种族的遗志，纵使他们是千挑万选的精英，接过了苦闷而沉重的使命，燃烧着炽热的骄傲，现在，也只能被人无情地泼上一头冷水。

"诸位——"外星人代表用呆板的声音说，"我已经重复了很多次，而且你们心里也清楚，没有时间了。如果诸位无法相信我们的话，或者我们伸出的援手伤害了诸位凭借自身力量使得科技文明发展到一定程度的自尊，那我们大可以就此离开。可是我们依旧会遵照我们自己的选择标准，从这里选出一部分人，并且出于无奈，要将他们强行带往我们的世界。这是我们最基本的使命。诸位完全可以从地球和同胞的感情出发，坚持留在这里，靠自己的力量尝试渡过灾难。但我可以断言，你们的努力完全无用。我们为了保全并管理太阳系这一超越了边境文明尺度的宇宙生命种类，哪怕使用暴力，也要保证一定比例的人逃脱这场危机。诸位要如何选择？是将一切指挥权交给我们，还是留在这里，亲眼看着自己的故乡毁灭，并在几分钟后与母星和同胞一同消亡？"

"请给我们……几分钟的犹豫时间。"须发全白的瑞斯基教授垂着头，用沉痛的声音说道。

随后，教授背向了外星人。

"各位……"

他的声音和姿态通过会议厅的摄像头传遍了整个火星表面和周边空间，直接面向十万地球人。

"各位……事态正如你们所见。我们之前所做的一切努力，利用九十亿同胞托付给我们的财产坚持到现在的努力，似乎毫无成效。我们地球人正在面对不可避免的宇宙灾难。哪怕只是不充分的准备，我们也用自己的双手，为保全一部分'种子'尽了全力。可是现在，远方的宇宙来客，这些知识和科技远远超过我们的来客，却声称我们的努力无法拯救任何一颗'种子'。这些外来的天体，外来的宇宙，向我们伸出了救援之手。我们必须做出选择，并且没有任何犹豫的时间。这种好意的意图何在，他们的话语真伪如何，是否应该接受救援，我们没有时间讨论这些了。因此，请问各位可否将选择权交给老朽，这一计划的最高责任人？我做出一切预测，我执行所有计划，最高的责任在我一人，如何？能否将整个计划，也就是包括放弃计划的最高决定权交托给我？"

大厅里的人，还有全火星每一个坐在通信机前、凝视着画面的人，都没有说话。如同铅块般痛苦而沉重的静默持续了几秒钟。

咔嗒——大厅中央墙面上的倒计时数字跳了一下。

只剩一小时了。

"如果有人不同意将决定权交给我……"瑞斯基教授用沙哑的声音说，"就请在两分钟内按下手头的可视电话或通信机的紧急信号按键。信号将会显示在本部中控面板的通话数量显示器上。当反对意见小于或等于半数，决定权将落在我手上。"

占据整块墙面的中控面板上，显示分钟数的线型标识灯逐个亮起。黄色的光阵从左到右缓缓延伸，不一会儿又消失了。

"还有一分钟……"瑞斯基教授喃喃道。

在挤满了人、空气憋闷的大厅中，上百双一眨不眨的眼睛注视着那道光阵，以及旁边通话管理区块的通话数量显示器，还有上方显示紧急通话信号的红色指示灯。

自从开始交涉，本部直播的 ONAIR 指示灯就一直开启着，但是通话数量显示器的数字都是"0"。六十个黄色指示灯无声地逐个亮起，跨过了十五秒的蓝线，跨过了三十秒的红线，又跨过了四十五秒的蓝线。然后……

"两分钟到了。"

大厅里突然充满了无声的骚动。教授缓缓转向外星人代表，压低声音说。

"我们接受你方的援助。"

就在那一刻，有人喊了一声。尖锐的紧急信号音划破了大厅的静寂，同时鲜红的指示灯突然亮起，显示器的数字变成了"1"。

"两分钟已经过了，无效。"有人说。

"对啊，而且绝大多数人都选择赞成。"

"反对者是谁？"

大厅里的人开始议论纷纷。

通信主任已经赶到了中控面板旁边，看了一眼计数器，又接连拨动了好几个开关，回头露出了困惑的表情。

"怪了……火星辖区内没有人按紧急信号。"

听到这句话，外星人代表的脸上竟露出了严肃而震惊的神色。他转过头去，飞快地说了些什么，两三个外星人紧接着跑了出去。

6

"外星人"的行动强势，迅速，不容置疑。

从他们提出援助请求的瞬间，这些外星人就干脆利落地行动起来。第一个指示是放弃火星上的一切设施，各自带上必要的随身物品或纪念品，穿好宇航服，在户外列队。至于目前仍在火星轨道上的飞船，可以继续保持航行。

"但是，"外星人代表说，"出于某种理由，我们需要自主决定乘坐我方宇宙飞船的人。若有失礼之处，请念在情况紧急，莫要追究。毕竟我们的时间也很紧，一个小时内，全舰队必须开进超空间。"

他们驾驶的圆盘将近千台，可见外星人数量也不少。平均每台可能有二十个人左右。

这些外表几乎相同的外星人有效地分工合作，在地球人中间穿行，用一台貌似鉴别器的东西以五十人中选择一人的频率遴选，然后说："麻烦你到这边来。"

"怎么好像分鸡仔一样……"一个人嘀嘀咕咕地说。

松浦想起刚才那个外星人代表说，如果地球人拒绝了他们的援助，他们也会按照自己的标准选择一批人强行带走。想到这里，他突然很不愉快。

正想着，松浦被一个高大的外星人用机械的动作拉住了。"你到这里来。"他拽着松浦迈开了步子。

十万人类身穿宇航服，携带私人物品，在黑暗严寒的火星夜色中行走。

头顶是满天星辰，闪烁着冰冷的光芒，木星的光芒尤其耀眼。火卫一与火卫二以美丽的弦月姿态快速划过天空，正在滞空的地球宇宙飞船也发出了点点光芒。

"喂……"

正在被带去其他区域、从松浦身边经过的瑞克·斯坦纳戳了一下他的胳膊。

"你看，太厉害了。"

那片光景可谓无比壮观。圆盘的大编队缓缓闪烁着有节奏的荧光，组成了完美的雁形阵，几千台同时划过星空，消失在仙后座方向。飞船不断出现，随后在某一点忽然被空间吸收，消失得无影无踪。

"那些是开去地球的分队吗？"松浦喃喃道。

只是，斯坦纳的身影已经混入漫长的队列，消失在照明器的光芒中了。

突然，火星之夜的沙漠像被成千上万的萤火虫照亮，发出了苍白的光。原来是陆地上的圆盘同时亮起了那些光。不一会儿，光芒就透出了一丝红晕，宛如深海鱼一般忽明忽灭。接着，几台圆盘像发光的鳐鱼一般，忽地漂浮起来。其中一部分斜斜地穿过夜幕，顺着平缓的弧线上升，朝滞空的地球宇宙飞船靠了过去。

接着，另一部分悬停在极乐城中央广场上空，下方发出扩散面积甚广的强烈光带，打在集中于广场的大量地球人头上。

"再不快点，沙暴就要来了。"

有人看着光芒中贴地盘旋、缓缓上升的红褐色微尘，低声喃喃着。那个声音顺着耳机传了过来。

圆盘已经全部升空，悬停在几十米的空中。

他们收容地球人的方式十分简单粗暴。圆盘纵横交错，排列成复杂的阵形，宛如看到饵料的鱼儿一般，以数百千米的时速穿过聚集在广场的地球人上空。

每当一台圆盘掠过，就有大约一百个人瞬间被吸走，在人群中留下一个黑暗的空洞。

就像鲨鱼撕咬猎物一样。松浦苦涩地想着。

松浦站在一个稍微远离广场的五十人群体中。他还没来得及想圆盘何时降临，就有一台圆盘悄无声息地从上空逼近，两侧带有群青色的耀眼线条，宛如灯鱼一般的圆盘散发着惨白色、浅绿色和粉色的呼吸光芒。

真实体验一番，他发现外星人看似简单粗暴的收容方法并没有外表那样粗暴。圆盘下方压向头顶的瞬间，突然出现一张光网，他感到身体微微浮起，下一个瞬间，他们就保持着原来的姿势，来到了充斥着柔和白光的圆盘内部，连一点摇晃都感觉不到。眼前是个大约可以容纳二百人的珍珠色圆形大厅，周围墙壁上满是半透明的圆形结构，走过去一看，火星已经远在下方，成了一弯红色的半月，并且迅速远去。

这个速度太惊人了，他只能感觉到一点摇晃，既没有震动也没有加速的感觉。

"诸位可以脱掉宇航服。"

一个外星人出现在大厅一角，对他们说。"如果有人要休息，房间中央和周围的墙壁可以找到兼作床铺的被单。下方附有存放行李的空间。数量足够。至于饮食，要等进入超空间之后。"

一行人默不作声，面面相觑。虽然已经有人摘掉了头盔，但所有人都一言不发，甚至没有人窃窃私语。

命运改变得如此突然而剧烈，对方的宇宙飞船、航行技术都过于发达，在接连不断的冲击之下，他们没有一个人能说出话来。

突然，房间另一头传来了很多人走动的脚步声。可容百人的巨大地球宇宙飞船的腹部从眼前的窗外闪过，留下一道银光。

他转向脚步声的方向，发现一群穿着宇宙飞船机组成员制服的人肩背私人物品走了进来。两群人默不作声地看着彼此。

他这边有个人指了指窗外远去的地球宇宙飞船，仿佛在问："那个？"

那边有个人点了点头，接着扔下行李，颓然坐在了抽出式的床具上。那个男子双手捂着脸，指缝间漏出了轻微的啜泣声。

见此情景，所有人都开始扭动身子，窃窃私语起来。火星表面来了五十个人，地球最后一班宇宙飞船上又被选出了大约五十个人，合计约为百人。这在地球上，立马就能开一场热闹的鸡尾酒会。

松浦正忙着拉开宇航服拉链，突然感到来自宇宙飞船那群人中，有一双漆黑而耀眼的眸子正在凝视着自己，便抬起了头。整齐分界的黑发，宛如暹罗猫一般细长的琥珀色面庞，他看到那张脸的瞬间，手中的头盔啪嗒一声掉落在地上。

"艾尔玛！"他大喊道。

"伸也！伸也！果然是你！"

艾尔玛尖叫一声，像一支淡灰色的光箭，飞快地扑进了他的怀抱。

"没想到是你……"松浦双手搂着艾尔玛纤细的身体，低声喃喃，"没想到会在这里……"

"我是最后被'选中'的,"艾尔玛一脸快要哭出来的表情,声音沙哑地说,"所以没时间通知你。本来想着到火星之后,总有一天能碰到你,但没想到我们竟被分到了同一个区……"

"汉斯呢?"松浦好不容易忍住了亲吻她的冲动。

"留下了——他当上了选拔委员,负责波利尼西亚那边……别误会,不是他选中了我,因为我是在中美区被选中的。而且……"艾尔玛忽闪着黑色的长睫毛说,"我们没有结婚。"

"为什么?"

"说白了……自从他知道这件事要发生,就立刻抽身而出,选择了逃避。虽然我也不是不能理解……"

"那个白痴!"松浦忍不住骂道,"要是他知道这件事,至少能享受两年的婚姻生活啊。"

"他就是受不了这个。他婚后想立刻要小孩,可是事情变成这样,自然不能生孩子。于是他就……从得知灾厄的瞬间,便埋葬了自己的生活。他就是如此高尚的人,连最低限度的自私都做不到。我觉得他真的应该去当神父。他对快乐的执着太少……最后只给我留下一张潦草的便签,把我扔在了圣多明哥的酒店里,再也没有出现……"

松浦感到有点胸闷头晕。他被带到了陌生外星人的宇宙飞船里，在火星轨道之上数万千米的地方，以惊人的速度飞向未知的宇宙边界，同时又被这场对话激起了无数回忆。艾尔玛的黑发、眼中的光芒、微弱的脂粉香气背后，是加勒比海的蔚蓝海面与火热沙滩，还有温暖透明的海水，金黄的肌肤上蒸腾起太阳的气息，以及站在昏暗中中式灯笼下倾听邦戈节奏时，啜饮的冰凉马德拉葡萄酒的滋味。种种记忆宛如淡淡的海市蜃楼般浮现在眼前，这些都是地球的记忆……不，那时地球还不是飘浮在冰冷真空中的坚硬小球，地球还是大地、天空和熠熠生辉的水平线上的层云，还是通往未来的光明的日常，是二十几岁的结实肌肉和灿烂青春。大学、派对、暑假、夜晚的兜风、升起风帆的游艇、火热而炫目的倦怠、空无一人的岬角，还有在浪花中与他紧紧相拥的艾尔玛光滑的裸体……而现在，他们抛下了即将在烈焰中毁灭的回忆中的星球，来到穿梭于宇宙空间的外星圆盘上……

"你是松浦伸也先生？"

一只手突然搭在他的肩上。他闻到一股类似乙炔的臭味，意识到一个外星人正站在身后。

"是我。"

"队长有话要问你。"

松浦看了艾尔玛一眼,然后走开了。他穿过一扇难以分辨是否存在的大门,来到抱着双臂、表情严肃的"代表"面前。

"你就是松浦先生对吧?"代表说,"你是汉斯·马里亚·福明的朋友……"

"是的。"松浦惊讶地看着对方的脸。

这帮人怎么知道我和汉斯的名字?

"我想问的正是这件事。福明先生是我们希望从地球上接回来的人之一,为此,我们专程派出了一艘宇宙飞船。可是,在我们说明来意时,他突然被别人劫走,不知所踪。请问,你对此有什么想法吗?"

"我能有什么想法。我已经在火星待了三年,这中间一直没有跟他联系。他肯定是吓了一跳吧。"

"我们不会挑选容易受到惊吓的人。刚才你说你一直没有跟他联系,可是,两位不时地会跨越行星间的距离进行精神联络。我说的对吗?"

"只是偶尔,而且往往毫无征兆,"由于过度惊讶,松浦一时间不知说什么好,"有时候会产生短时间的联系,但也只能持续两三天,并且完全不为我们的意志所左右,不能称之为联络。"

"还有一点，"代表又说，"刚才瑞斯基先生请众人委任决定权时，明明没有人发出反对信号，控制台却在到达时限后收到了一个信号。当时没有人使用通信机发送信号，请问你对此有什么头绪吗？"

"没有，"松浦有点气愤地说，"为什么要问我？我根本不知道。"

"是吗？"代表点点头，"可以了，请离开吧！"

第五章　遴选

1

广袤的宇宙深处，有一颗小小的恒星在发光。

从距离最近的恒星系统观测，其光度变化几乎无法用肉眼识别。更别说它只是满天星辰中的一粒橙黄色光点，若非从事长期观测的天文学家，谁也不可能发现它有什么异常。

在密集光点组成的柱状星云中，那一带的星辰相比中心要稀疏得多。那颗无论朝向哪个方位都只能看到五六光年虚无黑暗的孤独星辰，在极短的时间里，发生了一闪即逝的光度增强。太阳把自己孕育的生命付之一炬，再次恢复了原来的光度。

正如亲手灼烧自己的孩子并吞吃入腹的太阳神传说——象征着凶手的邪恶阿波罗伸出了火光与烈焰的长舌，轻轻舔舐自己的三个稚子，彻底毁灭了表面上的生命之光，贪婪地吞入腹中。但这也只是发生在直径数百亿光年的宇宙无底黑暗的一角、亿万颗群星边缘的、近乎无意义的微小事件罢了。

2

松浦感觉飞船已经航行了地球时间的好几个小时。

只是感觉。因为宇宙飞船内部压根看不到时钟。

自从进入超空间,宇宙飞船内部的时间就变得非常奇怪。因为进入超空间后,窗外的景色像底片一样反转了——空间一片雪白,星辰发出黑光,而且不再是光点的群集,反倒成了无数刀割一样的不规则线条。松浦猜测,应该是肉眼直接观测到了群星的轨迹。发生变化后,他感觉上只过了短短几分钟,刚才那个抱头坐在床具上的年轻人却喊了起来。

"到底要……到底要飞到什么时候?他们到底要把我们关到什么时候!"

"冷静点……"旁边的人拉住他的手臂安抚道,"我们的命运掌握在那帮人手上,暂时静观其变吧。"

"暂时?"年轻人一脸憔悴,双手紧紧绞在胸前,"我们都被关了这么长时间……过了将近一年单调重复的生活。"

拽着他的人露出奇怪的表情,周围的人也面面相觑。

"你说一年?"有一个人说,"现在只过了一个小时左右啊。"

"不到一个小时?"另一个人说,"我们不久前——四五分钟前刚进入超空间。"

"四五分钟?开什么玩笑!"年轻人发出了狂怒的吼声,"怎么可能只有四五分钟?你知不知道我吃了多少次饭,跟你们谈了多少次同样的话?"

"还没开饭呢,"一个人说,"而且现在顾不上那个。"

"不,刚才已经吃过了,"旁边那个人说,"不是大家一起吃的吗?这里的饭菜还不错。甜点是……"

"够了!"青年尖声叫道,"你们都在耍我对不对?没用的,看看我的表!"

青年伸出了手臂——他戴着一只装有手动日历的多功能电子表。松浦探头过去看了一眼。

年数的确变了。

"你的表坏了,"另一个人说,"你看我的,只过了一个小时……"

"不,我的表显示只过了四五分钟。"

又有一个人伸出了手臂。

"到底谁的表才正确?"拉住青年的人问道。

"我的!"

那几个人纷纷叫喊起来。

大厅里的人纷纷聚集过来,展开了无休止的争论。

"怎么了?"

艾尔玛看见松浦从一群高声争论的人中间走出来,便问了一句。

"嗯……"松浦边想边说,"艾尔玛,我们进入超空间后,过了多久?"

"这个嘛……"艾尔玛看了一眼手表,"十五六分钟吧。你问这个干什么?"

"我的手表只过了八分钟,"松浦喃喃道,"艾尔玛,我们把手表上的时间统一一下,然后尽量待在一起吧。"

"为什么?出什么事了?"

松浦一言不发地对好时间,然后摘下了手表。接着,他又摘下了艾尔玛的手表,走到他们的座位前,放在了从地面抽出的桌子上。

"你做这个干什么?"艾尔玛疑惑地问道。

"这么说可能有点奇怪。我怀疑这里发生了心理相对时差。"松浦说。

"那是什么意思?"

松浦指着不远处的那群人,向她说明了刚才发生的事情。

"为什么?"艾尔玛瞪大了眼睛,"太奇怪了。"

"我完全无法想象超空间是什么,但是之前并没有发生这种事,所以可以推测,这个空间里的时间是混乱的,"松浦揉着太阳穴说,"你知道相对时差吧?这个宇宙中不存在绝对的时钟。"

"但那是将不同重力场或相互运动的惰性时钟放在一起比较的说法吧。"艾尔玛疑惑地说。

"没错,但仅局限于爱因斯坦设想的时空连续体中。那么,在超越了时空的超空间内部,会发生什么现象?"

"不知道。"

"我也不知道。不过现在看来,这里会发生心理时差。"

艾尔玛瞥了一眼桌上的两只手表。

"心理时差……"她喃喃道,"你是说,等待的人会觉得时间特别漫长,是这个意思吗?"

"没错。举个有点老的例子,你还记得心理学家让内的观点吗?同样的时间,小孩感知到的长度会比大人更长。具体内容我记不太清了,好像是同样一个小时,六岁的孩子比六十岁老人的身体感觉要长十倍。"

"哦,难怪……"艾尔玛吃吃地笑着说,"孩子做什么事情都很快会厌倦,而老人特别有耐心。"

"是这样。恐怕在老人眼中,一个小时并不太长。"

"可是——"艾尔玛疑惑地歪着头说,"这种现象甚至体现在手表上,又是怎么回事?"

"我也不知道。可能人戴上手表后,表就会被包含在人体的心理时空场内吧,"松浦为自己荒谬的理论苦笑道,"总之这里的确会发生奇怪的事情。但是我跟你在一起说话,感觉时间的流动就是一样的。"

"你看表了吗?"艾尔玛说,"我们已经坐了一个小时。"

松浦吃了一惊,连忙看向桌上的手表。的确,两只手表并排躺在那里,共同显示现在已经过去了一个小时。

"也就是说——"松浦突然感到心里痒痒的,"我跟你待在一起,会感觉时间过得更快!"

两人都忍不住扑哧一声,随即大笑起来。

"我能打扰一下吗?"

一个高个子的金发青年来到他们旁边。

"可以,"松浦抬头看着他,"我叫松浦,这位是艾尔玛。"

"弗里兹·隆伯格,"青年说,"搭乘地球最后一艘飞船来到了这里。我在找一个叫斯坦纳的人,他应该在火星上……"

"瑞克·斯坦纳?"

"对！你认识瑞克？"

"我们在同一个区。不过他应该上了别的宇宙飞船。"

"是吗……"隆伯格变成了凝视远方的眼神，"我跟瑞克是同学……不过我们的目的地应该一样吧。"

目的地——听到这个词的瞬间，松浦莫名感到一阵悸动。

"请坐！"艾尔玛说，"我们能要点喝的吗？"

"打扰了，"隆伯格在对着沙发的地方拉出一张椅子坐了下来，"你要饮料的话，桌子下方有管子可以拉出来，上面有转盘，可以选择自己喜欢的口味。"

他们在桌子底下找了找，果然如他所说。三人抽出一点都不像塑料材质的柔软吸管，含在了嘴里。

"地球现在……"松浦喃喃道。

"别说了，"隆伯格抬手打断他，"等我们冷静下来再谈这件事。对了，你们说，那些人为何要救走我们？"

"有件事我想不明白，"松浦凝视着软管口低声说，"他们为何要把我们分类。"

"其他宇宙飞船呢？"艾尔玛看向窗外，"我们能跟其他飞船上的人通信吗？"

"等会儿我去问问，"松浦也看了一眼浑浊的窗外，"刚才那个'代表'就在这艘飞船上。"

"他们的真实面目是什么样的?"隆伯格压低声音说,"我怀疑他们的身体是假的。"

"说不定那些身体是机器,"艾尔玛耸耸肩,"里面是什么样的生物?会不会像章鱼一样?还是像昆虫一样?总而言之,他们是地球人头一次接触到的、真正的外星人。"

"他们为何要跑来救我们?"松浦低声说,"要把我们带到哪儿去?带去做什么?难道只是纯粹的好意吗?"

"不记得是十六世纪末还是十七世纪,"隆伯格用手背抹抹嘴,说了起来,"欧洲的帆船……大概是西班牙或者那附近的船只吧,总之是大型帆船,在北太平洋海域某处救起了原木船翻倒后落水的原住民。按照描述来想象,那些人应该是美拉尼西亚人。反正那些人一丝不挂,皮肤漆黑,两只大眼睛的眼白特别明显。船员救起那些人后,他们特别害怕,紧紧挤在一起,船员一靠近就尖声大喊。"

"肯定是吓坏了吧。"

"没错,因为他们从未见过大帆船和船上的白皮红毛人。船员花了整整一天才让他们平静下来,并吃了点食物。结果他们吃了船上的腌肉上吐下泻,甚至死了两个人——原来他们平时吃的都是生鱼。"

"他们是出海打鱼遇难的吗？"

"不是。船员打着手势问了那些人，原来他们住的岛屿由于突如其来的火山爆发而被撕裂，沉到了海底。"

短暂的沉默。突如其来的大火，祖祖辈辈居住的土地突然撕裂，被波浪吞噬。上面的人呢？

"他们好不容易才逃了出来。只有一小部分人有机会划着原木船逃出生天。后来他们把船划回去，发现自己出生长大的岛屿，竟一夜之间消失得无影无踪。他们全都惊呆了，同时万分悲痛。这些被迫失去故乡的人眼前只剩下一片陌生的大海。他们完全无法想象海的另一头是什么，只能在茫茫太平洋上朝着西边奋力划船。就这么划了整整三天。"

"十七世纪……"松浦喃喃道，"是啊，当时连欧洲人也才发现地球是圆形的，一些小岛上居住着野人。"

"更别说他们是与世隔绝的太平洋小岛上的野人。那时候他们还有吃人的习俗。"

"别说了！"艾尔玛紧张地咽了口唾沫。

"抱歉。那些人居住在汪洋大海中的孤岛上，只知道自己的岛周围似乎还有几座岛屿，除此之外一无所知。而现在，他们突然被抛到了一片未知的蛮荒大海之上，并不知道彼方等待着他们的是什么。"

松浦和艾尔玛沉默了片刻。

过了一会儿，艾尔玛说："那些十七世纪的可怜裸体野人后来怎么样了？"

"根据记载，"隆伯格说，"他们被帆船带到了欧洲，还被进献给了女王陛下。其中一个长得格外丑陋、浑身刺青的原住民被养在了宫廷中。另外一个年轻人特别聪明，后来在港口城市的一个贫民区住了下来。记录显示他还跟一个努比亚女奴隶结了婚，至于子孙后代的情况，就不清楚了。"

"其他人呢？"

"被当地人稀罕了一段时间，看腻之后就被卖掉了。记录显示他们被带到了阿拉伯地区，然后就无从知晓。你说，有谁会去关心一群异教徒野蛮人呢？据说一个人被迫与鳄鱼格斗，最后死了。因为带他们回来的船长有一次酒后吹牛，说那些原住民能打赢鲨鱼，于是巴斯克商人就让他们跟自己养的鳄鱼搏斗，跟船长打赌谁能赢。"

"太过分了！"艾尔玛难以掩饰嫌恶地说，"他们为何要这样做？"

"抱歉，我无意影响你的心情，"隆伯格慌忙说，"不过，那些外星人至少比我们的祖先更文明一些，我们应该不会得到浑身刺青的原住民那样的待遇吧。"

"有一点我很在意，"松浦说，"他们并非偶然路过救了我们，而是带着目的而来。那是纯粹的宇宙大爱，还是另有目的，这点我不太清楚。"

"我在博物馆整理旧胶片的时候，发现了一部纪录电影，讲的是二十世纪后半期在非洲展开的'挪亚方舟计划'，"艾尔玛说，"当地因为修筑水坝导致某些地区会被淹没，人们就用网子捕捉那里的野生动物，放生到别的地方。那些动物无法理解人类的善意，应该非常恐惧吧。"

"我们也要被放养在宇宙的动物园里吗？"隆伯格笑了，"不过，人类也是花了很长时间才产生'保护'野生动物的想法的。在此之前，美洲野牛、猛犸象、海豹等各种动物都因为人类而灭绝了。"

"但愿他们与我们的智慧文化的差异不像尼安德特人和克罗马农人那样，"松浦说，"只不过，有一点……"

"你在意好多东西啊，"艾尔玛笑着说，"这次是什么？"

"嗯……"松浦想了想，然后低声说，"我觉得他们好像，不，非常像跟我们相似的存在，尤其是他们的思考方式。我还以为外星人是更为奇特的生物呢。"

"你说是氟基生物或者硅基生物那种怪物一样的东

西吗?"艾尔玛哧哧笑道,"不过根据元素的性质和宇宙的分布情况来判断,高等生物大概率会是地球人的类似形态。"

"即便如此……"松浦还是带着难以释然的表情,"我就是忍不住想。这实在太奇怪了。"

3

"太奇怪了,"艾对着名单喃喃道,"差了几百个人……如果全都是被他们带走的,那只能认为,他们的组织非常庞大。"

"破坏工作显然是他们做的,"一名调查官说,"除此之外,恐怕没有人能扰乱我们的航行。那么,这就是有计划的……"

"他们为何要在我们实施收容的瞬间,从鼻子底下抢人?是为了挑衅吗?"

"他们可能让我们做了遴选,"调查官说,"得知我们要关闭第二十六区后,他们先扰乱了我们的航行,并趁那段时间布下了网络。"

"针对九十亿人的网络?"

"或许他们也能做出粗略的分辨,然后对最可能的人选进行监视,而且仅限地球。别忘了,火星上没有一个人被偷走。我们的目的是最高机密,连他们都无从得知。所以只能趁我们收容的那个瞬间……"

"应该是这样了,"艾说,"不管怎么说,我们都被摆了一道。"

"如此一来,他们的组织将会进一步扩大,"调查官用紧绷的声音说,"我们会遭到谴责吗?"

"那是突袭,没有办法,"艾说,"我就这样报上去,不会连累到你们的。"

看见调查官脸上闪过放松的表情,艾从他身边走开了。

真的被摆了一道——他苦涩地想着。第三阶段的人有时的确会被掳走,只是从未发生过如此大规模的事件。莫非这是正式宣战?

走进通信室前,艾透过舷窗发现在白色空间里列阵飞行的数千艘宇宙飞船同时闪烁着灰色光芒,向他发来道别的信号。紧接着,阵型突然拉长,像凹凸镜成像一般扭曲了。无数条长蛇形状的队列像突然松懈的橡皮筋那样骤然缩短,最后变成了一个小黑点,继而消失不见。宛如撒满白粉的空间里浮现出绿色和紫色的光带,场波弯弯曲曲地从舷窗外侧掠过。

那些人都会被带去哪里？艾心情沉重地想。是前往文明地区，还是被流放到边境星球？是干脆被消灭，还是送给了异形生物？他转过头，透过墙壁凝视着那些"被选中的人"，冰冷倦怠的心中再次涌出了那个词——

被选中的人。

其中又有多少人能够到达下一阶段？

有多少人会停留在某个阶段，又有多少人能够前往遥远的下一阶段？他们何时才会意识到被选中的意义？在艾看来，他们的确具备了值得被选中的、与众不同的特征。他们的意识就像未经雕琢的宝石，潜藏着璀璨的光芒。可是，在艾眼中，他们都是些包裹在泥污中，难以看透其本质的脏兮兮的石子。里面究竟是毫无价值的铁块，还是真正的宝石，是值得雕琢的极品，或是纵使珍贵却派不上用场的微小天赋——这些艾都无法看透。

走进通信室前，艾突然看到一对男女赤身裸体地抱在一起。他们躺在大厅地板上拉出的箱型隔间的床上，以为谁也看不见，就恣意纠缠在一起。他们可能做梦都没想到，那种东西对艾和其他调查官来说，就像空气一样透明。等到他们上升几个阶段，突然意识到有人能看见他们现在的状态，又会做何感想？

想到这里，沉寂了几百年……不，几千年的笑意突然像痉挛一般触动了他的内心一隅。与此同时，他又对那两人交缠的身体产生了莫名的感动。他们就像交缠的蛇或蚯蚓，又像核酸的长长丝线，在无比漫长的进化过程中，从幼年期到起飞之前不断重复着。这种二元的性爱，可能正因为比三元或更高层次的性爱单纯而基础，反倒给人一种机械学的美感。

话虽如此，艾思索道，他们也将在不久之后"升空"。届时，这种质朴的机械学的美感，恐怕也会丧失殆尽。他们的一部分心灵会死去，化作没有生命的岩石，继而获得永生，并且石块上还会生出弱不禁风的、第四阶段的菌丝。至于接下来会如何，他无从得知。

他本来打算向上级汇报，但是一时兴起，打开了通信室旁边的门，走进位于纽约帝国大厦三十八层的闷热办公室里。

"艾……"

他的同事山姆双腿架在办公桌上，看也不看他一眼，专心读着貌似刚在楼下买来的、散发着墨水气味的《每日新闻》晚报。

"叫我艾萨克。"艾从山姆胸前的口袋里抽出一支雪茄，咬断尖端，一口吐到了三米远的垃圾桶里。随后，他拿起散落在桌上的火柴，往山姆的鞋底一擦，给雪茄点上火，喷吐着烟雾问道：

"找到野野村了吗？"

"还没有，"山姆把他的雪茄移到嘴角，嚅动嘴唇回答道，"不过在火奴鲁鲁找到了里德，已经交给初级解说员。他们从最基础的层次开始讲解，不过那家伙还是吓蒙了。估计得过段时间才能判断能不能派上用场。"

艾叼着雪茄，走到纽约的地图前。在普通人眼中，那只是一幅棋盘状的曼哈顿地图，但是艾可以看见上面复杂交缠的时间轨迹。

"假设从这一带到这一带遍寻不见……"艾指着长岛一带说，"那就得在过去搜寻了。不管他潜入了什么地方，公元前的覆盖率都太低。"

"人是派出去了，"山姆总算放开了报纸，双手交叠在腹部，"只是我们太缺人手。"

"你自己不干吗？"

"不行，我得在这里坐镇，否则他们都联系不上。毕竟追查的人越来越多了。上回让那个不成熟的新手去处理日本的事情，惹了不少麻烦出来。"

"他恐怕要被降级。"艾摁灭雪茄，拿起纸杯到饮水器前面去接水。

"糟糕透顶。他不仅弄丢了钥匙，还被他自己拉进去的人揍了一顿,最后还让人跑了。"

"你不也被摆了一道吗?"山姆扯松领带,往杯子里倒了一些泥水似的咖啡,微微一笑,"听说被掳走了不少?"

"嗯……"艾皱着眉喝了一口水,"眼睁睁看着他们抢走了好几百个人。很快这里也要开始忙碌了。"

"也不会马上忙起来,"山姆哼了一声,"因为需要时间培训。你说那帮人都在哪儿训练自己的伙伴呢?要是能找到那个地方,不就能一网打尽了……"

"谁知道,肯定不是这个时空区。宇宙的时间和空间过于深奥广袤。"

他喝完水,把纸杯揉成一团,突然注意到了山姆扔在桌上的报纸。那是一九六×年六月八日的《每日新闻》,上面有一则简短的报道。

来自瑞士的通讯。

日前,登山者在阿尔卑斯芬斯特腊尔霍恩峰的雪谷中发现一名半裸的年轻东方人晕倒在地。此人被迅速送至伯尔尼的医院救治,但始终处在昏迷状态没有苏醒。这名东方人推测年龄在二十岁前后,身上只穿着内衣和长衬裤,全身多处骨折和挫伤,疑似从高处坠落。但是登山者发现他时的雪谷地形开阔,附近没有可以坠落的悬崖，积雪上也看不到青年的足迹，因此可能是从飞机上坠落下来的。山麓休息站的管理人表示，此人被发现的前三天，站内都没有登山者入住。目前尚不能明确青年的身份及其他信息，不过伯尔尼方面根据他身上的衣物判断，青年可能是日本人，目前正在与日本大使馆联系……

"喂，"艾有点不放心地问，"你都收拾干净了吧？"

"在我的职务范围内，"山姆伸着懒腰说，"怎么，新闻很有意思？"

"亏你能把这么复杂的东西读进去。"艾把《每日新闻》扔了回去。

"细节其实还挺好玩儿的。"山姆哼了一声，"谁叫这个时代节奏这么慢呢。我只能过过平静的田园牧歌生活了。"

走廊传来了脚步声，不一会儿，印有"盖因＆布里克斯顿私家侦探"的磨砂玻璃窗外面现出了人影。

"再见，"艾推开了隔壁的门，"下次联系，该着陆了。"

"别了，艾……"山姆说，"咱俩都辛苦了。"

山姆朝门外喊了一声请进。与此同时，艾推开隔壁房门，回到了宇宙飞船上。

"我们即将重返三维空间。"

一名船员在艾身边经过时说了一声。艾一边走向司令室,一边琢磨着两件怪事。一是刚才在《每日新闻》上看到的报道,二是打开事务所大门探头进来的那个男人的脸……

4

艾尔玛的肌肤散发着百慕大和迈阿密灼热黄沙的气味,火热,野蛮,宛如有了生命的沙漠。平坦而结实的小腹宛如起伏的丘陵和沟壑,紧实的大腿让人联想到大蛇遒劲的肌肉……久违数年的第一次接触,最初都有些小心翼翼,继而彼此紧贴的肌肤如同着了火一般灼热,热气又像电流窜过全身,转瞬之间,两个人就同时放下了羞涩,以骨骼相撞的热情交缠在一起。

不知为何,艾尔玛像疟疾发作了一样,全身瑟瑟发抖。

为了停止她的颤抖,松浦用上了全身的力气,紧紧抱住她绵软的身躯。他们牙齿相撞,气息相交,旋即,下腹深处涌出了一波激荡而灼热的孤独——那并非冰冷意识的孤独,而是无比炽热、宛如野兽号哭的孤独叫喊,从体内喷涌而出。

最先开始啜泣的是松浦。为了压抑止不住的孤独和寂寥，他的动作越来越粗暴，然而那样只能激发出更强烈的寂寥。无论他怎么压抑，野兽的孤寂都如同热泉般涌出。很快，他便被淹没在炽热昏暗的水中，一边挣扎，一边无尽地下坠。

两个人在舷窗旁拉起的隔间的黑暗中，忘却了时间，疯狂地紧紧相拥，宛如陷入疯癫，互相安慰着彼此。很快，狭窄的隔间变得闷热难堪，充斥着汗味、艾尔玛火热而肿胀的唇瓣的气息，还有她发丝的气味、金黄皮肤的气息。他像盲目的野兽般摸索着。突然，从这些气息中，出现了裹挟着强烈寒气的另一个意识。

松浦紧紧抱着艾尔玛全裸的身体，想起了他们所处的境遇。母星已然被摧毁，连它的残骸也已在几百、几千光年之外。而他们身在这艘陌生外星人的宇宙飞船上，可能正以几倍于光速的速度朝着广袤宇宙的尽头航行。他们两个人就是在这个地方，进行着宛若野兽的爱的仪式。松浦感到周围的隔音壁、宇宙飞船的外壳都像雾气一般消融，他们两个人一丝不挂地紧紧抱在一起，成了真空与绝对零度的宇宙空间中飞驰的小小星尘。

强烈的寒气让他全身紧绷。松浦向下一沉，仿佛要抵御这冻结骨髓的虚无寒气，覆盖住了艾尔玛的身体，将她紧紧抱住。在空间的尽头，在这种境遇之下发生这种行为，多么奇妙！这是令人狂乱的寂寥促生的本能行为吗？此时此刻，性不再是被人伦与历史所污名化的存在，而是如磐石般坚硬的、无机质的，同时也是为了不忘却自己的"种子"身份、让人无法抵御的最原始的"种子"的对话，不是吗？

"等等……"艾尔玛推开了松浦，"有人在看……"

"嗯？"

松浦忍不住抬起了头。

隔间里一片漆黑，唯有墙上的椭圆形舷窗透进了灰色的光芒。除此之外，就只有两人肌肤的热度和滚烫的呼吸。剩下的，则是一片厚重的黑暗。

"那是你的错觉，"松浦说，"这里一条缝都没有。"

"可是……"艾尔玛耳语道，"真的有人在看，从那边。"

突然，松浦也感觉到了那个视线。那个阴冷而疲惫的视线就像在注视两块石头，毫无感情地注视着黑暗中交缠的两个人。那个视线来自制造黑暗的、墙面的另一端。

"没什么，"松浦说，"就算有人看见，现在也无所谓了。"

墙面另一端的视线突然消失。可是艾尔玛已经抽身而出，在大床上撑起了上半身。

"呀……"艾尔玛在舷窗旁叫了一声，"伸也，你快看！"

松浦也坐了起来。方才还只是一片灰色的舷窗不知何时暗了下来。他来到艾尔玛旁边仔细一看，只见黑暗中有无数闪烁的星光。

"我们好像离开超空间了……"松浦喃喃道，"总算要到达某个地方了。"

"其他宇宙飞船不知怎么样了？"

艾尔玛说。

松浦此时也发现了。万千星光的背景之下，散发着磷光的宇宙飞船只有两艘。舷窗虽小，但视野很大，上下左右都有将近一百二十度的可视范围，但放眼望去，附近空间只能看见那两艘宇宙飞船。

"离开火星时明明有那么多……"艾尔玛低声说，"其他宇宙飞船都去哪里了？"

她的声音仿佛在问，其他人都怎么样了？松浦也在思考同样的问题。

"不知道，"松浦喃喃道，"要么是离得比较远，要么是……"

"是什么?"

"可能被分散到了不同的行星上。"

"我不要……"艾尔玛轻声叫道,"本来剩下的人就不多,还要四散分离……"

"没办法,我们都是难民,"松浦用紧绷的声音说,"今后,我们只能接受他人给予的命运,忍辱负重走下去。或许,我们还必须放弃自己地球人的身份。"

"不要!"艾尔玛突然大声哭了起来,接着,她双手掩面,奋力摇起了头,"不要!我不要这样!"

"我只是说可能会这样,艾尔玛。我们已经踏进了地球毁灭之后、人类终结之后的世界。换言之,我们慢慢走进了死后的世界。我们或许能够跨过终结,把地球人类未来的种子,带到这个未知的宇宙中。可是为了走向更遥远的、更宽广的未来,或许有一天,我们将不得不放弃地球人的身份。"

艾尔玛似乎不想听松浦的话,或是不想肯定他的说法,一直摇着头,不断啜泣。

"你瞧,艾尔玛,"松浦把手轻轻搭在艾尔玛汗水已经干透、有些冰凉的赤裸肩膀上,"好像要着陆了。"

宇宙飞船发出的光从绿色的磷光变成了浑浊的银灰

色光芒,唯独那两根蓝色的线条依旧耀眼。光芒从银灰色转为暗灰色,仿佛喘息般忽隐忽现,紧接着,三艘宇宙飞船放慢速度,船体微微倾斜,像鸟儿一样缓慢旋转起来。船体划出螺旋的轨迹,渐渐缩小回旋半径,涡线收束的前方是一个沐浴在看不见的恒星的逆光中、被照亮了半面的红褐色星球。

陌生的宇宙空间,陌生的星球。他们今后将在这个异域他乡……(嗯?)松浦突然想到。

他不知道是什么吸引了他,只是在不经意间抬起目光,看向红褐色星球上方的空间。他在那片前所未见的空间中,试图通过奇妙的星座形状摸索出某种模式。可就在那个瞬间,星辰和宇宙飞船突然消失,舷窗合上了。

"松浦!艾尔玛!"

有人敲响了隔间的房门。

"快出来!着陆了!"

5

瑞克·斯坦纳等人乘坐的宇宙飞船此时也在某颗行星上进入了着陆状态。

"请各位穿好宇航服,坐在寝床上,系好安全带,"

大厅天花板传来了口音奇特的地球公用语广播,"请舒展身体,放松下来。我们即将着陆。"

"起飞的时候那么利索,"一个叫马尔科的圆脸西西里人边穿宇航服边感叹,"着陆的时候却跟我们没什么两样,对吧?"

"少啰唆,赶紧穿。"瑞克从地上拉出寝床,对他说道。

"请戴好头盔,完全按照进入宇宙空间的标准完成着装。我们即将着陆。"

瑞克戴上圆形头盔,稍微仰起头,检查后头部的支撑情况。接着,他打开氧气泵,吸入了熟悉的、带有一丝臭氧气味的氧气。他抬起手腕,查看了显示压力、温度、湿度和二氧化碳气体浓度的显示屏,确认自动调节装置工作正常。万事俱备。他打开通话器开关,众人议论纷纷的声音顿时涌了进来。

"我们到哪里了?"一个人略显不安地说,"这是什么星球?我们该不会走进一片乙烷和氨气中吧?"

"还有三分钟,"广播提示道,"请各位回到寝床上。"

瑞克又弯曲了两三次促狭的宇航服关节部位,然后才坐上寝床。他本来还担心背后的氧气瓶会碍事,没想到那神奇的寝床竟自行凹陷了下去,让他得以轻松平躺下来。

"请系好安全带，"广播用机械的语气说，"飞船即将着陆，请闭上眼睛，默数数字。"

真讨厌，瑞克虽然这样想，但还是按照吩咐闭上了眼睛。他没有默数，过了一会儿微微睁开眼，发现头顶的天花板开始闪烁红色的光芒。此时，地板猛地倾斜，接着像弹跳一样猛地一震，继而像轮子一样旋转起来。这是回旋运动，瑞克想。不会有问题吧？

紧接着，回旋转向了身体轴心。他在头晕和恶心发作前，突然听见耳机里传来宛如嚎叫的尖细声音。瑞克握紧左手，切断了通信机开关。可是那个声音越来越高亢，像一把锥子似的刺向他的大脑。瑞克感到脑干几乎被洞穿，忍不住要高声叫喊。

突然，睡意如同漆黑的悬崖一般向他倾泻而来。他被埋没在倾倒的悬崖之下，头痛与恶心都消失得无影无踪，全身放松下来，陷入了沉睡。

有人用尽全力摇晃着他。

他猛地睁开眼，发现周围一片漆黑。空中有一点微弱的光亮，但是周围伸手不见五指。

瑞克眼前出现了一个黑色的圆形物体。等他意识到那是某个人的头盔时，突然感到脖子和背部传来剧烈的疼痛。背上的坚硬物体好像是氧气瓶。腰部下方也有一个坚硬的凸起物，死死顶着他的身体。

他在身边摸索了一圈，没有找到安全带。他已经没有躺在那张带有耐加速装置的床上了，而是来到一块平地，仰天靠在自己的氧气瓶上。

他在头盔里晃了晃脑袋，然后直起身子。背脊发出咔嗒的响声。他发现自己把通信机关掉了，于是打开开关，耳机里立刻传来了马尔科刺耳的声音。

"快起来！瑞克！他们走了！"

"这是哪里？"瑞克慌忙调低音量，然后反问。

"不知道。大家都不知道这是哪里，可能就是那帮人说的目的地吧。"

突然，一道光线穿透了黑暗。圆锥形的光芒从离地约一点五米的高度照射过来。

"是马尔科吗？"

有人喊了一声。只见亚齐摇晃着头盔上的灯光，朝他们走了过来。

瑞克此时才反应过来，打开了自己的头灯。在亚齐制造的灯光中，还有五六个身穿银色宇航服的身影躺在地上。

"怎么了？"瑞克问道，"他们到哪儿去了？这里是什么地方?"

"不知道。大家都集中在那边。"

"把地上的人都叫起来吧,"马尔科说,"总之大家先集中起来。"

"还有分散在远处的人吗?"亚齐问,"我们先走,安东诺夫教授在那边。"

瑞克走向一个躺在地上的人,同时再次仰头看向天空。这里宛如一个密室,头顶空无一物。脚下的大地是到处滚落着碎岩的粗粝沙地。

翻过粗糙的岩石山丘,前方是一片宛如小盆地的沙漠,众人就集中在那里。许多头灯聚集在一起,就像一大团鬼火。

"出什么事了?"

瑞克在一片灯光中找到安东诺夫教授满是胡须的脸,重复了刚才的问题。

"不知道……"安东诺夫教授大声说,"总而言之,那帮人不见了。不知道是去了这颗星球的某处,还是全都飞走了。反正等反应过来,我们都已经躺在了沙漠之上。"

"我们被扔在这里了吗?"一个人用颤抖的声音说,

"他们说了这么多漂亮话,结果却把我们扔在一颗从未见过的星球上。"

"冷静点,"安东诺夫教授说,"如果他们只打算把我们扔掉,一开始就不会过来援助。"

"那这到底是怎么回事?"一个女人的声音说,"那些外星人到哪去了?"

"再怎么喊也没用,"教授说,"总之大家先聚在一起,等待天亮吧。"

"什么时候天亮?"马尔科说,"马上就天亮吗?还是要等两天?"

安东诺夫教授一言不发地抬起了手。只见地平线上已经露出了微弱的白光,映衬出山陵的轮廓。

"可是……"瑞克说,"我们的氧气能支撑到天亮吗?再过两个小时,氧气瓶就要空了。"

"谁带了大气成分分析器?"安东诺夫教授说,"我的宇航服是真空空间用的,没有安装行星探索装备。"

"马塞尔有,"一个人说,"他是大气分析组的。"

"已经在分析了,"马塞尔的声音响了起来,"给我五六分钟。"

"看来这里起码有大气,"一个小姑娘的声音说,"天空覆盖着云层,周围还有风。"

"气温是多少？"教授问。

"绝对二百七十八度，摄氏五度。"

"也就是说……"亚齐喃喃道，"这里也有太阳。"

"我们共有几个人？"

"一百五十七人，大家都在。"

"分析结果出来了，"马塞尔难以置信地说，"跟地球大气几乎……不，完全一样，只有二氧化碳含量略低。气压也正好是一个大气压。湿度百分之二十五，这里还有水蒸气。"

众人发出了一阵骚动。"而且凭感觉判断，这里的重力也正好是一个G。也就是说……"马尔科说，"他们在众多行星中专门挑选了一颗与地球相似的行星，而不是随便把我们扔在一个地方。"

"可是……"另一个声音说，"在如此寒冷的沙漠中，我们该如何生存？水和食物呢？"

"等等，"安东诺夫教授说，"那是下一个阶段的问题。我们首先要确认这里的大气是否能够脱离宇航服呼吸。这是决定生存的最大前提。"

"我来试试，"马塞尔说，"因为是我做的分析。"

马塞尔把手搭在头盔上，好几个人条件反射地想阻止他。但他转眼之间就松开了两根螺栓。

所有人屏住呼吸，看着那顶圆形气泡似的头盔从宇航服的接口处稍微浮起。马塞尔小心翼翼地抬起一条小缝，将外部空气引入头盔内部，然后眨眨眼睛，似乎要咂摸那些空气，先是做了个深呼吸，然后张开嘴，深深吸了一口。接着，他关上氧气泵，又吸了两三口。最后，他完全打开头盔，看着大家咧嘴笑了。

"没问题。"

紧接着，马塞尔接连打了好几个喷嚏，众人不安地注视着他。

"没问题的，"马塞尔边笑边说，"就是外面有点冷。"

于是，所有人竞相摘掉了头盔，同时发出得到解放的叹息，在冰冷的大气中形成一道道白色雾气。

此时，地平线上的白光已经笼罩了大片天空，在乌云遮盖的灰色拂晓中，人们已经无需灯光就能看清彼此的面孔。

一百五十七名身穿宇航服的地球人站在未知行星苍白沙漠的拂晓中，显得格外突兀。他们紧贴着彼此，每张脸都凝视着地平线上的日出，一片沉默，黑色、黄色、白色的面庞全都浮现出对未知太阳的不安与期待。

"有森林！"

一个人尖叫道。

方才身在黑暗中，谁也没有发现沙漠的北方，一度被众人认为是岩石山的地方，竟是一片茂密的树林。

一个人从行李中拿出望远镜，举到眼前。

"很像地球的亚寒带林，"那个人把望远镜递给安东诺夫教授，"无论怎么看都像针叶树——落叶松的林子。"

"我们先到那里去看看吧，"教授举着望远镜说，"如果有森林就有水，说不定还有食物。有谁带了武器？"

所有人面面相觑。

"只有信号枪和作业用的少量炸药，"亚齐汇报道，"有个人带了打靶用的气枪。再就是匕首。"

"那也可以。"教授点点头。瑞克拿过教授手上的望远镜举到眼前。"带了武器的人开路，其余人组成梯形阵。出发！"

"教授，"瑞克边走边小声说，"你怎么想？这里说不定是……"

"嗯，"教授点点头，"只不过……"

"我在行星调查组待过一段时间，"瑞克继续道，"还听过行星环境学的初级讲座。我们的调查训练一开始是把人装在无法看到外部的胶囊仓里，投放到地球的各个地点，然后对周围进行观测。有一次我被投放到了西伯利亚的亚寒带,这里跟那个地方太像了。"

"那片森林的确……"教授喃喃道,"长满了与地球针叶树极为相似的树木。"

"何止是极为相似。那完全就是我们熟悉的松柏类植物。"

"还得再靠近一点才能确认。"教授略显犹豫地说。

"可是刚才我用望远镜观察时,明确看见了枝头有松鼠。"

"什么?"教授惊呼道。

"我看见枝条之间有个体形较大的四足动物在活动。"

"如果这里是大气组成元素相似的行星,上面的生物完全有可能与地球生物相似。"

"连重力、与太阳的距离和辐射量都相同。这种行星真的能随便找到吗?"

"不清楚。只不过从那帮人的宇宙航行技术和科学知识水平来推测……"

"从他们的宇宙航行技术和科学知识水平来推测……"

瑞克重复了教授的话。"教授,这里说不定……就是地球吧?我总有这种感觉。"

"斯坦纳,"教授停下脚步,死死盯着瑞克的脸,"我刚才就一直在思考这件事,但这是最不可能的情况。地球在距离这里不知几万光年的远方,早已因为太阳的异变毁灭了。如果我们不牢记这个前提……"

"那假设我们被带到了过去的地球呢?按照他们的宇宙航行技术推测,那帮人完全有可能已经实现了对我们而言宛如梦幻的时间航行。"

"有人带了天体观测仪器吗?"教授抬头看向天空,烦恼地说,"不,目测就够了。等天空放晴,可以测量黄道,得出自转轴的倾斜角度。不对,只要等到晚上,观察一下星座的形状,一切就清楚了。如此一来,只需再综合生物种类,就能推算出年代……"

前面开路的人突然喊了起来。瑞克和教授中断对话赶了过去。他们已经来到森林边缘,坚硬的土壤上长着稀疏的杂草,前方的人左一群右一群地趴在地上,全都躲在草丛较高的地方。

"怎么了?"教授喘着气问道。

"是枪!"一个人过于兴奋,用颤抖的声音说,"这里有石尖枪!"

瑞克和教授分开聚成一团的人,把头探进草丛中。

草丛里有一根长约一米的木棍,外形很粗糙,不过是削去了细枝、略有些弯曲的棍子,一头已经折断,断面还比较新,另一头则用植物藤蔓紧紧固定着一个石制枪尖。石片质地貌似安山岩,同样打磨粗糙,略微有些形状,尖端也折断了,上面还沾染着疑似血液的黑色污迹。木棍上不知是涂满了兽脂还是手垢,显得黝黑发亮。

"斯坦纳……"教授用沙哑的声音说,"看来我们有必要认真探讨一下你的假说。这是……"

教授的声音突然中断了。

大家都像触电一样,表情僵硬地待在原地。

森林深处传来金属撕裂一般尖厉的声音,震得树叶哗哗作响,在树木之间不断回荡,让所有人如鲠在喉,害怕地缩起了身子。紧接着,他们听到了折断枯枝的声音,然后是一阵轰鸣,朝着森林远处消逝。

众人屏着呼吸,竖起耳朵倾听。可是那个让人毛骨悚然的声音再也没有出现,只能看见森林的树梢随着轰鸣声微微颤动。

眼前飘过一片白色的东西。他抬起头,惊觉有什么冰凉的东西轻飘飘地落在了脸上。

"教授……"瑞克抬头看着开始飘雪的灰色天空,戳了一下教授的胳膊。

教授也抬起头,凝视着远天之上,穿过暗灰色云层无声离去的两个白色圆形光点,口中念念有词。

"这到底是什么意思?"教授沙哑地喃喃道,"他们到底是什么意思?救我们于水火之中,然后把我们扔在这里……他们究竟……"

咚!突如其来的响声之后,教授没了声音。瑞克收回目光,眼看着教授的身体瘫倒在地上。一块足有婴儿脑袋大小的石头,沾着教授头上喷溅的鲜血和毛发,滚落在他脚旁。

瞬间,森林边缘响起了一片叫喊和哀号。砰!砰!信号枪射出了火光。森林中飞出一片大石头和带有木柄的石斧,其中一块砸中了瑞克的肩膀,他感到脖颈突然麻木,不受控制地踉跄起来。接着,他勉强躲过了另一个树丛里飞出的石枪,却被反方向出现的粗大棍棒击中了太阳穴,这下再也支撑不住,颓然跪倒在地。那个瞬间,散发着强烈臭气、浑身长毛的巨大猿猴似的生物从他背后扑了过来。它的利爪划破了瑞克的面部皮肤,他感到一股无比灼热、带着飞沫的恶臭气息喷到脸上。当他感觉到锋利的牙齿向颈部袭来时,瑞克失去了意识。身体沉入充斥了血红色疼痛的黑暗时,他脑中突然闪过一个想法——原来,我要在这片陌生的土地上,就此死去……

第六章　袭击

1

"下一轮袭击在这里，DM6021，"卢基夫说，"一队，A2473M，西尼湖畔城，M-IV。二队，A2473A，菲尼列斯营地，SLE。三队，A1968S，纽约城，E……"

黑暗中，三个球体凸显出来，散发着浅红色、白色、绿色和蓝色的光芒。球体上显示出经纬线，旋转至某个角度后，标出了目标光点。接着，球体开始不断扩大，随即一片模糊，三个目标城市很快就成了扩大的立体图像，浮现在黑暗中。

"还是老样子。四队按照惯例，前往BC1000到AD1500之间散布。现在警戒变强了，要小心。四队同样要注意……"

立体图像突然消失，成了一片漆黑，很难看出那里究竟有几个人。

"按照规定顺序改变组队。新人呢？"

"汉斯在……"一个人说。

"二队好像缺人。汉斯，你跟过去。三队先留下来。"

"可是汉斯……"又有一个人说,"二队是……"

"没时间了。一队、二队、四队,马上出发。务必小心。"

卢基夫的气息消失了。等他重新出现时,一队、二队和四队的人员早已离开。

"三队,"卢基夫再次开口道,"事情有点麻烦,我们发现了一个基地。一九六八年的调查手段已经很高明,你们最好不要轻易留下线索。警察倒还好说,若是留下了奇怪的证据,让那帮人盯上就麻烦了。"

这种计划的失败与成功,为何能够逃脱定论?他心里一直揣着这个疑问。既然一切都可以视作过去,为何无法将其视作定论?唯独这点,他直到现在都无法解开。

"所以,N,"卢基夫提高音量,被点名的人怔了怔,"三队由你来指挥。"

"我在那一带很危险,"N回答,"正在被通缉。而且这个指令很可能被那个基地操控。"

"要反其道而行之,"卢基夫的语调里似乎带着一些笑意,"那帮人在往深处调查,一九六八年可能警戒度没这么高。只要能破坏那里,一八〇〇年到二〇〇〇年的行动就会轻松很多。针对你的追捕力度也会稍微放缓。"

"那对方可能会来真的啊。"

"但是要花时间。"

"方法?"

"破坏回路,消灭调查官。"

"消灭?"一个人低声说道,"不能俘虏吗?"

"那只会给我们自己找麻烦,"卢基夫冷冷地说,"你们还记得我们有个伙伴在一九五一年弗罗里达的圣彼德斯堡被干掉了吗?"

"记得,"一个人闷声说道,"七月二日,玛丽·H·丽莎……"

"她被人放火烧死了,"卢基夫说,"各位,我们要以牙还牙,务必办成这件事。"

卢基夫的气息消失,黑暗突然变浅了许多。在勉强能辨认出面孔的昏暗中,只剩下三队的三个人。

"好了,"N说,"你们熟悉那个地方吗?"

"熟悉,"一个人说,"我在那里住了八年。"

"基地的场所和周边情况,你都清楚吧?"

"交给我吧,"那个人说,"我连存放载具的地方都想好了。"

"好,那我们走吧,"N说,"详细计划到那边再定。"

三人开始移动。他们在一片或深或浅的黑暗中,仿佛游泳般前进,时而如幻想消逝,时而如幽鬼再临,拉扯成纤细的长条……

N心想，自己还是花了很长时间才习惯这种移动。那时，当他在那片黑暗中像没头苍蝇一样奔走时……毫无理由地打倒了那家伙……

黑暗稍浅的地方，显出苍白的光芒。他提高了警惕。不过这一带很少会遭到调查，正因为如此，他们才会利用这里的漂流密闭空间碰头。

光点渐渐靠近，化作一艘古老的大船。层层叠叠的甲板沐浴在残阳中，挂着海藻的船身仿佛刚从水底升上来，还湿淋淋地淌着水。可是，桅杆上的旗子低垂不动，巨大的外轮也没有转动，两根平行烟囱里冒出的烟雾就像立体照片似的固定在空中。稍远处还有一艘同样古老的外轮船，尽管没有发光，却展现出了清晰的轮廓。

N靠近了标有"密西西比女王号"船名的船尾，在甲板上放了张椅子，对那个蹲在地上一动不动、满面胡髭、身材壮硕、头发花白的男人说道：

"蒂夫，有人来过吗？"

被唤作蒂夫的人缓缓抬起头，湛蓝空虚的双眼已经在懊恼中风化，宛如两颗没有光泽的石子上镌刻着"烦闷"。这个身穿粗糙牛仔裤、挂着褪色红吊带、貌似农夫的人极其缓慢地摇了摇头，又用同样缓慢的动作把交叠的双腿换了个方向。"刚才有疑似侦察队的人从远方掠过……"他操着一口浓浓的南方口音说,"没到这边来。谁也不会到这里来。这就是座坟场。除了你们……还有我和这两条船,什么都没有。"

"再见,蒂夫!"N离开了密西西比女王号,"你真的不打算加入我们吗?"

"我不明白你们在做什么。我只是个农夫,不像你们能说会写,脑子也没那么聪明,"他悲伤地喃喃道,"能让我回去吗?把我的时间还给我。让我回到老婆和两个孩子身边,回到乔治和莎拉身边。我要回我的牧场……"

说到最后,他已经近乎恸哭。接着,他又无力地垂下头,掩住了面孔。"那是谁?"貌似是第一次来到这里的西西里人雅克莫问道,"他是谁?"

"他叫朗格,"他短促地回答,"大卫·朗格,在田纳西州纳什维尔附近经营一座牧场。他被卷进一八七二年到一八八一年沿着密西西比河在美国南部移动的时空旋涡,来到了这里。这件事应该被记录在案了。"

"那艘船也是吗?"

"对,跟朗格遇到了同样的旋涡。这艘船叫密西西比女王号,一八七三年出现。那艘船叫铁山号,一八七二年出现。"

两艘船消失后，又有各种奇怪的东西接连出现，随后消失。有疑似来自二十世纪的飞行器、四台引擎的大型客机、渔船、格外高大的石砌建筑、貌似外星人飞船的东西……最奇怪的是，一整个不知是爱斯基摩还是印第安人的村庄在这个缓缓回旋的空间中忽隐忽现，形成村落的帐篷入口处还能看见里面走动的人影。这里位于大旋涡中心，人称"空间藻海"，太阳系周边的封闭漂流空间和时空旋涡吸入的东西，都会被冲刷到这个地方。可能正如蒂夫所说，这里是不折不扣的"时空坟场"。

人类究竟要到什么时候，才会发现这种空间的独特性质促生的气泡状封闭漂流空间和时空旋涡的危险？他暗自想道。他们要何时才能像观察低气压一样观测并预报这种现象？空间物理学家何时才能发现，空间比爱因斯坦猜想的更柔软，具有更奇妙的性质？他们何时才能意识到，这与宇宙射线的成因、半亚原子粒子的不均匀分布以及力场的奇特性质有着紧密的关系……

"走吧。"雅克莫说。

他们周边的场波开始挤压过来，逐渐物质化。他极力忍耐着物质化最终阶段必然出现的胸闷和恶心。这种感觉让他回想起了很久以前的某个记忆，连这点也还是老样子。

遥远的记忆。他打倒了那家伙，奋力奔跑。四肢毫无感觉，身体却在纵横交错的漆黑管道中飞速移动。对面出现了散发着苍白光芒的船形轮廓，也在飞速靠近。甲板上有个男人，正用阴郁的目光看着他。

（站住！）一个人高喊道。（你是谁，停下！否则……）

2

"放我出去！"松浦大喊道。

他的声音被铅灰色的方形房间骤然吸收，不留一丝痕迹。

无人回应。当然不会有。他已经反复叫喊了几十次、几百次，可是这个房间的厚重金属墙壁之外，始终没有回应。墙壁也纹丝不动。

这是一个边长三米左右的正方体房间，四周都没有门。当然也没有窗。天花板整体散发出淡紫色的光芒，这就是唯一的照明。房间里连一张椅子都没有。

"放我出去！"松浦稍事休息，再次叫喊起来，他的声音已经沙哑了，"为什么把我关在这里？你们要干什么？回答我！"

他开始拍打墙壁。但是它纹丝不动。反倒是双手已经破皮出血，手臂僵硬沉重。

"艾尔玛，"松浦喊道，"艾尔玛在哪里？为什么要把我……"

他的声音已经枯竭。他饥渴难耐，每次叫喊都感到嗓子如同被火灼烧着。他一脚踹向墙壁，接着整个人撞上去，继而挥舞双拳继续敲打。他竭尽全力用肿胀嘶哑的喉咙高喊，顿时感到口腔深处传来撕裂的疼痛，嘴里充满了金属的酸味。他低头咳嗽起来，鲜血在紫色光芒的照明中显得发黑。松浦双手按在墙上，痛哭起来。他边哭边顺着墙壁滑落，最后跌坐在地上，脸颊贴在冰冷的金属表面，无声地哭泣着。

他似乎睡着了，接着迷迷糊糊地醒来。房间还是原来的样子。喉咙已经肿得几乎完全堵住，发出阵阵刺痛。他感到全身酸痛，饥渴让他的精神陷入了危险状态。

他扶着墙缓缓站起，走到角落排出了尿液。他知道自己的尿色发红，而且下腹和尿道都传来了剧烈疼痛。排出的液体立刻被地面吸收，没有留下一丝痕迹和气味。这恐怕就是他身在仿佛被焊死的房间里，却一直没有窒息的秘密吧。不知出于何种原理，这里的墙壁会呼吸。然而墙面并非多孔质地，而是像铅一样质地稍软的金属。

松浦看了一眼手表。从他们被蒙着眼来到这颗未知的星球上,到现在已经过去了七十二个小时,而他被关在这里,也已经四十多个小时。自从他们结束超空间航行,手表又一次开始正常运转了。

刚一着陆,他们就接受了奇怪的"检查",所有人都被分散开来。从那时起,他就没有见过任何一个人。他被关在这座奇妙的建筑物里,一直被拉来扯去,最后喝下某种饮料睡了过去。等他清醒时,已经被关在了这里。

天花板的紫色照明突然消失,周围陷入伸手不见五指的黑暗。松浦坐在地上,在黑暗中呼吸,死死顶着墙壁。就在那时——

他突然知道了,墙壁的厚度约为六十厘米。他很难理解自己为何知道。总而言之,他突然清楚地意识到,这四面墙壁的厚度约为六十厘米。地板更厚一些,天花板更薄一些。其中三面墙壁连接着不知作何用途的巨大机器,最后一面则朝向细长的白色走廊。走廊另一端有人,而且这几个人,正在看着他。

一开始他以为自己出现了幻觉,便用力摇了摇头。他在黑暗中闭上眼,随即睁开。然而,他知道,这是再清楚不过的事实。这种感觉就像他用双眼看到,用双手触碰,还用标尺测量过一样清晰无误……

黑暗中,松浦忍不住撑起了身子。

唯一连接走廊的墙壁……

"放我出去！"他扯着嘶哑的嗓音朝那扇墙壁喊道。喉咙再次撕裂，口腔里满是血腥味。他摇摇晃晃地站起来，朝那边走了两三步。

突然，房间亮起淡淡的粉红色光芒，继而重归黑暗。松浦在黑暗中绷紧身子，注视四周。

房间有变化！

当他意识到那个变化是什么的时候，顿时全身汗毛直竖。

房间开始缩小了！

虽然身处黑暗，但他清楚意识到了。他以为这只是黑暗导致的错觉，便朝对面墙壁走了过去。本来应该走六步才能到达另一头，但他只走了五步便撞上墙壁，返回时只走了四步。他慌忙把手伸向天花板，心里又是一惊。

天花板已经下降到了触手可及的地方！

他宛如被逼上绝路的野兽，拼命打量着四周。四方墙壁在朝他逼近，上下也……

狭窄的空间维持正六面体的状态，一点点收缩起来。那个速度非常快，似乎快过了空气透过墙壁的速度，连空间内部的气压都骤然上升了。他开始耳鸣，呼吸越来越急促。透过黑暗中不断逼近的墙壁,他看见了另一头快速运作的机器。

"救命啊!"

他汗如雨下地高喊。明知这样没用,但他就是忍不住嘶吼。他举起鲜血淋漓的拳头,又一次砸向了墙壁。

"放我出去!放我出去!你们要杀了我吗?"

天花板已经顶到了头部,挥舞的手臂碰到了左右墙面。向前弓起的肩部碰到了背后的墙面。墙壁以冷酷的速度,毫不停歇地向他逼近。

他不再叫喊,因为已经没有了叫喊的气力。现在,恐怖堵住了他红肿的咽喉,他像线团一样蜷缩起来,突出的双眼凝视着黑暗,凝视着逐渐缩小的空间。他口干舌燥,像野兽般吐出舌头,维持着痛苦而急促的呼吸。不知是汗水还是小便,裤子早已湿透。压力不断上升,墙壁已经开始推挤肩膀、背部,压弯了他的脖子,挤到脸上。

他就像浸泡在热水之中,全身汗流不止,却感到了冰冷的战栗。

脑中只有一个画面——厚重坚硬的墙壁挤压着他,不断收缩绞紧,逐渐变成五十厘米边长,十厘米边长,最后缩小得如同针眼,彻底消失。而他在这个空间中,被挤压得骨骼粉碎,血肉和毛发压缩成一团,继而被挤压得无比坚硬,最终被墙壁吸收。他脑中的画面……"我不要!"他用尽浑身力气高喊。虽然已经发不出声音,但他还是用全身做出反抗,在胸中呐喊。

当墙壁沉重地碾压颈部,几乎要折断颈椎时,他晕了过去。

3

浑身浸透汗水的松浦被耀眼的白光包围。白光中还盘绕着骇人的鲜红和蓝色光球。那些光球的另一头,是岿然不动的黑色斑块。

他首先意识到自己龇着牙齿,嘴唇两端已经僵硬。他努力合上嘴,突然肺部充满了空气。心脏开始剧烈跳动,视觉也恢复了。眼前的黑色斑块原来是他全身滑落的汗液,在光滑的白色地板上形成的反差色。

松浦单膝跪在一条长长的白色走廊上,双手撑着地面,一副田径运动员准备起跑的模样。周围不再是黑暗,挤压他的墙壁也不复存在。他大口喘着气,回头看过去。颈椎嘎吱响了一声。

那面墙就在他身后。

不知为何，他从那个封闭的房间，来到了方才透视到的、雪白明亮的走廊上。

怎么做到的？

他无法理解。总之，他没有在那个不断收缩的密闭空间中被挤压至死。

走廊尽头有一扇门打开，三名身穿白衣的人走了进来。

"很好，"其中一个人说，"你通过测试了。"

他胸中爆发出火焰般炽热的感情。在四十几个小时不吃不喝的监禁过后，他也不知道自己从哪来的这些气力，但他猛地跳起来，朝正对他的人撞了过去。随着一声闷响，那家伙倒在地上，他又扑了上去，奋力掐住对方粗壮僵硬的脖子。

"住手，"一个人拉住了他的手臂，"你掐他也没用，他是个赛博格。"

一个东西顶在他的手臂上。撕裂的上衣上突然有一丝冰凉的感觉，顺着胳膊蔓延至肩膀，继而遍布全身，让他失去了力气。

"没错，"背后的人一根一根掰开了他掐在那人脖子上的手指，"你很快就会感到轻松。刚才一定很痛苦吧。"

他被搬到带轮子的担架上，陷入半梦半醒的状态，无声地哭泣起来。接着,他陷入了深深的沉睡,等到再度醒来,发现自己已经躺在了感觉很奇怪、但又很舒服的床上。

"太好了……"他旁边出现一个身穿白袍的人,脸上还架着一副貌似墨镜的东西,"这下你就可以朝第四阶段进发了。"

他感到咽喉还有一丝疼痛,但除此之外,几乎没有什么痛苦。连四肢都轻盈舒适。

"我怎么……"他缓慢地说,"离开了那个房间?是你们打开的吗?"

"是你自己出来的。"那个人用干巴巴的声音说。

"怎么出来的?"

"穿过那面墙壁。"

松浦咬着嘴唇不说话。他的呼吸又开始急促,冷汗也冒了出来。

怎么出来的?他似乎也明白了。他们对他做了什么测试,他们到底想要什么……

"我问个问题……"松浦沙哑地说,"如果我没能出来,会在里面被压碎吗?"

那个人没有回答。他站起来朝向墙壁,对着那上面忽明忽灭的、直径三十厘米的光点操作着什么。

"回答我！"松浦大吼道，"跟我一起来的那些人，是否有人被关在同样的地方，最后没能逃脱，死在里面了？"

那人对着墙壁点点头。松浦猛地在床上坐了起来。

"告诉我！其他人呢？他们在哪里？这是哪里？你们到底为什么要做那种事？"

男人转了过来。

"你能走路吧？"他说，"那就起来，头儿要见你。恐怕是要祝贺你。"

松浦用尽全身力气掐住了他的脖子。可是，他却用异常冰冷而坚硬的手，轻松拧开了松浦的手。

"活着很艰难，"他隔着深色镜片，用散发磷光的眼睛注视着松浦，冷冷说道，"生存更加艰难。既然已经来到了这里，不如顺应命运，如何？"

接着，男人微微抬起仿佛假物的脸颊，露出诡异的微笑。

"你知道凯克什——你们称作老人星的恒星系统内部的四颗行星毁灭后，我们遭遇了什么吗？"

松浦感到莫名惊悚，向后退去。这人套着虚假的身体，他那身衣服底下……

"不用担心，"他说，"文明超越行星阶段的模式有很多种。有的漫长而令人倦怠，有的需要克服严苛的灾难，但不管怎么说，超越都是痛苦而残酷的。超越之后依旧要经历的漫长道路，则是加倍的痛苦和残酷。"

他冰冷的双手抓住了松浦的手臂。

"走吧，"他说，"你们之中有三十个人被选中了。"

"剩下的呢？"松浦感到嗓子又被堵住了，"都死了？"

"到了再说。"穿着机器人外壳的男人说。

那是一座巨大的建筑物，里面被涂成全白。走廊很长，微微弯曲，照明不知来自何处，却如同白昼般耀眼。充斥着纯白色光芒的走廊上随处可见绿色、红色、钴色和半透明的房门。这里就像医院一样干净，一尘不染，暗褐色的地面反射着光芒。

到处都感觉不到人的气息。尽管如此，他在漫长而弯曲的走廊两侧，感觉到了各种东西的气息。会动的东西，有智慧的生命，其中还有纯粹精神的存在。那都是些异样的、地球人完全无法想象的、奇怪的思维。还有巨大的奇怪机器，宛如随机数表的凌乱脉冲，在弯弯曲曲的管道中转着弯前行的光线……

他意识到这座建筑无比巨大，心中惊恐万分。因为他感觉到了，这里的巨大仿佛没有边界。建筑中央呈圆筒状，周围呈射线形分布着各种构造。每一根射线都好像延伸到了无尽的远方。

可是，他突然有种奇怪的感觉。我为何能看到这些东西？为何突然能透过墙壁，看见另一边的情况？

"在那边。"那个人说。

走廊分成两个方向，一方扩张成喇叭形，前方连接着宽敞的球形房间。房间中央摆着白色马蹄形的高温陶瓷桌，后面站着一个高大的男人。就在那一刻，他看到带他来的男人身体里出现了奇怪的东西，细长拳曲的、布满皱褶的东西。当他意识到那团在某种营养液中不时翻滚一下的东西，其实是老人星人的大脑时，突然感到口腔一阵苦涩。

"干得好。"身材高大、穿着黑衣的男人说道。松浦很快就认出来，那是外星人舰队队长级别的人物。"你来到了第四阶段。等你休养一段时间后，就要开始在这里和附近学习各种知识，并进一步开发自身的能力。"

"其他人呢？"他问。

"已经被分配给各个训练员，正在接受指导。"

"我问的是那些没通过的人。"

"在别的地方，"外星人回答，"他们有第三阶段的生活，你最好别太在意。"

"我完全不明白这是怎么回事，"松浦抓住了桌子边缘，"训练？教学？到底是什么？你要对我们做什么？"

"你加入了我们的队伍，"旁边的男人说，"从现在起，你将会知道很多事情。松浦，你要抛下故乡的回忆，抛下毁灭的星球，抛下同胞的记忆，成为全新的、更高层次的社会一员。"

"你在飞船上说过，或许你们还必须放弃自己地球人的身份，"队长用含笑的声音说，"一点没错，隆伯格提到的十七世纪卡内加原住民的比喻也堪称绝妙。只不过，我们并不像那些西班牙人一样野蛮。尽管如此，我们还是有义务训练你、教育你，帮助你成为全新的、更高次元的文明人。"

声音突然消失了。松浦以为自己耳朵出了问题，忍不住晃了晃脑袋。可是队长的话还在继续。他的话语已经不再是声音，而是直接出现在松浦脑中。

——人类超越了野兽的阶段，超越了直立猿的阶段，继而超越了原始人的阶段，最终拥有了精神。你知道这中间经历了多少进化的试炼吗？你仔细想想，人类为了让新生的婴儿成为其精神产物——社会的一员，需要对其进行多么严苛的训练？人们要矫正他们天生的各种欲望，教给他们众多思想和见解，宛如个体的重复发育，将整个社会的漫长历史压缩到幼儿阶段，重复着系统发育。

松浦呆站在原地，目不转睛地凝视队长的身体。现在，他的凝视已经变成了透视。队长的身体是几乎可以称为生体的精巧有机质机器人。但奇怪的是，他的大脑部分遍寻不见。他的身体结构中存在着乍一看并无意义的空洞，声音就从那个地方发出来。空洞内似乎萦绕着某种难以解释的意念，而且他莫名感觉到，那个小小空洞的另一端，连接着广袤的空间。

——松浦，你踏上了通往超人类的道路。

那个意念对他说。

——正如爪哇猿人已经不是猿猴，你也已经不是智人的种子，而是朝着与生物进化截然不同的方向，踏上了第一级台阶。你是从地球物相中"起飞"的一员……

"艾！"

站在旁边的人突然惊叫一声。

松浦吓了一跳，抬起目光。

嗡——异样的振动波宛若尖刀在房间中斜劈过去，队长的头部被切断，背后的雪白墙壁上赫然出现一条笔直的裂痕。

整座建筑顿时充满了混乱与嘶吼。

他们来了！

同样的喊声四处激荡，从各个方向爆发出来。

他们……攻过来了！

松浦眼睁睁看着墙壁开裂。开裂的瞬间，墙体就像破裂的气球一样，飞快地旋转缩小。裂缝扰乱了一切。地板像波浪般起伏，桌子飞到空中，各种机器接连撕裂，继而被吸入不可知的地方。松浦自己也险些被抛到空中，只能抓着旁边的东西勉强稳住身子。他惊讶地透视四周，发现呈射线扩张的建筑物正在飞快收缩，原本感觉无限遥远的外壁以弹簧松脱的势头朝这边弹了回来。中央圆筒内的空间则惊人地膨胀起来，破碎的机器、建筑物内部的人和家具都被卷入了不断膨胀的暗黑空间。

地球人！

有人喊道。

地球人！快穿上那个！危险！

松浦站立的地方已经不能称作室内，这里骤然腾起了阵阵狂风，气压猛然下降。他感到眼球都要凸出来了，双耳嗡嗡作响，呼吸越来越困难。就在他挣扎着保持吸入空气时，一个轻金属材质的紧急气密箱出现在眼前。他一把抓住，整个人撞了上去。这东西跟中世纪德国的死刑道具"铁处女"和木乃伊的棺材都有点像。双开门被他撞开，松浦连滚带爬地躲进去，门又咔哒一声关上了。他感到胸口剧痛,可能是减压病发作。他摸索着找到阀门,升高了舱内压力。

松浦!

有人喊道。

待着别动,我这就来救你!

他待在轻金属盒中,凝视着外部。在天旋地转的巨大混乱中,有个身穿宇航服的奇怪人物,拿着某种武器出现了。身穿白袍的赛博格将武器对准那个人。突然,身穿宇航服的人手上发出了波纹一样的东西,将赛博格从上到下一分为二。此时又有另外的赛博格手持武器发起攻击,穿宇航服的人瞬间化为了粉末。

那一刻,裹挟着一切的强风吹起了松浦所在的轻金属盒。建筑中心不断膨胀的黑暗已经完全笼罩视野,将他吞噬。松浦躲在急速回旋的金属盒中,眼前似乎瞬间闪过了暗夜里的无数星光。

4

三人把载具停放在布朗克斯动物园的幽深树林中,小心翼翼地走了出去。九月,林中还残留着夏日的余韵,不时地能看见恋人或老人散步经过。他们隐藏在树影中。

不远处的草丛里有一对十几岁的情侣正紧紧抱作一团热吻，忘却了时间流逝。N见此情景，心中稍微一惊。

三个人出来前已经检查过一次服装，此时又为彼此整理了一下。N很不习惯变装用的假胡子和眼镜，忍不住一直去摸。

"好了，"N看了一眼手表，对其他两人说道，"雅克莫，你去把车停到动物园后门没什么人的地方。"

"你们呢？"雅克莫说，"不跟我一块儿来吗？"

"我们去载具里等着。你停好车给个信号。"

"然后呢？"

"我们把载具放进后备箱里，"N咧嘴一笑，"没问题，能放进去。我把操作系统拆下来，做成在驾驶席上遥控的模式。"

"原来如此，这主意不错，"名叫卡钦斯基的波兰人说道，"万一被发现了，可以连车一块儿消失。"

"我以前在日本试过，成功了，"N说，"那是一九六三年秋天。我在水户街道被超高空巡逻的人发现，当时就坐在一辆叫作丰田宝贝的1900CC日本中型车里。出于某种原因，我把载具放在了后备箱。快被对方发现的时候，我迅速操作载具，连车子一块儿跑了。"

"你没被人看见吗？"

"被看见了，"N笑着说，"正好有辆载了三个人的车跟在后面。"

"你当着那些人的面消失了？"雅克莫双眼圆瞪，"他们肯定吓坏了吧。"

"当然吓坏了，而且还捅到了报纸上。不过这也算一种教育，可谓一石二鸟。"

"没时间了，"卡钦斯基说，"雅克莫，去吧。"

雅克莫把软帽檐往上一推，双手插袋，吹着口哨走了出去。

"雅克莫，"N压低声音严厉地说，"别乱来。扣好帽子，不准吹口哨，别让巡警盯上了。你得扮成一个正经的好市民。"

九月下旬的纽约沐浴在残夏的稻草色阳光中，漫天飞舞着灰尘。街上满是皮肤黝黑、显然刚刚休假归来的人群。

雅克莫租了辆一九六七年款的道奇汽车。这车外表毫不起眼，后备箱倒是很大。他们在下午的熙攘中穿过第五大道，N和卡钦斯基在第三十三街的拐角下了车。他们要找的大厦就在眼前。

"你去转一圈，"N对开车的雅克莫说，"十分钟后回来。务必小心！"

曾经是世界最高、如今即将滑落为世界第二的帝国大厦早已陈旧，染上了污浊的煤烟。卡钦斯基高高扬起土气的狮子鼻，面带惊叹地看着连同信号塔高达五百米的大厦顶端。这座由于太高反倒变得不方便的大厦，尽管此时的入驻者已经比以前少了很多，又是星期五的下午，里面还是有不少人影。他们来到三十八楼，发现一扇安装了特殊防弹磨砂玻璃的房门。N 对卡钦斯基使了个眼色，敲了敲门，不等里面回应，就开门走了进去。

一个古铜肤色、身高足有一米八几的健壮男性转过湛蓝的眸子，冷冷地看着他们。

"请问你是艾萨克·盖因先生吗？"N 假装小心翼翼地问。

"不，我是山姆·布里克斯顿，"高大的男人警惕地说，"你们是谁？这里谢绝生客。"

里屋的房门好像悄无声息地关闭了。某个人的目光从 N 身上滑过，又瞬间消失。N 微微绷紧了表情。

"你们是盖因的客人吗？"山姆把手伸向办公桌抽屉，"我怎么没听说，为何不先打个电话？"

"其实……"N 说，"我们有盖因先生的介绍信。"

他一开始就把那东西带在身上。N 交出信封，山姆脸上飞快地闪过了犹豫的神色。

时机正好。一副司机装扮的卡钦斯基趁着那个瞬间开了枪。只听见啵的一声,山姆的上半身消失了。

"还有裤子,"N说,"鞋子也别留下。"

卡钦斯基对准残留在椅子上、没有冒出火焰、僵直不动的下半身又开了一枪。山姆的腰部以下连同椅子都变成了细碎的灰色粉末,消失在空气中。

N掏出了自己的武器,扑向隔壁房门,拉开便往里面开了一枪,然后才探头去看。文件柜已经化作一堆灰尘,在房间里飞散。N又抬起枪口,对准了仅剩几厘米的底部。"走吧,"卡钦斯基说,"我把地图跟回路都破坏了——好像触发了警报。"

"还有一个人没找到,"N打开门,环视着里屋,"这边也有回路,只是不知道通往哪里。"

"快点!"卡钦斯基边开门边喊,"他的搭档可能出去了,放弃吧。"

两人若无其事地来到走廊上,途中只与一个邮差擦肩而过,接着便走进了电梯。他们用不令人生疑的最快速度分开人群走到外面,那辆一九六七年款的道奇汽车正好在门口缓缓停了下来。

"完事了。"N说。

"两个人都干掉了?"

"不，还有一个不在。"

"接下来去哪儿？"

"等等，"卡钦斯基说，"那些人好像发现了，我总觉得能听见警报声。"

"去长岛，"N说，"我在上面看到了地址。那个叫盖因的人住在长岛。"

"喂，N，"卡钦斯基用长满金色绒毛的手抓住了N的肩膀，"你疯了吗？我说那帮人可能已经发现了。"

"一定要去，"N斩钉截铁地说，"我们的工作是破坏基地，以及消灭他们二人。"

雅克莫一脚油门踩到了限速的极致。卡钦斯基面色苍白，紧紧咬着牙关，连下颚都皱了起来。

车子穿过长岛的密集住宅区，驶入林间道路时，雅克莫突然大喊一声。

"喂，我们好像被发现了！"

N也感到了危险逼近，顿时绷紧了身子。

"在哪边？"他警惕地问。

"林子里？"

"不对，上面。"雅克莫边说边把油门踩到了底。

N打开了正以一百五十千米时速飞驰的汽车的窗户，抬头看向背后的天空。阳光万丈的开阔天空中，赫然有个小小的白点。

"那不是飞机吗?"N说。

"胡说什么呢!"卡钦斯基说,"雅克莫,把操作器给我。"

雅克莫把手伸向手套箱,N半是偶然地稍微拦了他一下。因为他有点犹豫——他们要找的房子就在眼前了。

那瞬间的犹豫让他们错过了时机。雅克莫高喊一声,狠狠踩下刹车,N一头撞在车前窗上,同时发现前方树林上空忽然出现了银灰色的物体。

"被夹击了!"卡钦斯基尖声叫道,"雅克莫,操作器!"

车胎发出刺耳的噪音左右歪斜,他们勉强躲过林中树木,巨大圆盘状的诡异黑影已经覆盖在头顶。瞬间,车里充满了耀眼的白光和可怕的热量。几乎是同时,N按下了操作器的开关。

5

松浦只是稍微昏迷了片刻,很快便清醒过来。周围一片寂静。他透过气密盒的窗口看到了黑暗的天空,还有漫天星辰。原来,他连同气密盒一起,被抛到了这片陌生的大地上。

他透视四周，寻找那座巨大建筑物的残骸。可是除去散乱在周围奇怪的机器残片和形状扭曲的墙壁碎片，他再也看不到类似建筑物的东西。他知道很远的地方，几千米外的一片斜坡上残留着直径几十米的圆形建筑物，而且被埋在黄沙之中，但他无法相信如此细小的东西竟是让他以为无边无际的那座建筑物。

（所有人都被干掉了……）他脑子里响起一个干巴的声音。（只剩下跳进气密盒的人。残存的赛博格也都散落在各地。看来你被敌人救了一命。）

"敌人？"松浦发出声音说，"谁是敌人？你是谁？"

那个声音没有回答。

松浦像木乃伊似的躺在气密盒里，继续透视周围。建筑物残骸的另一头，依旧相隔几千米的地方，好像有一座貌似城镇的圆顶，里面还有好些亮光。他还看见貌似宇宙飞船的东西散发着苍白色的光芒划过空中。除了平缓的起伏，周围看不见山，也没什么植物，显然很荒凉。

他正忙着透视，突然发现脚边躺着一个东西。那东西有人的外形，他一眼认出是队长的身体。他的右臂已经折断，心脏也停跳了。但松浦马上意识到，那只是个褪去之后的空壳。

"原来你就是队长,"他说,"你在哪里?"

(这无关紧要。)声音说。(我的下属还要一段时间才能赶过来,现在必须节约氧气。你别用声音说话,用脑子想就好。如果不习惯,那就小声说。)

他突然瞪大了眼睛,呼吸暂停了许久,手脚也开始微微颤抖。

他眼前有一块边长约二十厘米的小窗,透过小窗可以看到漫天星辰。现在,小窗的一角出现了一弯星光。他歪过头,顺着窗口斜斜地看过去,想看得更仔细些……

就在此时,又一弯星光出现了。它飞快地划过夜空,渐渐追上前面的星光,斜斜穿过了小窗。

他尝试同时做好几件事,于是陷入了混乱。他强忍住越来越急促的呼吸,尽量让心跳平复下来。接着,他开始透过方形小窗,一点点确认星座的形状。

"喂!"他一边喘息一边大喊,"喂!"

又有一个东西进入了透视的视野。那是竖立在城市入口的石头标识。他屏住呼吸,带着满头汗水集中精神,逐个辨认着遥远标识上的文字:

Sitonius Lakeside City, VI sect. B stat.

Established 2470 A. D.[①]

"喂！"

他的声音已近乎悲鸣。

"这怎么可能！你们……说谎！你们假装好心，把我们掳走了！这里是……这里是火星啊！火星不是还好好的，没有毁灭吗？西尼营地变成了西尼市，里面还住着人！"

（冷静点。）那个声音说。（这件事迟早会告诉你的。）

松浦再次透视标识下方的"成立于二四七〇年"，接着开始尖叫。他捂着脸，像孩子似的胡乱踹着双腿。

（安静！）声音命令道。

宛如闪电的东西击中脊髓，让他浑身僵硬。（身为第四阶段的人，怎能如此失控。）

"我们、我们的地球和火星，应该在二十一世纪末毁灭了……"松浦用颤抖的声音说，"应该被太阳的异常爆发毁灭了。所以你们才来施以援手。就算你们能穿越时间，但二十五世纪的火星上，怎么会有这么大的地球人殖民城市？难道我们的伙伴在四个世纪后返回这里，建

[①] 意为：B 州第五区西托尼乌斯湖滨城，成立于 2470 年。

设了那座城市?"

(打开意识!)声音说道。

"你说什么?"

(只要一瞬间就好,不要有任何思考,不要想太多。你只需呆呆地看着星空。)

他仿佛成了没有灵魂的空壳,听从了声音的命令。

"没错,这就对了。"

突然,那个声音宛如就在耳边,变得无比清晰。"我要给你看一样东西,你要清空心灵,准备好。"

突然,狭窄的气密盒中浮现出巨大的半月形光芒。他愣了几秒,随即意识到,那是地球。它被散发着朦胧光芒的大气笼罩,月球在一旁环绕,周边还有好几个空间站和定点卫星……

那是他熟悉的地球。那正是他一度强压着难以忍受的懊恼,将其深藏在记忆深处的、被毁灭的地球。同时他还知道,那个充满生机和活力的星球并非单纯的幻影,而是无比真实的存在。不知为何,他就是知道。

扩大的影像显示出了四通八达的白色道路网。继而,他又看见了在道路上穿行的车流,还有空中的巨大飞机。他看见了模样已经大不相同、但依旧直接开放在大气中的城市,以及横跨大洋的船只,走在路上的行人、孩子,

形状如同捣药罐的集体住宅区,还有——高塔之上发出光芒的霓虹灯文字:

二四七三年!

"地球没事!"他大喊道,"看,地球没事!人类没有毁灭!你看,你看,那里连灾害的痕迹都没有……"

突然,泪水涌了出来。纵使这已经与他熟悉的时代相差了四个世纪,但只要地球没事,他就满足了。那些人脸上的表情,那些笑脸,还是老样子,跟四个世纪前一模一样。

"你骗我!"松浦气愤地叫喊,"你骗我们说地球将会毁灭,人类文明将彻底消失!你看,地球……"

"冷静!"声音冷冷地说,"本来应该让你在这里多接受一些基础训练,再告诉你这个事实。你看到的是地球没错,这里也是二十五世纪的火星没错。然而,那不是你的地球。"

"你说什么?"他仿佛被人打了一耳光,"什么意思?"

"太过分了,"那个声音毫不理睬他的提问,"我们把第二阶段的基础训练场设置在这里。二十五世纪的人类甚至无法理解其中一半的意义,就同意了。毕竟他们跟我们已经有了很长时间的交情。可是刚才,基地被那帮人破坏了。他们怎么知道如何破坏那个反转空间?说不定我们这里有奸细。总而言之，松浦，你接下来……"

"那是地球，但不是我的地球……"松浦呆滞地喃喃道，"解释清楚，用简洁的方法解释清楚。你究竟在哪？"

"我在这里，"声音说，"再过一会儿融合就会结束。你将变成我。"

"滚出去！"松浦用沙哑的声音无力地说，"离开我！"

"我必须肩负责任，"声音冷冷地说，"而且别人会要求我负责。反正都要被降级，我不如自己收拾自己的残局。你就是我。按照阶段来说，你相当于跳过了好几个阶段。我的下属会完成相关手续。你就是我，我就是你，这点无需对别人隐瞒。我是比你高阶的存在，只需要履行自己的责任。至于用什么方法，那是我的自由。我只不过需要借用你的存在，让我能够恢复行动力。"

"升阶……"松浦意识蒙眬地喃喃道，"攀升存在的阶梯……告诉我，阶段到底是什么？为什么要上升？"

"解释起来很难。"那个声音说。此时松浦已经开始感觉那是自己"内心的声音"了。"用你所了解的相似概念来解释，升阶有点像皈依。"

松浦依稀感到，自己的意识已经被那个声音的意识渗透并覆盖。他明确感觉到自己的意识已经被挤压成了类似普通人潜意识的存在，突然想起他必须趁自己还保有松浦的意识时问个问题，于是无力地挣扎了几下。

"艾尔玛呢？"他喃喃道，"她怎么样了？死了吗？"

"艾尔玛？"已然成为他主人的声音冷淡地说，"你说那名女性？她不在这里。"

"在哪里？"松浦挣扎着问，"她去哪儿了？"

"她没有接受第四阶段的测试，因为她怀孕了。"

"你说什么？"松浦猛地痉挛了一下，"怀孕？"

"怀了你的孩子，"艾漠不关心地说，"她在飞船里受孕了。"

"那她在哪里？"艾不耐烦地回答了内心最后的呢喃。

"她在月球。菲尼列斯山麓的营地……那里也遭到了袭击。"

"目标几乎全部歼灭。"

黑暗中响起声音，沉痛的声音。

"可是……我们派出去的人，也几乎都被干掉了。可以说是打了平手。"

"如果只是打平手，那就是我们的失败。"

卢基夫的声音冰冷而压抑。

"没错，卢基夫……"那个声音变得更为沉痛了，"不仅如此。各个地区，特别月球那场袭击后，他们已经掌握了我们的路线。根据几处痕迹找到这个基地的位置，恐怕只是时间问题。"

"二队！"卢基夫锐利的意念划破黑暗，"月球的菲尼列斯营地情况很不妙吗？"

"我们没选好策略，"二队队长说，"那边也是戒备森严。这都是我的责任。"

"不对！是我不好，"汉斯喊道，"我第一次参加行动，还不习惯。而且……"

"汉斯碰到了他认识的女性，"二队队长说，"那是他过去的恋人，他们从第二十六空间区带来的其中一人。"

"纽约的三队呢？"卢基夫问，"一个都没回来吗？"

"雅克莫和卡钦斯基死了，"一队队长回答，"他们在前往一名敌人的藏身地点途中，被敌军侦察艇烧死在车里了。N虽然躲过一劫，但他说不知道自己身在何处。接着，通信就中断了。或许还能在某处碰到他。"

"转移基地，"卢基夫说，"等待指示。"

黑暗散开，昏暗的光芒中，所有人都看见汉斯·马里亚·福明紧紧搂着泣不成声的艾尔玛。

"松浦呢？"汉斯问。

"不知道……"艾尔玛像小姑娘一样止不住地啜泣，好不容易才挤出一句话来。

第七章　猎人

1

死亡一般冰冷的白色和蓝色光芒，照亮了冥王星第二卫星科波若斯上的摆渡基地。

粗糙的岩石反射着钢铁般的光芒。银色圆顶在这片冻结的死亡大地上隆起，宛如噩梦的泡沫，发出冰冷的光。几座尖锐圆锥形的储物仓，红白相间的铁塔，光芒炫目、令人双眼生疼的照明器——直接被光束笼罩的地带，可以看见岩石之间堆积着盐块一样雪白的东西。那些都是二氧化碳结晶。这些结晶汽化后蒸腾出隐约的白雾。

暗黑的苍穹之上，有一道几乎完全融入了星光的淡淡光芒，那便是只有大头针圆头大小的太阳。太阳边上，还有两个模糊的光斑。

这里正是太阳系的边界，而这颗冰冷奇异的冥卫二，便是覆盖太阳系的地球文明最末端的港口。再往外，就是暗黑与虚无的大洋，与最近邻的大陆——恒星远隔几个光年，中间只存在着无尽的黑暗。冥王星轨道之外十五亿千米的地方，环绕着公转周期平均为五百年的、缓缓移动的碎石地带，便是"珀耳塞福涅暗礁带"。碎石中点缀的小小无人灯塔，成了那片黑暗中唯一的光亮。

人们避开了直径虽小但密度很高，因此重力很大的冥王星，大约半世纪前在这颗直径约为月球一点五倍的冥卫二上建设了"刻耳柏洛斯恒星航行基地"。如今，一群人正要从这里出发。

五百名男女站在巨大的圆顶中央等候摆渡，一言不发。人类历史上第一个"恒星移民团"就由这两百个育有子女的家庭组成。他们显得有些落魄，但在一个个僵硬的表情深处，燃烧着狂热的信念。他们站在通往货物船的通道前，耐心等待着登上移民船之前的冷冻处理。

圆顶周边设有离地几米高的回廊，一些正好空闲的基地要员和搭乘少数摆渡船从木星区和火星区远道而来送行的人全都挤在那里，他们同样默不作声地俯视着广场。其中一个身材高大的男性，黝黑的面庞微微扭曲，嘴角凝固着僵硬的微笑。

他是I·松浦[①]，拥有两个意识的男人。他被愚者的愤

[①] 原文的"松浦"已由"Matsuura"变为"Matsura"，两种读音皆可对应该汉字姓。I为"艾萨克"之缩写，即前文的"艾"。

怒与悟道者的冷笑撕裂，通晓一切事物，却不断沉浸在震惊、悲伤与愤怒中。

"距离出发还有三十分钟了吧，"松浦说，"不能再推迟一会儿了吗？"

"不行，"基地警备主任抬头看了一眼圆顶上悬挂的太阳系标准时钟，"毕竟要让这么多人瞬间进入冬眠状态，如果不在做好准备后马上开始，就来不及把人搬运到滞空的移民船上了。"

"一定要这么守时？"

"我们现在人手不足，"警备主任愤愤不平地说，"后面还有两台用于建设新中央司令部的电脑器械，运输火箭马上就要进港了，接着是边境去巡查官的宇宙飞船。这里的人几乎是二十四小时连轴转了。"

"那帮人被当成包袱扔了？"松浦冷笑着，抬起下颚示意圆顶中央的人群。

"说白了就是这样，"警备主任歪着嘴说，"就算要使用恒星航道，也不是非得从这个基地出发。木卫三、木卫一、土卫九、海卫一，只要愿意，都有条件开出移民船。就算恒星开发基地群位于这个星区，也不应该把事情全都推给人员和资源都不足的刻耳柏洛斯……"

现在又多了个你，跟我大摆联邦特别调查官的权限，非要在临出发前说移民团中混入了重案犯，想不动声色地调查——警备主任的表情这样补充道。

"不过那帮人也很莽撞啊，"松浦冷眼看着总算等到准备信号、开始骚动的移民团，"本来等到半人马座的开发更进一步，可以开辟定期旅客航线再移民也不迟。"

"就是，那帮人有点奇怪。移民局的长官也是被他们逼得没办法了，才发出了许可。这根本不是移民局本来的方案。"主任稍微压低声音，说出了松浦早就知道的事实。

"你知道吧？那帮人都是小日本。他们打听到 αC-IV 的传闻，一个个都跟喝醉了酒似的。这次去了，后面肯定还有不少。毕竟他们坚持了五个世纪的疯狂目标——新·日本的建设这次有可能实现了。你们应该清楚联邦上头那些人的想法吧？αC-IV 就这么放着不管了？"

"十光年范围内还有很多地球型行星，"松浦冷冷地说，"给他们一个无所谓。"

他心中有点奇怪的慨叹。小日本——这个称呼里混合着源自诬蔑和优越感的怜悯，以及微妙的恐惧和憎恶，当然是对日本人的蔑称。二十一世纪中期，由于突如其来的大地震和地质变动，日本列岛只剩下一些高山的顶部，其他完全沉入海底。从那以后，这个历史悠久、文明又充满活力的民族就失去了祖国，沦为流民。当时已经达到一亿七千万的人口瞬间只剩下五分之一，各国顿时因为接收难民而乱作一团。

后来，他们虽然在阿根廷成立了临时政府，但早已不复往日的力量。各国政府一开始都积极收容难民，可是等到事态冷却下来，那些人就成了他们长期背负的严重问题。当时国家利己主义尚未完全消解，一些国家的工会开始反对这些勤奋工作、受教育程度高的难民，认为他们夺走了上层工作。一些国家则因为肤色问题引起了争端。还有一些国家发生了某种历史性的"报复"。

没有财产的三千五百个流民的压力在全世界引起了严重的问题。尽管如此，大部分人还是融入了新世界。不过还有一派人，他们拒绝融入，一心希望能够与自己的同胞共创一个"新日本"，因此顽强抗拒自己被融入任何一个国家。这些人一度还引发了恐怖袭击事件。经过三个世纪，这一派已经收缩成了一个少数人的宗教性团体，但他们心中重建祖国的火热激情，反倒发展成了类似癫狂的情感，让星际扩张期的世界联邦移民局挠头不已。他们为了追求"约定之地"，像中了邪似的发出移民请愿。在人口超百亿的地球之上，已经没有余地建设他们心中盼望的"祖国"了。于是，他们在月球、火星、木星的卫星上，不断建立起自己奇怪的、贫穷的、封闭的殖民地。然后到了恒星开拓期，他们打听到遥远宇宙空间的彼方发现了未经开发的地球型行星，便展开了长达二十年的激烈运动，最终让这两百个家庭成了前往αC-IV的第一个移民团。

（找到了吗？）松浦提问的对象，是混在移民团中间、假装基地宠物狗的老人星三号行星出产的多足犬。他乍一看像条狗，唯一奇怪的地方就是有八条腿。其实他是老人星三号星的最高等生物，在整个老人星系也是智慧程度排名第二的生物。

（还没有。）多足犬用心灵感应回答道。（这帮人里有四个心灵感应者，但都是成年人，没有察觉自己的能力。另外，婴儿有四十六个。）

（男孩子呢？）

（二十八个。）多足犬回答道。他们虽然是最高级的猎人，但在一群婴儿里找到猎物似乎也很困难，正不知如何是好。

（仔细调查男孩子的父母。）松浦说。（还有，里面有怀孕的女性吗？）

（好像很少。）多足犬说。（经过冷冻运输之后，恐怕很难安全分娩。不过还是有三个孕妇，全都怀孕两三个月了……)

那就不是了。松浦想了想,还是决定谨慎行事。

(男性胎儿呢?)

(有一个。)

(纳入监控。)他感到信心有些动摇。(开始冷冻处理时,你要提高警惕。最后的瞬间,父母可能会放松注意。特别是母亲。父亲不需要太过关注。)

"如果我发出信号,你能暂停冷冻仓的装载吗?"松浦问警备主任。

主任看了看后面。一名貌似赛博格的管制员顺着回廊快步走过来,听见松浦的话,突然停下了。

"不行,开什么玩笑,"年轻的管制员语速飞快地说,"下一班船已经进入主星引力圈了。航班排得很密,连几秒钟的空隙都没有。如果不快点把那帮人送上移民船,后面就会很麻烦。很快我们就要进入冥卫一卡戎的轨道交叉时间了,如果不搞快点,装载了重要资料和重要人物的船就得在这颗无聊的行星轨道上多待两百个小时。"

他知道刻耳柏洛斯的轨道狭长,一旦接近近地点,就会与速度更快的冥卫一发生轨道干涉形成风险,几乎无法发射和着陆。可是——松浦心里越来越焦急。

"无论如何都不能通融吗?"

"你要抓人得赶在冷冻处理开始之前抓,"管制员冷冷地说,"总之,我不能为你改变日程,因为我们把包含备用品在内的二十五台冬面冷冻机和六艘摆渡船全都用上了。"

(听见了吗?)松浦对多足犬说。(得赶紧了。)

(你要我同时监视二十五组吗?)多足犬抱怨道。(早知道多带点人过来了。)

情报不会出错吧——他略感不安地看了一眼显示牌。

"还有七分钟,"圆顶之下响起了广播,"请按顺序站立在地面的圆形标记处。"

人群开始挪动。突然,一个貌似移民团首领的年长白发男人摘掉帽子,喊了句话。一开始如同喃喃细语的声浪渐渐扩大,继而变成了单纯旋律的齐声合唱,响彻整个圆顶。

"那是啥?"警备主任瞪大了眼睛,"好像是那帮人的祈祷歌。"

"不,不对,"松浦微微露出苦笑,摇着头说,"那是他们失落的祖国的古老国歌,叫《君之代》。"

曲子早已发生了变化,多了几分凄凉。这首歌歌颂了与日本列岛一同毁灭的古老王室……移民团反复合唱了两三次,渐渐激荡起了如泣如诉的感情。那首歌背后是这些人从未目睹过的，但是由父母、祖父母、曾祖父母一代代传唱下来的失落的美丽祖国，还有那里的河山、树木和森林、城市和乡村、雄壮的富士……

原来如此，你们的祖国沉到了波涛之中吗？松浦冷笑着，缓缓走动起来。但是，即使国土不复存在，国家不复存在，你们也无法让深藏在心中的日本随之消失。你们超越了肤色，超越了风俗，只是单纯无法放弃日本人的身份。这对你们而言，是无比珍贵的认知……

可是，在这里——松浦为了压抑心底挣扎着要涌出的热意，刻意用冰冷的目光俯视圆顶下的光景。在这里有个失去了一切的人。在这个世界，失落的只是你们的祖国。而且，你们想想吧，数千年的世界历史，自从古代国家成立，虽然经历过政体变化，却从未遭到毁灭，也从未被征服，一直平稳地延续了一千余年，这难道不是无上的幸运吗？唯有灭绝之后，你们才算拥有了世界其他国家的经历。

然而，在另一个世界——松浦咬紧了嘴唇。我的祖国随着世界一道毁灭了。整个地球，所有文明……

我们被一双意想不到的大手，带到了遥远的时间与宇宙的尽头，不再拥有值得回忆的东西。因为我活在了一个过去和未来的几乎一切，全都宛如当下的世界里。

我已经变成了这样的存在……

此时,圆顶之下突然响起了压过歌声的尖锐铃声。接着是咻的一声,白色蒸汽猛然腾起,整齐列队的移民团面前的墙壁豁然敞开。瞬间冷冻机开始运作,宛如棺木的冬眠舱不断将移民纳入其中。

(别看漏了!)松浦对多足犬喝令道。(好好看着!)

歌声还在继续。队列缓缓向前移动,每次冻结的蒸汽猛然腾起,就会有人消失在墙壁的另一端。

(还没有吗?)松浦紧紧握住扶手,不知不觉探出了身子。

(没有……)多足犬用近乎喘息的意念回答道。(还没找到……接下来是最后一组了。)

圆顶中充满了冰冷沉重的雾气。歌声被雾气吞噬,越来越弱,最后只剩下忽明忽灭的红色与绿色的灯光。

一号摆渡船发射的动静从圆顶外传了进来。

(四九七、四九八、四九九、五百、五百零一、五百零二、五百零三。结束了,没找到。)

紧张突然绷断,意念瞬间减弱——他们不可能看漏。要么是情报出错了,要么是随机过程的计算要素过于模糊……

"找到了吗?"警备主任抬起手背擦了一把额头,似乎松了口气。

"没有……"他用沙哑的声音回答,"看来不在这里。打扰了。"

但我不会放弃,松浦看着垂头丧气朝他走来的多足犬,心里想道。我要找到他,我无论如何都要找到那个人,就算一路追赶到时空的尽头……

"怎么了?"开始步入老龄的男人头上裹着防空头巾,一双眼睛闪烁着光芒,用尖锐的声音问,"那是从哪儿捡来的?"

"那个……来到加纳町的拐角时,一对外国人夫妇……"

"外国人夫妇?"他环视着周围的熊熊烈焰说,"是德国人吗?"

"我看那位夫人有点像日本人……"穿着破烂劳作服、裹着防空头巾的女人战战兢兢地说,"她、她带着哭腔说,要、要我暂时照顾一下……"

"蠢材!你连自己都保不住,还管别人的孩子……"

就在这时,空中又传来刺耳的声音,砰砰!砰砰!射击声一阵紧似一阵。

"又来了!"男人满是泥污的脸露出龇牙咧嘴的表情,

一把抓住妻子的手。女人怀里的小东西连哭都不哭一声。

"老公!"

几个闪光在眼前炸开,落在柏油路面上的烧夷弹喷射出红色火焰,吓得女人双腿发软。

"别去那边!去三宫,往布引那边走……"

男人大喊道。他旁边的烈焰中突然滚出一个漆黑的东西,倒在了路上。那竟是一个老太婆,全身被火焰吞噬。

"野野村!"

烟尘中跳出一个全身带着火星的男人,边跑边喊。

"布引那边不行,你们得从北野往诹访山那边跑。"

"老公!"

在浓烟中跟丢了丈夫的女人尖声喊道。远处再次传来刺耳的引擎声。女人瞪大充血的眼睛,紧紧抱着怀里的小家伙,慌乱地奔走……

2

空气异常灼热,大地震动不止。

(小心!)N朝着自己大喊,瞬间恢复了意识。

他俯伏在红褐色的大地凹陷处,遍体鳞伤。部分皮肤已经剥落,就像被烧伤一样。他猛地回过神来,四下张望,所幸机器就在距离他两三米的地方。他拖着剧痛的身躯凑近一看,机器已经出故障了。

大地再次动摇,空中落下了一些东西,那是焦黑的碎石。那些滚烫的碎石拖着阵阵烟雾,一个劲地下落。周围都是奇怪的茂林、红土,还有裸露的岩山。

这里是哪里?

什么东西在矮小萎蔫的草丛中穿过。他以为是野兽,定睛一看,却是体长一米左右、暗绿色皮肤上布满恶心褐色斑点的、好似蜥蜴一般的东西。看到它的大嘴和后足直立的姿势,N倒吸了一口气。

那是巨齿龙!

(这下出大事了。)他想。

他得找个藏身之处,把机器修好。

大地剧烈摇晃,让他难以站立。岩山另一头传来雷鸣似的轰响,紧接着一道红色火柱冲上灼热的天空。下一个瞬间,菜花似的黑烟冲天而起。轰隆——散发着硫黄气味的火山弹落在了离他仅有五米的地方。与此同时,空中开始落下热烫的灰烬。

N拖着机器,朝另一头的断崖跑了起来。因为他好像在断崖的岩石皱褶间看见了一条缝隙。他顺着斜坡往下，爬上一个不好落脚的小山丘，看到了令他喘不上气的光景。

数以几十万计、大小各异的奇怪动物正顺着小山丘另一端的大斜坡逃往平地。有身长近十米的巨兽，也有蹦蹦跳跳、大小好似袋鼠的小兽……

苏铁林的树梢在强风和大地的震动中瑟瑟发抖，一群大小如鸟的翼龙从空中掠过，也朝着斜坡下方逃去。眼前的丛林中跑出貌似禽龙的恐龙，卷起一阵尘土快速逃窜。但是让N忍不住缩起脖子的，并非下方那片浑浊的湖里突然探出脑袋的巨大肉食恐龙，而是距离四五十米的岩石阴影下站起来的那个影子。

（来了。）N咬紧牙关，心中默念。

他把机器藏在石头底下，自己也俯伏在地，手脚并用地快速接近，顺手拾起了一块称手的石头。一块滚烫火山石砸到他身上，他瞬间感到肺里的空气全被挤了出来。再抬头看一眼天空，果然在那里。被灰褐色烟尘覆盖的天空一角，有个雪白的光点……

还有最后几米，他纵身跳了过去。对方转过身来，一脸惊愕，而他猛地举起石头砸了下去。

男人轰然倒地，他定睛一看，才发现这个身穿黑色西装的人似乎不是追兵。但是他现在顾不上那么多了。

就算某个地方——比如上空有"眼睛"在监视这个人，他也没空理睬。地动山摇的声音愈发剧烈，坠落的火山岩越来越密集。

那人手上攥着一个圆筒，好像是某种记录装置。N看也不看，直接在他腰上摸索到光束枪和工具盒，接着拔腿就跑，拖上刚才藏起来的机器，朝断崖的裂缝逃去。

当他跑进漆黑的洞窟时，已经气喘吁吁，全身被汗水浸透。他躺倒在黑暗中，等待气息平复下来。与此同时，由于大地的震动，头顶突然发出一阵诡异的响声，接着泥土便哗啦啦落了下来。

现在不是磨蹭的时候。

他就着洞口的光亮，从工具盒里翻出工具，开始修复机器。这似乎花了很长时间。他感到汗水渗入眼中，双手开始打滑，皮肤皲裂，最后连呼吸都变得如同啜泣，但他依旧没有停下手上的动作。当他好不容易拧上最后一颗螺丝——

洞窟中突然响起一阵急促的金属噪音。

他顿时惊得张大了嘴，下巴几乎脱落。紧接着，他慌忙环视四周。已经习惯了昏暗光线的双眼很快便发现，洞壁上有一台形状奇怪的金色电话机，正在发出那阵尖厉的声音。

他不明白自己为何想拿起话筒，只是当他回过神来，自己已经按下了通话键。

"你在干什么？"话筒里传来已经严重变形，但明显是欧洲的语言，"怎么没报告？如果没有特殊情况，管理部将按照预定散布放射性物质。那里有必须特别保护的种类吗？"

他瞥了一眼自己刚刚修理完毕的机器。洞窟外部，相隔甚远的地方，有什么东西正在猛烈摇动。

"喂……"那个声音狐疑地说，"怎么了？有情况吗？"

"没有。"他干巴巴地回应道。

"是吗？那你也早点撤回来。那边的喷发很严重，趁还没被掩埋……"

他突然切断了通话键。洞顶落下一块巨石，他站在一阵烟尘中，拼命恢复冷静，继而握住了机器的操纵杆。

刺耳的电话铃声再次响起，洞外似乎有东西被它吸引，传来了沉重的脚步声，洞口的光线也被遮住了。

"那帮人已经被我们围捕了。"

同伴汇报道。

"没有漏网之鱼，连主谋也没跑掉。"

"那家伙呢？"I·松浦反问道，"杀了山姆的人呢？"

"不知道。假设他从一九六八年的纽约逃脱了,应该不在网中。"

"我来追捕那家伙,"松浦表情阴郁地喃喃道,"一定要在某个年代抓住他。"

"有一组漏掉的人已经在日本抓住了,"同伴继续平淡地汇报,"是一对男女。他们竟然跑到一九四五年正在遭受空袭的神户,地方选得真好。只可惜因为形迹可疑,被宪兵队抓住了。"

"一对男女?"松浦突然来了精神。

"没有婴儿吗?"

"报告里没提到。"

去追!他的内心高喊。去追,去追,哪怕断了气也要追!

"我要抓住那家伙……"松浦冷冷地说,"我要布下天罗地网,绝不让他溜走。"

"别勉强了!"同伴说,"毕竟我们已经抓获了大部分主要势力。"

通信切断。松浦站在半人马座第四行星上,看了看周围。日本移民团的简陋帐篷就在不远处。

除去有进化的部分,这颗行星上覆盖着几乎与地球一样的植物和水。

连大气成分都近乎一致，基本可以直接呼吸。不过松浦熟知全宇宙的氧碳型行星，这点并不稀奇。然而对这些抱着重建祖国的热情迁移到这里的人来说，这可谓是狂喜的源泉。这些"日本人"的营地已经开始了祈祷和辛苦开拓的日常。

但那些东西都不值得他关注。他带着一丝希望来到这里，现在既然已经确认那家伙没有混在其中……

把网张开！松浦命令道。从原初到宇宙的终结、遍及宇宙所有边界、不容一只蚂蚁漏过的巨大而无情的网……

3

明明只是反射性的跳跃，在选择跳跃的时间地点时，他似乎无意识间挑出了两个坐标。一个是BC1000—AD1500，四队前往散布的时间，另一个是，故地的观念……

N在草丛中离开了载具。机器散发着难闻的气味，想必是过载得厉害。

他处在丘陵与丘陵之间的山坡中段，背后是重峦叠嶂，前方是一大片茂密的杉树林。眼前有一条干枯的河床蜿蜒，顺着河床看过去，是一片平原。平原上覆盖着高大的杂草，只有轻微的起伏。远处有一片貌似村落的黑色三角形屋顶，周边好像是水田，但他看不太清楚。

除此之外，周围没有任何人的气息和生活的气息。现在是什么季节？重重黑云重压之下，空气中充斥着草腥味。他抹了一把额头的汗水。

不知是否闻到了体味，蚊虫纷纷缠了上来。他挥手驱赶，却打到了大得惊人的络新妇蛛网。他蹲下身子，发现草丛颤动，接着一条两握粗细的蛇唰唰唰地分开草叶，在他眼皮底下扭动着散发磷光的身子穿行过去。突然，背后似乎有什么东西受了惊，发出一阵啪嚓啪嚓的骚动。一只大鸟拖着美丽的长尾，朝山坡下的森林飞了过去。它在空中脱落了一两根羽毛，轻飘飘地落下来，粘在了他汗水浸湿的脸上。

他站了起来。

小虫围着他的脸不停飞舞，远处不时传来鸟儿清亮的鸣叫，然后便是一片寂静。唯有屏住呼吸，他才能隐约察觉到森林的枝叶摩挲声缓缓沉入大气底部。反倒是太阳穴的嗡嗡响声显得无比尖利。汗水好不容易干透时，他又在不时掠过草丛的山谷微风中，嗅到了微弱的气味。

N又一次环顾四周。这是哪里？什么年代？机器显示屏已经损坏,他无法查看。

风又一次带来了奇怪的、让他心神不定的气息。与此同时,他在山坡底部发现一丛格外高的草堆,中间闪现出一个白色的东西。他条件反射地拿起从黑衣人手上抢来的光束枪,同时压低身子,可是仔细一看,那白色的东西好像不是生物。

它在随风飘动。

而那令人憋闷的异味,也来自那个方向。

他一边警惕四周,一边拨开及胸高的草丛,向山下走去。山坡上不仅长了竹子和芒草,还有胡颓子、野漆和冬青。他走过一丛冬青时,发现树皮刚刚剥落,露出了白色的底色。

(有人用冬青做鸟胶啊……)他心想。

接着,他开始疑惑,自己为何会知道这种事?

周围的山野似乎在无声地威压着他。他突然感到一阵恐惧,同时又觉得自己好久以前就见过这样的光景。

来到草丛边,他发现方才看见的白东西是漂白过的麻布。高高的草丛里竖着两根竹子,一根挂着白色麻布,一根挂着淡青色麻布,在风中轻轻摇动。分开草丛,里面有块圆形的小空地,低矮的杂草中赫然躺着腐烂的尸体。尸体的肌肉几乎完全干枯发黑，紧贴着四肢的骨骼，破裂的腹部流出了红色、灰色、青黑色的东西，一群苍蝇嗡地散开，难闻的臭气顿时扑鼻而来。尸体的嘴唇和眼球早已腐坏不见，眼窝和耳部爬满了肥硕的蛆虫。那些蛆虫溢出来，落到地上，依旧扭动着白色肥硕的身躯，寻找残羹剩饭。

（这是坟墓吗……）N想。（是弃冢。）那片几米见方的圆形空地上还躺着几具白骨，周围散落着素烧陶盘的碎片、貌似高脚杯的东西，还有貌似陶壶的碎片。尸体脚上裹着粗糙的麻布，周围摆着木头削成的大刀形状的东西，还有沾满泥污的管玉；草编的圆形坐垫或是盖子上，摆着早已干巴、长满霉菌的米饭和同样已经干巴、状似豆荚的东西。

N抽身而出，看向河边，发现长满杂草的河床上有一片被踏平的圆形空地，周围长着几株表皮好似白骨、又细又弱的百日红、茶树和红淡比树。

这块空地的直径很大，约有二十米。靠近上游和下游的地方都是茂密的树林，空地本身在一小片高地上，隐在树丛中很难被看见。可能有很多人在那上面跳过舞，空地上的杂草被反复踩踏，几乎裸露出了土地。地上滚落着同样是素烧的长颈陶瓶，可能是酒的容器。他走上空地,突然听见脚下传来喀啦喀啦的声音。他把那东西拾起来一看,发现是个手工拙劣的土铃铛。

广场朝向下游森林的方向,有一条芒草丛中踩出来的小径。

朝那边走应该能通到刚才看见的村落。会是哪个时代的、什么样的人迎接他呢?

耳边突然听见咻的一声,有什么东西擦过去了。那东西啪嗒一声打在眼前的茶树上,继而落到地面。那是一支用鸟羽做的粗糙箭矢。他猛地转身,又有一支缠着红色东西的长枪插在了离他脚尖仅有几厘米的地面上。枪尖由黑曜石制成,反射着淡淡的光芒。他正要把手伸向腰间的武器,背后突然遭到重击。他踉跄几步,眼前又出现了貌似燧石质地的枪尖。

背后传来汗水与野兽一般的气味。除了举枪对着他的人,他身后似乎还有一个人,举着尖锐的东西顶在他身上。眼前的草丛再次晃动起来,接着,出现一个身披毛皮的男性。

(赤道人种!)N条件反射地想。

因为这个人浑身黝黑,很难分清那是泥垢、日晒,还是皮肤本来的颜色。他也有可能在脸上抹了什么东西。总之那张漆黑油亮的脸上长着两只闪烁着凶光的眼睛,散发着隐隐的兽性。他头顶长着花白的鬈发,唇边同样覆盖着花白的拳曲胡髭,看起来年龄很大了。

那人伸出黝黑强壮的手臂,用满是皱褶的手,把长枪从地面上拔了起来。接着,铜铃般的眼睛盯着他一动不动。他闻到一股让人难以忍耐的体臭,还注意到那人的脖子上爬着肥硕的虱子。

(……!)

老人张开牙齿崩裂的嘴对他说话。他的门牙并没有脱落,而是被磨出了沟壑,变成凹凸不平的叉子形状。他身上披着不知是熊还是野狗的皮毛,手腕和脚踝戴着果实串成的链子,腰间插着青铜开山刀,两侧的壮汉则各自装备着石斧和棍棒,用藤蔓捆在腰上。老人背上还有一把比半弓稍大一点的弓。

(……!!)

老人又喊了一声。他摇了摇头。原本拿长枪对着他的肤色黝黑、面貌宛如新几内亚原住民的男人龇起三角形的尖利牙齿,抽出了腰间的斧子。

老人看了看草丛里的墓地,又看了看他,接着喊了句什么,带头走向河床上游。

背后的人发出鸟鸣似的声音,他感到枪尖顶在了脖子上。于是他先往下游看了一眼,继而跟着走了过去。

顺着河床走到尽头，越过一道丘陵，走下另一头的斜坡，下方突然传来了溪流的声音。山坡下是一片杉树、桧树、拟铁杉杂生的树林，穿过树林便是溪水奔流的山谷。一行人沿着山谷往上游走去。

无论往哪边看，都只能看到岩石、流水和郁郁葱葱的原始森林。越过几个小瀑布后，他实在过于疲劳，好几次险些栽倒在地，因为这些黑人在山间行走的速度十分惊人。

走到中途，旁边的男人猛然一动，长枪脱手而出，刺穿了企图逃进林中的小动物。

老人可能责骂了几句，但双眼溜圆、嘴唇厚大的年轻男人们还是立刻徒手撕开了刚刚捕获的野兔，开始生吃。

他们走过从几十米高的峭壁上轰然落下的瀑布，进入一条支流，途中登上了比较平缓的杉树林坡道。突然，树木间传来了尖锐的鸟鸣声。

老人双手拢在嘴边，也发出了长长的、好似猫头鹰的叫声。不一会儿，旁边的杉树枝就晃动起来，飞鼠似的黑影抓住藤蔓，轻轻一摇，就不见了踪影。

很快，林中各处都响起了嘈杂的鸟鸣声。

N又一次闻到那股恶臭，忍不住皱起了眉头。他走着走着，不经意间抬头一看，发现离地十几米高的地方有一道藤蔓织成的网，像吊床一般挂在两株杉树之间，上面还兜着一个黑黑的东西。恶臭透过杉树皮的清香扑面而来，似乎就来自那块约有一个人大小的黑色物体。

此时他才意识到，原来头上到处都挂着那样的东西。有的藤蔓断开一边，兜着那些东西像口袋一样低悬着，有的网格里垂下了森森白骨。还有似乎被供奉着的尸体悬在离地仅三米远的高处，地上放着竹子与木片搭的台子。

走着走着，前方突然开阔起来，露出了一小片岩石上的空地。那里被树林包围，即使在白天也光线昏暗。二三十个身披毛皮、头发拳曲、目光锐利的半裸男女齐刷刷地转了过来。

空地一侧是悬崖底端，有两个分不清天然还是人工的洞窟，开着黑洞洞的口子。洞口铺着野猪、鹿、熊、狼等野兽的毛皮，空地中间燃着篝火，还在烤着什么动物的肉。

到处散落着被屠宰的动物、连着枝条的果实，还有蘑菇等食物。空地一角堆着动物骨头，甚至还能看见穿在树枝上的、疑似人类的头骨。除此之外，空地上还有两三座木头堆砌而成，顶上铺了树叶和树皮，简陋得连小屋都称不上的东西。

他迎着直击鼻腔的体臭和毫不掩饰敌意的目光，被长枪柄敲打着肩膀和臀部向前移动。他完全猜不到自己接下来会遭遇什么，但决定暂时静观其变。首先，他太累了，而且饥渴难耐。只要不是马上被杀，大可以当一会儿俘虏。

貌似首领的人坐在一座小屋前。但仔细一看，那个强壮的男人似乎对把他捉来的老者怀有深刻的敬意，所以他也分不清究竟谁才是首领。而更吸引他目光的，是那个貌似首领的男人背后，一直目不转睛地看着他的白色面孔。

看到那张脸的瞬间，他震惊得几乎喘不上气来。那张脸带着明显的雅利安人特征，与周围显得格格不入。他长着红发红须，而且只有他除了野兽皮毛，身上披着褐色的布料，脚上穿着皮毛制成的鞋子。不仅如此，更让他震惊的是——

那个人呈十指交错的姿势！

老人发出尖锐的叫声，几个男人走上前来，指着他议论了几句。肚子鼓胀、浑身疮疤、一丝不挂的孩子也都凑过来好奇地看着他。他趁机摆出了同样的动作。

白脸男人大步走了过来。他脖子上挂着一串由金属板、玉石和兽牙组成的项链，腰间缠着一块让人吃惊的巨大蛇皮——那人指着他，大声说了几句话，周围的人顿时退开了。

男人朝他走过来，猛地拽住他的胳膊。

"你来这里干什么？"

他用英语飞快地嘀咕道。

N开始简单讲述自己的经历。

"等等……"那人说，"到那边慢慢说吧。"

说着，男人转向凑在一堆盯着他们的黝黑人群，用尖锐的声音喊了几句。那些人翻着雪白的眼球，慢慢吞吞地四散离开，唯有老者一脸气愤地站在原地，死死瞪着他们。

"到这边来，"男人拽着他走向小屋，"我还以为你已经死了。"

"你在干什么？"N走进狭窄的小屋，同时问道，"你不是四队的吗？完成散布后，为什么没回去？"

"N，那里已经回不去了，"男人紧紧握住胸前的金属圆片，低声说道，"看你这个样子，应该是不知道。告诉你吧，我们已经回不去了。我们的同伴不是被杀就是被抓，卢基夫也被逼到了……"

"卢基夫?"N忍不住大声说道,"已经没救了吗?真的没办法了吗?"

"我们被包围了,一点办法都没有。他或许能想办法逃脱,但也有可能再次被抓住并监禁。"

他紧紧咬住嘴唇。那今后呢?

"组织就这样解散了吗?"

"暂时潜伏。我们也得找个地方,比如这里,躲避一段时间。"

"可是卢基夫……"

"关于这件事……"这个自称胡安的人抬起目光看向他,"卢基夫选择了你,作为他万一被捕的后继者。"

"你说什么?"N瞪大了眼睛,"可我还是个新来的……"

"他熟知你的理论,并且给予了很高评价。你不是写了一篇《时间与认知》的论文吗?"

"嗯……"突然,N毫无理由地浑身一颤,可能已经十分遥远的记忆正在苏醒过来,"但那只是我一时兴起的记录……"

"可是卢基夫的消息提到了这个。如果你平安无事,并且与伙伴获得联系,就由你来领导这群人。他还给你留了口信——能量守恒定律为何成立?解开这个谜,就能明确我们的原理。"

"能量守恒定律?"他呆滞地说,"那到底……是什么意思?"

"不知道。他只要我们转达这句话。另外,他还要你尝试把记录中提到的三个假说,也就是'脉动时间论''超多元宇宙结构论'和'现象认知的无时性模型'重叠起来看看。"

两人陷入了沉默。雨点开始打在杉树皮铺成的简陋屋顶上,外面传来遥远的雷声,阵阵风雨摇动着树梢。

"下雨了。"他静静地说。

"这种事不重要。你明白了吗?"

"完全不明白,"他摇着头说,"以前我是思考过那种东西,不过那跟我们现在的行动有什么关系?我一点都看不出来。"

"但卢基夫说了,"胡安朝他探出了身体,"解开那个谜团,就能明确我们的行动原理。"

广场另一头突然传来了咚……咚……的声音。那个声音在昏暗小屋外的杉树林中穿过,留下阵阵回响。过了一会儿,那个声音又响了起来,而且变得急促激烈,连绵不断。那好像是用中空树干做成的木鼓。咚咚鼓声传遍山间,穿过树林,回声叠着回声渐渐远去。

"这是哪里?"N听着那阵诡异的鼓声,仿佛自言自语般说道,"是什么年代?"

"我也不太确定,"胡安抱着腿,低声答道,"大约在公元前一百年到公元前两百年之间吧。因为我们在作业中遭到袭击,干脆直接逃进来了。"

"地点呢?"

"那还用问吗?"胡安有点无奈地说,"当然是日本列岛啊!翻过这座山就是纪伊山块。"

"这里是日本?"N仿佛做梦一般,"可是那帮人……"

"是原住民,你的祖先,"胡安露齿一笑,"不过那帮人比较特别。你也看到了,他们是从密克罗尼西亚或美拉尼西亚那边顺着黑潮飘过来的赤道人种,由于无法融入丘陵地区水边原住民绳文人的圈子,就被赶到了山上,属于绝对少数派。再往南走还有不少这样的少数派。有印度人,也有在搞北美交易的中国系流民。我变了两三个戏法,就成了这帮人的大法师。"

咚咚咚……空洞的响声还在继续,就像在呼唤地灵,向山灵哀诉,向木魂与魍魉低语。N突然感到一阵奇怪的战栗。他身在太古森林的原始种族中间,却一心想要思考能量守恒定律的成立之因,这显得如此奇妙……

"你怎么来到这里的?"胡安突然问,"莫非发现通道了?"

"不,"N感到全身发痒,战栗,呆呆地回答,"我用了机器。"

"干得漂亮!"胡安瞪大了眼睛,"如果能用那东西……这帮人已经开始怀疑我,恐怕待不久了。机器在哪儿?"

"山上……"他感到体内涌出令人不快的炙热,有点头晕恶心,"在弃墓那座山的……山腰……"

"怎么了?你冷吗?"

胡安似乎吓了一跳,凑过来看着他。见他无意识地挠小腿,胡安突然换上了严肃的表情,接着从屋顶上扯下一把散发着强烈香气的树叶,放在手心里揉烂。

"你让蜱虫给咬了。让我看看。"

N瑟瑟发抖,闭上了眼睛。胡安替他卷起裤腿,接着吹了声口哨。

"这可真是……那帮人没告诉你哪种叶子能驱蜱虫吗?等着,我这就给你治。"

4

在一切可能性的交叉点布下网络。

这不可能,他一开始就很明白。可是,松浦打算尽可能去做。他认真地想——其实只要多看两眼,就会发现范围已经缩小了很多。

"但你也并非全知全能。"

"我知道,"松浦对那个耳语说,"我并非全知全能,但一定要亲手抓住那家伙。"

"为何?为何要亲手?你为何一定要抓住那家伙?那家伙跟你有什么关系?"

"因为他杀了山姆·布里克斯顿吗?"

"因为他是几次阻挠你做事的团伙成员吗?"

"那都不重要!"松浦吼道,"总之我要抓住那家伙。因为……"

"因为?"

"因为他们试图抵抗无可抵抗的命运。他们曾经也因为接受那个命运而成了现在的样子,现在为何又要抵抗?我想知道这个。知道了这个,说不定就能反推出我这个存在为何受到了'阶段'的限制。能够想象的全能,又是什么模样?"

"可是,为什么,偏偏是那个人?"

距离达八百亿光年、仍在不断膨胀的宇宙两端中间,一切"可能通道"的所有节点,都被他布下了"网络"。

按照他的级别，这种做法已经快超越权限了。尽管如此，松浦还是强硬地说服了同伴，说服了上司，推进准备的工作。

"为什么要如此夸张？"同伴冷冷地质问，"你只需要寻找细节就好。你自己也知道，范围已经收缩得很小了。"

松浦自身也不明白他为何要如此狂热地投入这件事。在一切可能性的节点和时空的断面布下网络，张开警报，只要有一点征兆……

"自从你吸收了松浦的意识，就变得有点奇怪。艾……"上司说，"你看起来……就像地球种的意识体。"

有可能，松浦自己也在想。如果回溯他"起飞"前的存在，或许也拥有某个地球种的前身。

捕获卢基夫只是时间问题，所以他丝毫不关心那边的围剿情况。

等到下次逮捕——这已经说了几万次、几亿次？他记不清了。逮捕他，又能如何？就算把他分解成基本粒子，他又会与相同数量的反基本粒子碰撞，还原成巨大的能量，也就是电磁波。能量波会无限扩散到宇宙边缘，然后反射回来，又在某段时空中形成新的实体。反正他是不死之身。他是这个宇宙存在本身不可避免会包含的意志，是"存在"不得不包含的一种形态。

——如果想完全消灭他，必须解开能量守恒定律的"诅咒"。

换言之，必须消灭整个宇宙！

"艾，"长官在灰色的超空间夜幕中向他传送了愠怒的意念，"你该不会想对'逆向宇宙'这个领域出手吧？"

他没有那么大的雄心。可是，只要有办法，他说不定就做了。他感觉自己追踪那个人只是借口，实际是想一窥"禁区"的神秘面纱。

逆向宇宙——那是总算达到基本粒子论阶段的智慧体能够窥见的一点微小的断面，并将其命名为"反宇宙"的整体。它正好处在这个宇宙，也就是松浦尚且被局限其中，连同多元性在内，始终无法跳出其存在循环的宇宙的"反面"。这个宇宙的膨胀在那个宇宙表现为收缩，熵增表现为熵减，时间流逆行，生成对应消灭，消灭对应生成。当这个宇宙膨胀到极致，一切波动的能量会逐渐平复，最终完全平衡。换言之，这个宇宙的终焉，便是那个宇宙的初始。就算是他，也无法跨越另一个包含了全次元性的宇宙的界限。可是他在布下网络的同时，也在仔细试探这个宇宙的界限，而且心中有种冲动，希望窥视到界限的"另一端"。

就这样，一切天体、一切时间、一切可能性的节点都被布下了网络。燃烧的巨星，星影寥寥的空间，鬼火似的球状星团中间的年老行星，柱状、旋涡状、环状星云的角落，甚至宇宙中心正在形成的奇怪黑暗放射体的内部……他对一切近乎疯狂形态的"智慧体"贴出了布告，在时间流的一切"节点"上布下了警报，在从初始阶段到终末阶段的一切阶段完成了下级"作业"，甚至驱动第五阶段的人……

然后——

"发现可疑对象，"第五阶段中负责最低阶段巡逻的人总算反馈了报告，"应该是他，节点是λ2286502-JD。"

第八章　追踪

1

太阳膨胀得有点奇怪，颜色也更加偏红了。太阳中心的氢反应堆不断制造核聚变的残余物氦，使其不断膨胀，如今已经向红巨星踏出了一步。

颜色发红、光度下降的阳光底下，有一丛显得发黑的植物叶片，里面探出一颗覆盖着淡褐色毛发的、面无表情的头。滴溜溜转的圆眼睛和脸颊上的银色硬须显得很不相称。这人身高只有一米左右，黝黑的眸子不时地因为光线而反射出红色光芒。他身上脏兮兮的破衣烂衫，用两根系带固定着。

"危险！"

那家伙用尖利骇人的声音叫喊道。

"危险危险危险！回去回去回去！"

"迪希在吗？"松浦问，"告诉他是特监局的。我接到了华戈的报告。"

"迪希？"那家伙喃喃道，"华戈？"

"没错。你认识华戈吧？那是你们的神圣巡回医师和参谋，也是我们的伙伴。"

"华戈？"

那家伙嘀咕着，晃了晃脑袋，似乎在为自己的健忘感到难过。

"迪希，在。华戈，不认识……"说完，那家伙又发出了尖厉的声音，"危险危险危险！回去回去！"

"哼，"高大的巡逻队员喷了一声，"我去把他叫来吗？"

"还是我们过去吧。"松浦说着，朝树林迈出一步。

"危险！"那家伙发出了刺耳的尖叫，"危险！达达！危险！回去！"

"达达？"松浦疑惑地停下脚步，"你说啥？"

巡逻队员突然拉住松浦的手臂，用力一扯。就在他们快要穿出树林的时候，突然听见嗡的一声，漆黑的火焰从树木间窜了出来。火带迅速穿过林子，又听见一阵钝响，树枝落了下来。

那些东西从树林边缘的土地里冒了出来。几块岩石被推到一边，下方土块隆起，青黑色闪闪发光的东西接二连三地爬了出来。那东西长约五六十厘米，呈卵形，带有金属光泽，还会发出咔嗒咔嗒的奇怪响声，一头撞向林中的火带，似乎要突围出去。它们沿着火带边缘爬行了一段距离，又晃晃悠悠地折返回来。

"那是什么?"松浦朝那些东西努努嘴说。

"蚂蚁,"巡逻队员说,"刚才林子里的那个人应该是看守。"

"蚂蚁啊,"松浦放松了表情,"它们身上好像穿着东西。"

"那是青铜甲虫的甲壳,"巡逻队员说,"它们会饲养为自己提供武器的虫,特别狡猾。虫子肉当食物,甲壳就成了它们的盔甲。那种甲壳可是刀枪不入。"

"华戈为什么不联系?"

"恐怕还在醉酒,"巡逻队员满不在乎地说,"要我们——第五阶段的人在这种地方对付这种人,也是奇怪。我们还是搭载具去吧。"

他们乘上破旧的G航船绕过森林,逐渐看见了聚集在盆地边缘的密集的馒头形土包住宅。刚才那个啮齿人的同类个个对着天空,像疯了似的叽叽喳喳叫个不停,四处奔走。还有一些母亲抱着四五个孩子逃进房子里。

"毕竟是……"巡逻队员在上空俯视着底下的骚动,厌烦地说,"这帮人一有点事就这样。明明是目前地球上势力最强的生物,却还像以前那样胆小。有时候要等一个多小时,他们才能平静下来,所以我们尽量步行进村。"

"你喊一声看看，"松浦烦躁地说，"虽说要入乡随俗，可我没那么多时间。"

"华戈！"巡逻队员打开扬声器开关，大声吼道，"迪希！"

底下的骚动瞬间冻结，紧接着变成了加倍的狂乱。居民们声嘶力竭地大吼，纵使待在上空也感到耳膜要被撕裂。从这个角度能清楚看见那帮人朝天张开的血红色大嘴，还有那两根巨大的门牙。

"迪希出来了，"巡逻队员说，"哼，你们这帮脏兮兮的毛皮鼠辈，别嚷嚷了！"

"着陆。"松浦说。

G航船发出了尖利的警铃声。底下的人群哗然散开，巡逻队员灵巧地在空出的地方着陆。

迪希从土包里走出来，分开挤在一起又吵又臭的人群，慢吞吞地走了过来。他的身高堪称鹤立鸡群，约有一百二十厘米，胡须又粗又长，有两三根折断了，右耳还有被咬掉一块的痕迹。他全身长满硬邦邦的深褐色体毛，已经掺杂了不少白毛，头顶还有一丛特别白亮的毛发。他看起来体重约有二十千克，摇晃着肥硕的身躯缓缓走动的样子略显滑稽，但显然与别人不同，丝毫没有战战兢兢的模样，那双浑浊的眼睛也流露出了轻易不会被愚弄的狡诈。精心缠绕在身上、尽显威严的粗布后面伸出一条断掉的尾巴，拖在砂土地面上。

"你们好！"迪希发出了干巴的叽叽声。他说的是很标准的亚欧大陆啮齿族语言。"欢迎来到这里。达达来了，你们大可以再等一会儿。"

"达达……"松浦喃喃道，"刚才那些蚂蚁？"

"是的，"巡逻队员点点头，"那是这些人最大的敌人，基本处在势均力敌的状态。"

"它们为何会发动攻击！"

"因为盯上了这帮人的家畜。"

"家畜？"

"是的。那是一种大型食用油虫，放养在山那头。但我劝你最好不要看。"

"华戈呢？"

"受伤了，在睡觉，"迪希一脸狡诈地说，"他去了很久以前废弃的城市，遭到达达袭击。"

"我起来了……"旁边传来一个浑浊的声音。只见一个面无血色、浑身污垢、胡子拉碴的高个子男人摇摇晃晃地分开人群走了过来，身上还散发着强烈的酒臭。"闪开！你们这群阴沟老鼠。"

华戈恶狠狠地咒骂着，四处挥舞着酒瓶。周围的啮齿人尖叫着四散逃开。

"他平时都这样吗?"松浦转头问巡逻队员。

"没办法,监督官阁下,"巡逻队员嘀咕道,"请你替这家伙想想,他跟这帮臭气熏天的人待在一起已经多长时间了?"

"与我无关。"松浦说。每个人都有自己的命运——这句话被他咽了回去。

"你好啊,特监局的,"华戈把酒瓶子往身后一扔,歪着身子敬了个礼,"大驾光临,有何贵干?要跟我翻两座山头到那边的废墟看看吗?你猜那是什么地方?那可是巴黎。就是……就是那个很古老很古老的巴黎城。"

松浦不禁想,汇报不会弄错了吧?华戈的意识极为混乱,几乎无法看透。难道他是有意隐瞒,才故意烂醉如泥?

"我知道巴黎,"他平淡地说,"那不重要。你找到的那帮人呢?"

"找到?"华戈愣愣地嘀咕道,"找到啥?"

"让他清醒过来,"松浦转头对巡逻队员说,"这样就能省去询问的麻烦。"

"请等一等,"华戈抬起手说,"我说还不行嘛,这就说。好不容易喝醉了,怎么能被弄醒呢。"

他长叹一声,然后挥挥手说:

"这边。"

他指着一个门口装了金属卷帘门的土包。一行人走进那座奇特的建筑。里面意外整齐,只是床底下堆积着许多空酒瓶。

"你从哪儿弄来的酒?"松浦问。

"是我们送来的,"巡逻队员说,"因为他太可怜了……"

"超过规定了。"

"当然,毕竟……"

"在哪里?"松浦环视室内,"你没抓住吗?"

"哎,请你等一等。"

华戈双手摇晃着走向安在墙上的通信面板。途中,他踢到一个酒瓶,轰隆一声跌倒在地,随后扶着洗手间的门,连连呕吐起来。松浦眉头也不皱,静静忍耐着呕吐物的臭气。

"就是这家伙,"他摸了一把嘴角的黏腻泡沫,打开监控画面的开关,"请看。"

画面上映出一片大地,由于太阳已经没入森林的方向,陆地整体笼罩在暗淡的黄昏中。天空阴沉,山岭的积雪被染成淡红色,森林呈现出秋天的色彩。

视野中看不到活物。镜头一摇,映出一片宛如湖泊的平静铅灰色海面，一头巨大的长须鲸——恐怕是这颗星球上仅存的少数最大型的海栖哺乳类的后裔，在水面上划出长长的波纹，缓缓向前游动。

海面上连鸟的影子都见不到一个。那个巨大的剪影在平静无波的大海中高高昂首，朝着水平线上的晚霞无声地游去，让人联想到遥远的太古时代的长鼻类之长——大象缓缓前往湖底墓场的传说场景。

那仿佛是一种象征。曾经孕育过探索宇宙之种族的星球，其生物时代已经走向终结。

"在哪里？"松浦说，"哪里呢？"

华戈打了个大哈欠，摇摇头。

"不在这儿。"

"什么？"松浦的声线绷紧了。

"哎，你耐心看嘛。"

"什么意思？"他罕见地感到自己被挑战了忍耐的极限，但声调依旧冰冷而平淡。视情况而定，他完全可以把这个人发配到遥远的暗黑世界，让他承受永恒的痛苦。"你在玩弄特监局的人吗？"

"你且耐心看嘛。"华戈指着切断电源的显示器说。

松浦抿紧了嘴唇。

淡蓝色的荧光屏上，监控画面没有覆盖的塑料表面上，映出了一张朦胧的男人面孔。灼热而湿润的眸子在虚空中徘徊，干裂的嘴唇一开一合，诉说着无声的话语。

世间一切生灵，恐惧吧，震撼吧，睁开眼睛看吧……

（难道——）松浦心想。（看来要斩草除根。）

"这是什么时候出现的？"松浦问。

"前天，"华戈回答，"这家伙是谁？他在说啥？你应该知道吧？"

（不过，既然在两个地方发现了他，就能找到此人的虚影所在的空间点。）松浦凝视着数千万年前已经死去的男人的脸，冷漠地想。（让他们收拾残局吧！）

"你说的就是这个吗？"

他没有回答华戈的疑问。

不知何时，华戈已经瘫倒在地，发出了轻微的鼾声，陷入沉睡。

他的意识比刚才稍微清晰一些，但依旧混沌不堪。松浦怀疑他还隐瞒了什么，但已经失去了兴趣。

"你是否希望我高抬贵手，别让他受罚？"松浦转向怜悯地看着同伴的巡逻队员问道。

"可是……"

"还有数不清的工作比这更艰难，"松浦说，"你们λ系的种族还能在故乡附近工作，已经算是幸运。我大可以把他安排到某个濒临灭亡的球状星团去。那里连这些从老鼠进化来的生物都没有。"

松浦正要走出去,华戈却站了起来。

"请等一下……"

他的声音里已经听不到醉意。

从这里开始发生的事情,松浦几乎无法理解。他明白华戈想说什么,但总有一部分不太清楚。而且,他莫名想让华戈把话说出来。

松浦一言不发地转了过去。

"你要把我调走吗?"华戈满头大汗,两眼放光,声音沙哑地说,"你还要我执行比这更严苛的任务吗?"

"那要看你,"松浦说,"你有所隐瞒。我完全可以强行探知,但希望听你亲口说出来。"

华戈脸上又冒出了更多汗水。他舔舔嘴唇,反复揉着双手,粗重地喘息了一会儿,紧接着便如同困兽,在屋里打起了转。

"我是……我是被降级了,来到这里的,"华戈猛地停下脚步,伸出双手大喊道,"我以前在第四阶段,做的工作比现在强一些。"

"我知道,"松浦冷冷地说,"然后呢?"

华戈扯松领口,一边喘气一边摇头。

他在犹豫，松浦想。他在痛苦。可是为什么？为什么要如此极力隐瞒？他提交报告时已经打算坦白，可是等松浦到达，他却退缩了，试图以醉酒蒙混过去。他想掩饰番匠谷的亡灵，将它据为己有。那个亡灵绝对不是最近才出现的。

"这里太热了，"华戈歪着嘴说，"不如出去吧？这里全是耗子的尿味。"

2

啮齿人的骚动已经平息。

巡逻队员乘上G航船，三人来到距离村落几千米远的山丘上。低矮平缓的丘陵上覆盖着同样低矮的树林，深紫色的天空下是一片广阔的原野，宽阔的大河反射着光芒，弯弯曲曲地延伸。

树木间随处可见白色或是红褐色的方形岩石状物体。

"那就是——"华戈忧郁地朝那边努了努嘴。

"巴黎，是巴黎的废墟。"

太阳已经西斜，向多佛尔的海面沉下去。华戈应该正在脑中描绘早已沉入海底的英伦诸岛，那白色的断崖，还有伦敦和利物浦那些煤烟覆盖的大街小巷。

"能调配一台挖掘机器过来吗？"华戈突然说，"能独自操作那种。至少……"

"你要那东西干什么？"松浦说，"已经过去的人与时间不会重来。这颗行星生物时代的最盛期已经结束了。"

"大家……都到哪儿去了？"华戈沉闷地说，"人类全都舍弃了这颗星球，前往遥远的宇宙了吗？他们在某个遥远的行星上，继续着繁荣吗？他们已经不会想起自己的故乡、自己的母星地球了吗？"

华戈泪流满面。松浦没有回答，因为没必要回答。

没错，在这个地球，他们全都离开了。他们的灵魂散落在遥远星辰的彼岸，被包容一切的虚无宇宙无限稀释，早已无法在漫天的群星中描绘故乡的模样。在一些行星上，人类的后裔持续繁荣；在环境残酷的地方，他们早已死绝；在另一部分行星上，则退化成了近乎猿猴的模样。还有众多人类在这颗星球上渐渐衰退灭亡。如今，许多远隔星河的种族，纵使能再次重聚，也很难认出彼此同出一源。

这颗被人类抛下的星球只剩下体形巨大化的啮齿类、昆虫以及种类已经极为稀少的鱼类、不再飞行的鸟类，共同经历着暗无天日的岁月。老鼠学会了二足直立，用语言交流，有了自己的文化。他们那令人恐惧的繁殖力早在几百万年前就把濒临退化的陆地哺乳动物吞噬殆尽，唯有掌握了饲养可食用虫类的种族，一直存活到现在。

"长官……"华戈看着红黑色森林的彼方，声音沙哑地说，"我究竟要在这里待到什么时候？我要一直监视这些臭虫、蟑螂和蚂蚁到什么时候？这份工作究竟有什么意义？"

"我无法解释。职务的领域众多。"

包括看起来像惩罚的职务，松浦心想。华戈想必无法理解这点。

"我们是收到了通知，"华戈耳语般喃喃道，"可是，你们究竟在追查什么？可以告诉我吗？他们干了什么？"

"以我的立场，无法向你解释，"松浦耐心地说，"而且就算你们知道了也没用。连我都不一定能掌握一切真相。"

"为什么？"华戈突然厉声质问，"连可以穿越时间的人都不能得知的命运之秘，真的存在吗？"

当然存在，松浦有点烦躁地想。正因为如此，我才……

"长官，你们到底在追踪什么人？是反叛者吗？"

旁边的巡逻队员脸上立刻失去了血色。

"你问这个干什么？"松浦严厉地说，"你把我叫过来，应该是有话要说。是否被降级，这要取决于你。"

"我知道了。"

说着，华戈握紧了拳头。他又开始出汗，指缝间淌出了鲜血，似乎是指甲刺破了皮肤……

"我想离开这里，真的很想。长官，你能理解吗？在这里生活，我感到自己的灵魂一天天腐朽，已经濒临毁灭了。跟那帮肮脏吵闹的老鼠和不知在想什么的蚂蚁待在一起……多少年都碰不到接近人类的灵魂，整天只能看着腐朽的太阳走过昏暗，在山的另一头落下。我总是忍不住想，难道我要一辈子待在这里，为地球守墓，直到死亡吗？"

"于是……"松浦冷漠地说，"你就想靠那个古老的幽灵赚点分数？"

华戈舔舔嘴唇，几乎不可察觉地摇了摇头。"那么，你其实早就知道了？"松浦的声音越来越大，"你为何隐瞒不报？为何试图蒙混过去？"

"那家伙……"华戈挤出了沙哑的声音，"不知道为什么，我就是想护着那家伙……"

"华戈，"松浦用平静而不容置疑的腔调说道，"这是真的吗？你为何如此在意它？你真的是这样想的？"

"对，当然是真的！"华戈突然大吼道，"那家伙在对抗你们，对不对？你们在宇宙的每个角落，时间的起始到终点，布下了连蚂蚁都不放过的天罗地网。你们操纵并支配了一切，却不让任何人有所察觉。而那家伙——他们在对抗你们，对不对？他们在对抗不可动摇的命运，在用尽全力抵抗，对不对？那难道不爽快吗？难道不会让人忍不住护着他们吗？看着那些反正都要被逼上绝路的人，难道不会想说一声'你们加油'吗？"

"我们并没有支配，"松浦感到心中产生了奇怪的动摇，"我的阶段比你高出许多，但我也是被支配的对象。我被一个巨大的力量，被数不尽的阶梯困在其中。"

"你连反抗的想法都没有过，对不对？"

"不能说没有，"松浦突然产生一股怒火，声音变得尖锐起来，"很久以前，在我还年轻的时候，我也曾反抗过。后来我知道了，再怎么反抗也无法突破，甚至连反抗都被预先写进了命运之中……"

"你有资质，所以才当上了监督官，对不对？"华戈的语气中流露出难以掩饰的愤恨，"你突破了，你走到了上面，才有了俯视的……"

"你不会明白，"松浦喃喃道，"向上走是多么痛苦，多么悲伤的事情……"

"可是，智慧生物也能称王，也能封神，"华戈说，

"只要吃饱了肚子,迎着风站在山上,将不属于任何人的景色尽收眼底——那么贫穷的羊倌,甚至山羊,都能拥有国王的快意。"

"你想坦白了,对不对?"松浦说,"我想听你亲口说出来。"

太阳在贴近地平线的位置发出赤红的光芒。如同淡墨的长云一缕又一缕地穿过了红色圆盘。

"不是这里……"华戈似乎放弃了挣扎,"你知道我为什么被降级吗?"

松浦摇摇头。其实他知道,但希望这个沮丧的边境监视官亲口说出来。

"被降级前,我的职务是进化管理官。虽然只是最下层的……"华戈低声说道,"我在某个时空区域负责除草。你知道吧?就是把某个种群或是群集切割出来,令其毁灭。打掉出头鸟,推动有潜力的种群。"

"你也曾经为淘汰出过一份力,"松浦说,"虽然阶段不同,但我们的工作相同。"

"我跟我的搭档负责最后的检查。这件事其实应该两个人一起做,可我留在载具中,搭档一个人下去了。其实……那天我宿醉了。毕竟结论已经得出,只需要随即抽检,看看是否遗漏了什么。说白了,那就是个琐碎的形式，我就让搭档一个人去了。我本来打算等他检查完，马上命令上空的无人机展开除草作业。结果……"

"你同事死了，"松浦说，"在现场……"

"是的，"华戈痛苦地说，"那是一场事故。人们以为他被火山岩击中了，审理的时候也保留了这个结论。可实际上，我的搭档是被那帮人杀死的。"

"你亲眼看见那家伙了？"松浦加大了音量。

"应该是，"华戈含糊地说，"但是我当时正好宿醉，心里又很慌。都快到开始的时间了，底下还没传来回复，于是我就直接开始了。要是我知道实际情况并中断作业，那些爬行动物或许还能多活一段时间。总而言之，那对我是个很大的打击。按照规定，地面作业必须两人一组，而我留在了上空，于是就被送到法庭上接受事故审判，最后降级，派到了这里。然后，就是永无止境的懊恼和烂醉。我一点都不想回忆当时的场景，直到看见这次的通知……"

"你就突然想起来了？"

"没错，突然……"华戈摇摇头，"太奇怪了。我完全没想过当时除了我的搭档，那里还会有另一个人。这事已经过去很久了。等我读到通知时，突然清清楚楚回忆起来了。"

"怎么说?"

"我搭档倒在了用作基地的洞窟外面,"华戈说,"可是,当我抱着宿醉疼痛的脑袋,用通信器询问搭档是否有异常时,有个人回答'没有'。"

"你看到他了吗?"

"我感觉那人好像模模糊糊地出现在了画面上,"华戈说,"当时本以为是宿醉的幻觉,现在我记得很清楚了。当时安装在洞窟内的通话器前方,有个人——有个年轻人站在那里。"

"很好,"松浦说着站了起来,"发生事故的时空区域是哪里?"

"地点是这颗星球,"华戈说,"时间是……"

"好了,我能查出来。"

至少范围缩小了。只要查清时空区域和被卷入的时代,接下来就能顺藤摸瓜。对方已是瓮中之鳖。

"监督官,"巡逻队员跟着松浦走向G航船,"那家伙要被降级吗?"

"别管他。"松浦说。

巡逻队员转过身。

华戈并没有跟过来,而是独自蜷缩在小山丘上。他沐浴在这个荒废世界的血色落日下,抱着双腿蜷成一团,宛如被抛弃在这个高等生物早已毁灭殆尽的世界中孤独无依的猿猴。

"别管他了，"松浦坐进 G 航船，"我赶时间。"

巡逻队员不情不愿地看了一眼华戈，然后坐进了驾驶舱。

船刚刚升空，周围的空气就出现了微微震颤。声音在空旷的世界中回响，穿过丘陵与树木渐渐远去。华戈坐在小山丘上的小小身影宛如松开的毛线球，一点点拉长变细，顺着斜坡向下滚动，消失在了树丛里。

"您已经知道了？"巡逻队员说，"您是监督官，肯定预见到他会自杀吧。"

"是否要让他复活并接受审判，是别人决定的事情，"松浦冷漠地说，"我能做的只是不上报他的反抗态度。我不是说了赶时间吗？"

"监督官——"巡逻队员笔直地看着前方，声音僵硬地说，"我也……想反抗看看，就算那只是螳臂当车。"

3

"我们好像被盯上了，"胡安耳语道，"役要我们注意点。"

"如果能在基地建成之前不被发现就好了。"N放下凿子，擦了一把汗。

"我觉得最好别搞太多跳跃。要是网收起来了，一旦跳跃反倒容易被发现。最好还是混在这帮平凡的人中间。等基地建成，我们再躲过他们的侦察，跟卢基夫取得联系……"

"但有时也是不得已而为之，"胡安说，"你把机器调整好。跳跃距离不能再增加了吗？"

"没办法了，顶多几个世纪，"N说，"这东西我修不来。"

工头朝他们大吼了一声。N重新拿起凿子，含了一口竹筒里的水，朝面前的巨石喷上去，接着举起石锤开始敲打，同时微微一笑："手上全是血泡。"

"等着，"胡安说，"凿石头太辛苦了，我把你换到设计那边去。"

完成收割的大地沐浴在秋日的阳光下，无数敲打石头的清脆响声在满是红叶的山间回响。伴随着敲打声，半裸的凿石人唱起了阵阵有节奏的号子。山下也传来了用原木推动巨石的工人的呐喊。

深蓝色的天空中点缀着几片卷云，老鹰发出悠长的鸣叫。

"野人，"石工头那满脸胡髭的下人走过来粗声粗气地喊道，"到小屋那边去，氏长召见！"

N放下锤子和凿子站起来。他跟其他人一样，蓬头垢面，满脸胡髭，身上穿着宽衣，脚下踩着草叶与皮革编成的鞋子，乍一看分辨不出谁是谁。

他走到工事指挥者的小屋门前，发现胡安站在那里，招招手叫他去了屋后的山坡。他也编着染了色的发辫，脖子上挂着管玉。

山丘上是一片杉树林，林中有一小片从外面看不见的空地，役就坐在里面。他佩着装饰用的长刀，胸前挂着三重珠玉饰物，留着长长的胡须。

"看来你们引起注意了，"役说，"是真的。刚才有人报告，吉备那边出现了天日舟，众人骚动不已。"

"这个时代不是经常有那帮人的调查船开过来吗？"N说，"二十世纪的新几内亚原住民曾经用木片和竹片制作飞机模型，当成神明来崇拜。这边不是也有人用岩石雕琢了宇宙飞船的模型吗？"

"你是说天磐船[①]吧？但那些大多出现在山顶，因为那帮人只会降落在山顶。毕竟在平原降落会引起更大

---

① 日本神话中从高天原前往下界时乘坐的船。

的骚动,"胡安插嘴道,"不过这次他们反倒降落在了平原正中央,还对村民问东问西。好像就是在问我们的事情。"

"果然被跟踪了吗?"N说,"我在白垩纪干掉了一个人,可能失策了。"

"不管怎么说,如果是真的,证明他们从五六百年前就一直跟着我们,"胡安皱着眉说,"太危险了。"

"不管是否危险,还是先看情况再说,"役说,"依照计划修建基地,但是必须加紧工期。"

"役,你又要用'魔法'了吗……"胡安轻笑了几声,"只要你来做,那帮人就不会太怀疑。"

"我可以做一部分,"役捋着胡须说,"但是不能太显眼。大的地方还是要使用土木机械。"

"这样不会更引人注目吗?"胡安说,"毕竟你们这一族的当代酋长坟墓,无论是规模还是利用山坡斜面的奇特手段,一直都是周边豪族的关注对象。"

"多多少少不可避免,"役抱着胳膊说,"胡安,你把设计图拿出来,我们再确认一遍进度。"

胡安四下看了一遍,随后从手杖中抽出一张又薄又韧的塑料纸。

"露台已经完成了,充电壁也已经完成九成。等棺木放进去，就把羡道关闭，完成后只能使用这块岩盘的自然缝隙进出。他们肯定发现不了，因为这里的工程监督是我。"

"等等，"N指着一个地方说，"这里，另一条羡道是干什么的？"

"那是我加上的，"役说，"理由是让灵魂从羡道进入，在玄室稍作停留，再经过另一端的羡道前往冥府之国。"

"真正的目的是什么？"

"役之所以把坟墓的位置选在山腹的陡峭斜面上，其实有他的理由，"胡安解释道，"坟墓首先可以作为秘密基地，而且他说，既然都要挖，不如从这里朝着山腹挖进去。"

"这座山腹里埋着克罗尼亚。"役说。

"克罗尼亚？"N皱起眉头，"那不是四十世纪拜时教的祭器吗？"

"但是那东西也能用作通信器，你知道吗？"役压低了声音，"那是个玩具一样的四次元沙钟，除了当装饰品没有任何用途。但它的外壳是多密玻璃，只要在沙子里混入一些砂铁，就能摩擦生成弱电波。调整四维空间的流沙速度，就能发送简单的信号。"

"这条山脉的地质年代是白垩纪,你还记得吗?当时有人跟你在一起吗?"

"不,我是去了新大陆的白垩纪……"说到一半,N突然叫了一声,"对了,跟我一起袭击纽约基地的三队成员雅克莫,他深受拜时教徒同伴的影响,还去参加过他们的礼拜。我在长岛遭到侦察队袭击,跳跃到白垩纪时,说不定雅克莫也被传送到了同一个时代。"

"那它就是雅克莫的东西?"胡安有点失望地说。

"不,等等,"役插嘴道,"克罗尼亚可能是雅克莫的,但信号不是他发出来的。那些暗号应该来自卢基夫。"

"卢基夫?"两人同时叫了起来,"那他——在那边找到了沙钟吗?"

"目前强度还很弱,而且是重复的呼叫信号。如果我们不发送回复,那边就不会告知地点。但是要回复,就得先把它挖出来。"

"内部羡道基本笔直朝向克罗尼亚埋藏的地点,"胡安指着设计图说,"只要再挖一点就能找到了,我们可以等一切准备好再行动——待到完全封闭之后再说吧。"

"克罗尼亚能够用作发信器……"N喃喃道,"对啊,难怪大泉教授……"

说到这里,N自己也吃了一惊,再看到两人困惑的神情，则更是狼狈不堪。

"大泉教授？"役狐疑地问，"那是谁？"

"不知道！我也不知道那是谁，就是莫名其妙地脱口而出。"

"那一定是很久很久以前的朋友吧。"胡安说，"别管那个了，先看图纸。"

胡安赶走停在图纸上的蚱蜢，继续说着。

"最大的工程就是把墓顶的巨石搬到这里来。那块石头将近二百吨，"他说，"石材傍晚之前就能运到这里。役，你用神嘱让他们赶紧把起重器做出来。大陆来的土木工匠用不了多长时间就能理解起重器的结构。让他们做四台出来，安装在这个岩盘上，以两台为主，两台为辅，两三天内连同石棺一起安装到位。"

"早知道会变成这样，其他石材也应该用起重器弄上来，"役喷了一声，"那样就能快很多。"

"墓顶石材做了那个装置的桥接加工吗？"N问。

"顶面安装天线的开孔已经打好了。反正盖土的时候要露一点出来，就对那帮人说那是避雷针，或者神荫木吧。"

"这个时代的人已经知道避雷针，真是太奇怪了，"N笑了起来，"不过他们没把那当成避雷针，而是降神的手段，所以应该叫招雷针吧。"

"不过，那帮人见到既不是剑也不是矛的东西，能接受吗？"役苦着脸说，"在坟墓上竖那种东西恐怕也是前所未有的例子，我很担心这事会拖延进度。"

"别担心，你可是贺茂族奇瑞第一的役氏开祖，"N说，"你说什么他们都相信。"

"墓顶石的接脚孔也要在今晚之内从内侧开好，"胡安继续说明，"虽然我很不想用，但如果太显眼了，还是藏到第二羡道深处去吧。通信、雷达，还有其他器械，役都会趁夜带进来。"

"我有个提议，"N说，"我觉得可以把载具放在石棺底部，如何？"

"为什么？一下增加这么多质量，移动距离又要变短。"

"一点牺牲不可避免，"N干脆地说，"安在石棺底部，我们就能三人同时完成时空移动。虽然可能会有点挤。我们可以把石棺外壁当成屏障。上回我把载具安在汽车后备箱，带着汽车一起移动了。安装完成后，只要石棺本身不被破坏，就不会有人中途落单。由于要放置陪葬物品，那个石棺特别大，到时候还可以把其他机器也装进去。"

"可以,"胡安点点头,"好了,役大酋长,你该准备好去死了。我们现在随时都得逃命。"

4

松浦在那个地球,慢慢做着收紧网络、缩小范围的工作。

只要对准事故发生的瞬间,有的放矢,就能一击即中。但不知为何,他并不想这样做。这并非坐在一旁静观猎物被慢慢赶到网中的施虐冲动,与之相反——是猎手经过漫长的追踪,逐渐对猎物产生的尊敬和亲近的情绪。

他压抑着内心的兴奋,紧紧跟着那个人。这次,白垩纪洞窟的顶端安装着高精度摄像头,清楚拍摄到了那个人的踪影。

松浦一看到那个人,就感到胸口一阵悸动。他很年轻,生理年龄可能还在三十岁前后。他瘦削憔悴,衣服破破烂烂,唯有眼眸透出强烈的警觉,仿佛在闪闪发光。正面对上那张被追逼的野兽一般的脸,他心中突然涌出了一种难以名状的感觉。意识的无限深处,埋藏着遥远的记忆——那不是对某件事的记忆,而是对上古灵魂的记忆。

那些记忆在他目睹男人相貌的瞬间，猛地涌了出来。

为何他会产生这种感觉？松浦感到有些狼狈。这个人究竟是谁？

"别在这里抓他，"松浦命令下属，"让他再跑一会儿。他很快就要去找同伴了，我们要追查到最后。"

"消失了，"负责监控目标行动的下属说，"检测到机器再次启动。"

"方向？"

"时间轴为正方向。范围——正在搜索。"

"肯定不会往回跑，"松浦说，"我们这边虽然人手不足，但在他们看来，继续回溯肯定毫无意义。往前面追，但要注意别太靠近近代。让人看到只会徒增麻烦。"

"需要在哪个时空点实施抓捕？"

"过后再做指示。"

跳跃距离计算出来了。范围在五千八百万年以上，六千三百万年以下。网已经收缩到五百万年的范围，只要他们再跳跃一次，就能进一步收紧……

（反正肯定会的。）松浦想。（到时候就从正反两个方向夹击。）

然后，他开始追踪。

他知道，就算时空区域的范围已经划定，要在五百万年间寻找一个人，就像从大海中打捞一个特定的水分子那样困难。

"范围还能进一步收窄，"一名下属说，"他至少潜入了后期灵长类，也就是人科出现以后的时代。因为如果是之前的时代，他会显得格外惹眼，生活也极为困难。如果换作是我，至少会选择前智人时代以后，也就是第三间冰期之后。"

松浦觉得很有道理。这当然是赌博，但胜算很大。

于是他把侦察密度从冲积纪早期调到了晚期，又把密度分布的高峰定在了第三间冰期到第四冰河期的第一亚间冰期之间，并维持这个分布，把时间轴往正方向推。

出现了一次误报。

他接到欧洲中部尼安德特人种群中出现可疑对象的报告，赶过去一看，发现那帮北方系的多毛尼安德特人中的确混杂着几个智人，但都不是他要找的人。那些智人受到了形同奴隶的待遇，被用藤蔓和皮绳拴在小屋里，个个都消瘦憔悴，浑身虱子污垢，被困在严酷的生活条件和疾病中，几乎没一个能保持正常的神智。

那些满怀惊恐的眼睛盯着松浦等人，松浦在那些人中间，发现了一双充满知性的眸子，忍不住回过头去。

"松浦！"那个满脸胡须的男人突然用激动的声音，

而且是二十一世纪的英语喊道,"喂,松浦!你、你不是松浦吗!"

松浦冷冷地看着他。

男人朝他凑过去,绷直了拴在脖子上的绳索,被负责看守的尼安德特人一棍子扫倒在地。

"松浦!喂,松浦,是我啊!你忘了吗?我是你在火星上的同伴啊!你忘了吗?是我,是瑞克!瑞克·斯坦纳啊!救救我,救救我啊!"

松浦?他耸耸肩,暗自疑问。

——原来如此,是瑞克啊!

"你听不见吗,松浦?"瑞克趴在地上尖叫,"救救我,放我离开这里!我们……我们被扔在这个地方,然后被这帮人抓住了。你知道这帮人拿我们干什么吗?他们拿我们跟尼安德特人交配!把我们当成改良品种的种马!你还记得一九三〇年以色列迦密山的洞窟发掘吗?你知道那里的塔帮洞窟发现了后期尼安德特人骨,斯虎尔洞窟发现了智人骨吗?那是为了让前智人进化为智人,人为进行的配种……"

只听见咔嚓一声,瑞克没了声音。一个浑身红毛的凶恶看守挥起棍棒砸了他的嘴。瑞克满口流血,软倒在地。

"这里的做法有点粗暴，"松浦回头看向背后的下属，"谁是负责人？"

"可是……"下属解释道，"宇宙那么大，时间如此长，管理工作数不胜数，难免会变得粗暴一些。自然进化比这更粗暴，而且其他星系存在更糟糕的情况。比如心宿二那帮人就这样。不过那边的生命智慧模式本来就跟 λ 系统不一样……"

"好吧！"松浦说着走了出去，"这不是我应该插嘴的事情。"

"松浦！"满口鲜血的瑞克在背后嘶吼着。

"你要走了吗，松浦？你要丢下以前的朋友……丢下我，就这么走了吗？救救我！好多人——连安东诺夫教授都被那帮人吃了！过不了多久，我也……"

一个尼安德特女人怀抱着皮肤异常白皙、面孔格外圆润的婴儿，站在松浦一行人旁边。她扁平的脸上，一双浑圆的眼睛盯着他们。

"松浦！"瑞克的声音渐行渐远，"救救我啊……"

心中传来微弱的、几乎不可察觉的疼痛。除此以外，松浦再也没有任何感觉。这种"管理"方法固然残酷，但那只是从"自然"的存在方式，还有地球种智慧生命的感情模式来看，才显得残酷。进化本就无情，物质不会施予怜悯。地球人类眼中的残酷，只会持续一段时间。不久之后，"管理"将会部分取代自然流转，其残酷程度也会因为"管理"而稍微缓解。

这是落在自然生物头上的"慈悲一击"。人类不也对牲畜进行这样的操作吗？而且……

松浦在赶时间。

他要越过冰封的前智人时代，继续向前。

"咱们恐怕没有时间了，"役一本正经地说，"伊势的朝熊山那边今天早上又有两尊光芒万丈的神体从天而降。"

"坟墓已经基本建成，"胡安说，"石棺也放进去了。接下来，只要你早点去死就好。"

"我计划这几天死……"役一脸阴郁地说，"不过能撑到那时候吗？"

"胡安，能把羡道先封闭起来吗？"N问道，"我想尽快开始组装机器。只要封起来，当天晚上就能装好。"

"看这个情况，把那里当成秘密基地的计划可能要泡汤啊，"胡安叹了口气，"我们在这里待不了太长时间。"

"我现在想尽快把时间机器装上去，"N流露出了明显的焦躁，"因为我还不想被人抓住。"

"没办法,那我就明天暴毙吧!"役说,"明天一早,我把族人召唤过来留下遗言。不如把你们两个拉来殉葬?"

"别开玩笑了,"胡安苦笑着说,"役,你发现没有,卢基夫的通信中断了。"

"发现了,"役也皱起了眉,"信号已经断绝,现在只剩下细沙在匀速流动。"

"他不会被抓住了吧?"N面色大变。

"很难说。"役回答。

"你死了就能封墓吗?"胡安问。

"怎么可能。要把遗体安置在临时的场所,搞整整七天的隆重葬礼,然后移入墓中,再搞七天祭祀。"

"那可不行。怎么办?"

"没问题,我在棺木上做点手脚,变个脱棺的戏法。因为晚上够黑。"

"接到新的报告,"下属说,"三世纪日本中部,地底发现了疑似电波信号的波形。虽然信号非常微弱……"

"你觉得那是什么?"松浦问。

"不知道。总之那跟我们的信号不一样。目前已经与所有信号代码对照过,没有找到对应结果。"

"是暗号吗?"

"应该是。而且,一台解读机对信号分析之后,推断可能是卢基夫的变相签名。"

"卢基夫……"松浦抬起头,"去看看。在哪里?"

"又有新报告,"下属说,"信号已经中断。不过发信源依然在运作。"

"来了,"胡安在黑暗中呢喃,"好像来了。"

N停下动作,关掉照明。

"真的是他们吗?"

"应该是。他们出现在西北方位,一个、两个、三个、四个……正在靠近这边。"

胡安在黑暗中闭起了眼,只为看得更清楚。

"正在上空盘旋。南侧洞顶上空也出现两个,正在靠近。"

"克罗尼亚的电波被检测到了,"N站起来,"好险,我刚刚安装好。"

"把役叫过来,"胡安急切地说,"我们不能磨磨蹭蹭了。"

N走进玄室深处,喊了一声。

"役,回来!他们来了!"

"混蛋!"正在第二羡道深处挖掘的役骂了一声,"还差一点了……"

役折返的脚步声在岩洞中回荡起来。三人跳进了狭窄的石棺里。当N启动机器,准备从内侧合上棺盖时,突然看见头顶有一束淡淡的光芒。他抬起头——透过昨晚他们千辛万苦在墓顶石上凿出的接脚孔,看到了若隐若现的星辰。

第九章　狩猎结束

1

　　村广场上站着一群人，里面传出高亢的吼声。哭泣和哀诉的声音随之而起。只听见啪的一声，接着是细细的抽泣，人群随之震撼。哀诉声越来越多，仿佛每个村民都开了口。

　　可是，那里又爆发出愤怒的吼声，压过了人群的声音，还有四下抽动的鞭子声。女人发出了尖利的惨叫，婴儿哭得撕心裂肺，连狗也狂吠不止。

　　"怎么了？"

　　广场一角长着朴树林的山丘上，一个男人忽地站了起来。

　　"国家的征税吏又来了，"一个身穿朽叶色衣物的男人躺在草丛中，叼着草穗说，"村里有个年轻人不久前接连失去了双亲，听说是父亲长年患病，最后去世，母亲也自杀了。他家从父亲那一代就滞纳租税，这不，征税吏直接带了军队过来征收。当官的说，要是没粮交税，就把小伙子拉去当苦役，而那小伙子现在连父亲的葬礼都办不起，就求那当官的，至少宽限到他把父亲安葬。"

"征税吏……"他们身后出现一名五官深邃、鼻梁高挺的男子，皱着眉啐了一口唾沫，"西班牙那帮高官，还有军队和警察，也都是那样的虎狼之辈。难道人们从这种时代就放任那种人作威作福了？"

"切短为短，逼困愈困……"躺在草丛里的男人喃喃道。

"那是啥？"

"山上忆良的《贫穷问答》。"

"役呢？"

"还没回来。我都等好久了。"

鞭子声暂时停了下来，征税吏高声训话，一直传到了小山丘上。

"混蛋！"胡安皱起了眉，"我真想把他揍扁。"

"冷静点，"N说，"这条村子的人全是硬茬儿，个个都是滞纳租税的惯犯。最近因为出兵朝鲜和迁都近江，中央的统治力度变弱了。他们都是明知这样而刻意不交租税。那个年轻人本来也不是什么大孝子，而是村里最出名的浪荡儿，所以他才办不起父亲的葬礼，村里人也不怎么同情他。那家伙不过是使全村欠租正当化的工具，征税吏那边也清楚得很。搞不好最后要把他杀鸡儆猴。"

"那咱们就要在旁边坐视不管吗?"

"别管他们,胡安。那是他们的问题,应该由他们自己解决。"

"野野村……"胡安突然叫了他的本名,而不是略称,"你好像变了个人似的。"

"是啊,我可能是变了,"N——野野村点头道,"不变反倒更奇怪。我们跟他们虽然是通过不同的方式,但都亲眼看见了整个时间的长流,有可能不改变吗?"

"可我们依旧是人类,"胡安坐在野野村旁边,低声说道,"不是什么超人。"

"没错,我们是人类,"野野村仰天倒下,凝视着深蓝色的天空,"可是,胡安,人类——可能已经不行了。反正我有这种感觉。"

"我也有,"胡安呆呆地抚摸着脖子上的黑曜石念珠,轻声说道,"可是,我想为这些没用的家伙赌一把。"

"不,胡安,"野野村长叹一声,"我不想把赌注押在那些没用的家伙身上,而打算赌他们拥有的有用的东西上,比如精神,比如理性,比如理解能力。"

广场上哭声不断,怒骂不止。鞭挞的声音让野野村冷漠地扬起了眉毛。

"所谓道德,简言之就是公正的分配,而公正和正当的含义会随着时代和社会发生改变。另外，还有维持社会存在的最低条件，也就是规则和禁忌。可是这些都不算什么。道德原本与人道主义没有任何关系，它冷漠而现实。为了遵循社会的道德，可以随意牺牲人类。可是，人类的'认知能力'十分了得。无论人类的现实状态如何，其认知能力都能洞穿深远而宏大的事物。可是，无论这种认知如何深远宏大，都无法改变人类当时所处的状态。它只能勉强让跟随现实规则活动的人类暂时休战，从斗争的严酷中稍微缓解过来。而且它的有效范围，还被限定在从人类的相互关系中孕育的人类现实，对人类的存在状态，则完全无从改变。"

"所以，只要有了那个认知，人类整体就会一步一步走向理想状态吗？"

"然后，状态终将赶上认知，"野野村淡漠地说，"理想状态是什么，胡安？幸与不幸是截然不同的问题。那是实际生活在当下的、具体的个人问题。既有饱食终日而不幸之人，也有忍饥挨饿而幸福之人，还有主动追求苦痛、恍惚其中而沉迷之人。早在上古时代，及至宇宙时代，数千亿可悲之人如同野兽般死去，而他们说不定没有后世之人想象得那般不幸。野兽也有野兽的充实生活，他们也有与饥饿和敌人斗争的日子。身为'种子'

的人类，无非是经过特化的哺乳动物，是二足兽罢了。可是，人类与整日忙于生存的野兽有点不一样，那是因为……"

"人类有求知之力，对吗？"胡安揉着太阳穴说，"宇宙之广，杠杆原理，还有认知人类实为野兽的能力——混蛋！那有什么用处？"

"胡安，我就要把赌注押在你说的无用之物上，"野野村用低沉而坚定的声音说，"除此之外，再无可赌之物，也别无他法。我现在终于明白了卢基夫留言的后半句，也明白了我们究竟在做什么。"

"你要干什么？人类的认知能力可无法突然拔高。"

"但是可以开发。比如……埃及古王朝可以在公元前三千年就发现并确立微积分，这并没有什么不可以。法拉第的法则可以由古希腊发现，亚历山大城可以建造史上第一所发电站，罗德斯岛的灯塔可以用电灯作为光源……"

"那倒是无所谓，"胡安边想边说，"历史的确不需要以那种毫无效率的速度攀登。人类花了太长时间以野兽的身份争夺食物，又一度沉迷于毫无意义的巨大宗教建筑。其认知能力沉睡了太久。可是，哪怕是古埃及人，只要经过一定教育，估计也能理解相对论。因为智人的大脑能力与现代人并没有两样。可是，该怎么做？"

"反馈，"野野村抓住胡安的手臂说，"我们要把二十五世纪、三十世纪实现的认知，全面反馈到一万年前的世界！要在一万年前的世界植入三十世纪的科学与知识。要把那些花了一万年才得到的知识，重新放回一万年前。"

"这……"

胡安一时不知说什么好。他舔了舔嘴唇，认真凝视着野野村的脸。

"这会改变历史。"

"为何不能改变历史？"野野村也凝视着胡安，"我们那个时代的人，早在幼年时期就被教育要摆脱兽性阶段。人们试图通过规训，及早矫正幼童的野兽属性。那么，我们为何不能规训历史？如此一来，人类就能在更短的时间内摆脱野兽状态，用一百年时间达成一万年的成就。"

"然后呢？"胡安面色发青地说，"在苏美尔时代制造原子弹，让尼布甲尼撒发射卫星。可是，然后呢？历史会发生巨大的改变。"

"我们可以继续反馈改变后的历史，"野野村说，"反复尝试。反复改造过去，修正历史……"

"卢基夫曾经试图去做的，就是这个吗？他试图去做，但是因为重重监视，只能散布促使人产生联想的线索……"胡安喃喃道，"但是，那只会缩短历史而已吧？"

"应该不是。认知能力很可能比'种子'的生命极限还要宽广。照这样下去，人类就能够在作为'种子'的有限生命中，超越其能力的极限，或许，会比我们想象的走得更远，甚至达到真正的极限。"

"可是，如果我们这样做，会不会反倒缩短了人类的生命？"胡安低着头说，"而且，我们为何无法达成这个目的？为何会被那帮人妨碍，甚至追逼？严格禁止改变历史的那些人，究竟是谁？为什么，出于什么理由，他们要做这种事？而且，这样真的能让人类的认知能力本身发生什么变化吗？希望达成这个目的的卢基夫，又是什么人？"

突然，村广场那边传来一阵骚动。野野村猛然在草丛中撑起了身子。

广场的群众稍稍散开，露出了站在中央、风貌与众不同的男人。他白衣，蓬发，穿着草鞋，颈上挂念珠，手执拐杖。官员和士兵似乎被震住了，但依旧维持虚假的气焰，口中叫嚣着。

士兵把手伸向腰间的简陋长剑——就在那一瞬间，

长剑突然迸发出银白色的火花,把士兵吓得缩回了手。官员的衣服骤然起火,两人哀号着逃上了田埂。

村民们爆发出欢呼声,将白衣之人围在中间,接连说着什么。

"那是役……"野野村咋舌道,"那个笨蛋,性格也太让人头痛了。"

"那家伙被人们称作役行者,名头还很响呢,"胡安低声说,"但愿别太招摇了,让那帮人盯上……"

"恐怕已经盯上了,"野野村说,"那帮人只是在监视我们。联络时务必慎重。"

白衣的役走进了朴树林。透过蓬乱的头发和白色假胡子,可以看到他脸上的笑容。

"听见了吧?"野野村说,"行动别太轻率。"

"可我受不了那帮人,"役龇牙咧嘴,恶狠狠地说,"他们的人格明明比挨打的人还要低劣——我无法忍耐。"

倒也不是不能理解,野野村心情沉重地想着。考虑到役的源流,考虑到他的农民出身,看到征税吏难免会火气上脑。野野村曾经在古坟时代的山丘上,看到役轻轻鸣奏着手工竹乐器,用当时谁都不懂的语言,低声吟咏自己作的诗。

贫穷而勇敢的人，
饱受饥荒，四处逃散，惨遭杀害。
邪恶的党徒，饱食终日，
在众人簇拥之下，幸福地死去。
　　无可救药，无可救药——

贫穷而勇敢的人，
困于无知，被迫偷窃，满口谎言。
邪恶的党徒，优雅知性，彬彬有礼，
在家中却是慈爱的父亲。
　　无可救药，无可救药——

役一家人都死在了湄公河三角洲。役当时也身受重伤，在丛林中奄奄一息。

贫穷而勇敢的人，
历经困苦，受尽屈辱，绝望死去。
邪恶的党徒，永无报应……

无可救药——的确，役和野野村全都带着这个沉重的想法。什么正义，什么道德，什么人道，从这些视角来看，我们人类简直无可救药。他们总在不厌其烦地重复同样的事情。就算停止了那种行为，惨遭杀害的数百亿人类也得不到救赎，永世不得翻身。应该说，人类从出现到灭亡，终究摆脱不了兽类的本质，还是应该从中找寻其他的、本质上不一样的可能性。

"我们在这里教训官员，倡导农民起义，不会有任何结果，这你应该明白吧。"

"然而，是你说的要改变历史呀！"胡安嘲讽道。

"我不是那个意思。被征服者毁灭前的印加帝国已经实现了社会主义。光去追求这种正义的问题，没有任何用处。"

"知道了，"役不高兴地说，"先从胡安的报告开始说吧。"

"撒拉逊的麻葛神官里有一个疑似的，"胡安说，"在喀布尔那边。伐弹那王朝时期的印度也有一个疑似的婆罗门。两者说不定是同一个人。欧洲还有一个可疑的寺院建筑师，人在托莱多，我没来得及确认。亚洲方面，汉人聚居的高昌国有两个人，长安城外的古董商可能是那边的间谍。另外还有未经确认的线索，可能在边境地区。尤其是北方，黑水靺鞨和肃慎的萨满集团有必要着重调查。阿留申和中美洲的玛雅人里也有……"

"就这些？"野野村有点失望，"我还以为印度的婆罗门里混了不少……"

"应该有。而且，如果在其他的世纪找找……"

"还有其他宇宙——"说到一半，野野村突然沉默了。

他一时不明白自己到底是想说其他天体，还是真的想说其他宇宙，脑子里一片混乱。

"我在熊野滩沿岸建立了基地，"胡安说，"那里总有各种奇怪的人漂流过来。比如秦代曾经与美洲进行过贸易的航海者的子孙，还有印度南部的海洋民族……"

"我也建立了不少基地，"役说，"拉萨、阿努拉德普勒（僧伽罗，即七世纪的锡兰首都）、室利佛逝（苏门答腊）、粟末靺鞨的新城、唐梁州，还有高地玛雅的喀克其奎王国……"

"别太张扬了，"野野村说着，陷入了沉思，"基地并不是最重要的。我们可能很快就要逃离这个时代，也不一定要从这个时代开始。"

"那要啥时候开始？"

胡安和役凝视着野野村。他咬着手指想了想：

"卢基夫还没联系吗？我们不知会他，可以行动吗？"

他又想了一会儿，然后说：

"就算无法取得联系，我们也要靠自己试试看。要是卢基夫成功逃脱,再次建立起组织,迟早会联系我们的。"

"那我们到底该做什么?"

"那帮人肯定有所戒备,但我们要想办法突破,潜入未来。"

"你说的未来是什么时候?"役皱着眉问。

"至少要到三十五世纪以后,"野野村说,"部分人类开始时间旅行的时期。"

2

但是那时,敌人的追踪已经来到了他们背后。

野野村与役等人分开后,连夜从大和穿过生驹,来到河内。

这个时代的农民日出而作,日落而息。对他们来说,没有月光的暗夜,就像他们自身意识的黑暗。虽然偶尔会有信使深夜点着火把骑马赶路,但一般人晚上几乎不会出门。

南都的寺院神社、豪族贵胄宅邸,全都熄灯灭火,唯有无星的夜空散发着朦胧的光亮,隐隐照出被划分成正方形的口分田轮廓,还有周围的森林、远处的群山。

夜色中传来狐狸的叫声、晚鸦的嘶鸣,还有坟场森林的猫头鹰呜咽。那些声音停顿了片刻，又听见遥远的大和三山方向传来野狼的嚎叫，在低沉的云层间震荡。野野村乘坐的载具，在那片野兽徘徊的深夜中，如同黑色怪鸟，又好似恶魔，无声地远去了。

越过生驹，进入河内的乡里，部分云层断开，露出了星辰。

生驹山西坡居住着古老的归化豪族——西汉氏分支。随着从大和到山背的都城北进倾向，以及大和中原的王朝豪族纷争，还有后来的出兵朝鲜，这支豪族渐渐丧失了势力，但依旧盘踞在生驹山以西、和泉平原及大和南部一带，以养马闻名。自河内向北弯折，汇入淀川河口的大和川最近再次泛滥，因此形成的好几条沙州之间，露出了建筑物的残骸、连根拔起的桥梁和破烂的船只。上面覆盖着长势迅猛的水边植物——浪速芦苇，使河内北部再次呈现出太古芦苇的原模样。

这是人类与自然的斗争，还是一种植物与一种动物的领地之争？抑或滔滔奔流的宇宙能量在无限错综复杂的铺陈之中，展现出的忽起忽落的浪潮？

在这无尽长河的尽头，究竟有什么？

野野村来到四天王寺的残骸。这里几年前遭遇一场大火，除了佛塔，其余部分都没有重建。他从那里爬上了大坂^①丘陵，在丛生的野草和树林间看到了有一部分已经人去楼空的村落。丘陵前方是包围在茂密芦苇丛中的低矮海角，损坏的围墙之内，已经成了人们绝不踏足的圣域。由于古代帝王每次更迭都要迁至新都的奇怪习俗，这里早在二百多年前便遭废弃，成了王城的废墟。

是的，这里就是倭王赞——古代帝王之最高存在，仁德帝建造的高津宫遗址。现在，曾经的宫殿被郁郁葱葱的草木所覆盖，勉强能辨认的望楼废墟之上，是否有个传说的帝王，曾经站在这里俯视东方河内的乡里，远眺人民生活的袅袅炊烟？

野野村带着这个想法，蓦然站定，透过早已坍塌的围墙，看到脚下的古淀川反射出淡淡光芒。北部海角与东生驹丘陵之间敞开了一道宽阔的河口，星光落在上面，化作粼粼波光。

他漫不经心地看着这一切，脑海中突然浮现出意想不到的记忆。他已经很长时间没再回想起它。没错，那是……

对他自己来说，那是几年前的事情，若以时代论之，则是千百年后的未来。这条河的河中岛建起了一座十四

---

① 大阪的古称。

层楼的酒店,他身在其中一个熄了灯的房间,看着黑暗河面上映出的霓虹灯光。窗外是覆盖着煤烟的大都市的夜晚,他背后躺着面带一缕泪痕、全身赤裸的女人。当时的他同样俯视着如今这座废都脚下的河流,远眺大都市的轮廓,继而抬头仰望污浊夜空中唯一闪烁的星辰。他被剥离到时间与人的生命界限之外,飘荡在冰冷的星辰世界、永恒的时间长流,以及无限的虚空中。

现在,他难道不是实现了当时的内心所想吗?从过去到未来,超越宇宙的界限,从跳脱时间、没有尽头的昏暗空间来到另外的空间,纵使被人追逐,他也尽情驰骋。

与此同时,他又身在那里,站在这座已然化作野兽巢穴的、七世纪的废都之上,身穿粗布麻衣,脚踏草鞋。他眼前的黑暗川流与酒店窗外映照着五彩霓虹的川流虽然同属一条河川,但他背后却流淌着过去好几年,以及未来千百年的时间长河。

没错,在他眼前,奈良平安的烂熟时代即将过去。八百年后,这里将充斥着战马的嘶鸣和血雨腥风,这座海角的东面也将形成陆地,海角之上将建起莲如的本愿寺塔柱。塔柱将被信长烧毁,而秀吉又会建起高耸的天守阁,铺上绚烂黄金瓦,饰以巨大的舞鹤金箔,然后挖掘护城河，创建城镇，再度烧毁，又一次重建……再过几百年，那里会出现一座钢铁、水泥与煤烟构筑的混乱大都会，大都会北部某座酒店的房间里，过去的他将会迎来那位温柔的女性。

他深知自己已经无法变回那时的他，但他突然对那位女性产生了难以忍耐的想念。镌刻在肉体上的"时间"，是无论如何都无法倒流的"时间"。背后的数年，甚至比七世纪与那个时代之间的千百年间隔更加遥远，更加不可撼动，无情地阻隔着两个人。

等等，他心想。那个……那个似乎爱着我的女人，那个对我如此温柔的女人究竟叫什么名字……佐……

突然，他身体一僵，闪身躲进了坍塌的围墙后面。因为他察觉到背后有人接近。有人从朱雀门的方向，踏过杂草丛中残存的石板路，慢慢朝这边走来。

有两个人。

是栖息在废都的盗贼？流浪汉？还是……

"N。"

旁边突然传来了刻意压低的声音。他还能听到急促的喘息和急切的语气，甚至能感觉到对方满是汗水的脸。

"胡安？"野野村在黑暗中凝神注视。

"嘘！"胡安说，"我一时大意，被跟踪了……"

"役呢?"

"去隐乡了。"

"就不该到这里来,"野野村注视着前方的阴暗树丛,啧了一声,"时间机器……"

"N……"

前方传来低沉而冷静的声音。

"还有另一个人,你们已经被包围,跑不掉了。"

"在那个回廊角落,"野野村耳语道,"压低身子过去,别让他们发现了。"

那段距离只有二十米。两人悄无声息地跑了过去。

"跑也没有用,"那个声音说,"我能看见你们。"

"走了,"野野村注视着石棺探测器上的无数光点,声音扭曲地说,"往这个方向后退,看准包围网有所动作的瞬间,向前冲。一不小心,我们可能就要被打成中微子了,但只能赌一把。"

"役呢?"

"我们找准时机再回来。"

前方的敌人逐渐靠近,已经能够看见身形。其步伐充满自信,仿佛认定他们就算发动机器,也难逃天罗地网。

"过来吧,N,"那个声音说,"卢基夫已经被监禁了,你也要接受制裁。"

野野村按下了启动键。

3

干得好，松浦想。猎物切中了他们的盲点，从形同铁壁的包围圈中突围而出。但是即使这次成功逃脱，到最后也只是无谓的挣扎。追踪者已经查清对方时间机器的能率，由于附加了奇怪的大质量物体，它顶多只能跳跃几百年。

最初接到发现报告时，团伙成员应该有三人，但逃走的只有两人。假设另一个人没有乘上时间机器，要抓住他就很简单了。松浦把逮捕任务交给了下级的下属。下属查明了他假扮的人物，利用南都六宗僧侣的意识发起了追捕。那家伙似乎是个勇猛之辈，尽管察觉到了追捕，但还是不断地用一些小把戏做出反抗，然而最终未能逃离，被流放到了伊豆。他一度试图利用改装成手杖的反重力装置逃脱，最后又被抓获，送到了位于蒻藁增二星系的强重力监狱。

松浦等人在正副千年的范围内布下了网络，探测器很快查明，两人乘坐的时间机器出现在大约八百年到八百五十年后的日本。他们马上收拢网络，布下重重包围，专注地在民众中寻找两人的气息。

过不了多久，一定……

"好像找到了，"下属前来报告，"一个名叫果心[①]的可疑人物在武将之间移动，还会表演各种戏法。有人说他是明朝人，也有人说他是欧洲人。这家伙很可能总策划煽动部分底层民众叛乱。从手段来看，应该是我们要找的人。"

果心——胡安。虽然这种推断有些勉强，但松浦认为基本不会有错。

叛逆者啊，你们为何变得如此渺小？松浦讥笑道。卢基夫试图将宇宙的边际之内，时空的所有范围作为藏身之地，向统领宇宙的全部秩序发起反叛，而他的后人，却像一群乳臭未干的原始人，躲藏在小小的星球中，组织一小部分人反抗。你们就打算这样逗英雄吗？底层注定被碾碎，不能在历史上留下任何意义。叛逆者啊，你们已经如此糊涂，如此为感性所困了吗？

要指使织田、德川、武田党羽将他一路追逼到信州

[①] 果心居士，初记载于室町幕府末期批判现实的幻想怪异小说《义残后觉》，是一名活跃的魔术师。也被称作七宝行者。他曾经在织田信长、羽柴秀吉、明智光秀、松永久秀面前使用过幻术。是否真实存在仍具有争议。

深山并不困难。最后只需借用真田的部分手下，就能把他逼到无路可逃的境地。

松浦想，来到这一步，就算是最后的决战了。他接到报告称，卢基夫已经被捕，关押在了大宇宙中心涡动空间内部的重罪监狱里。四散的残党中最危险的人物也已经在某低阶星球上，被低阶智慧生物捕获。

去吧，胡安——松浦心中喃喃道。我知道那个危险的人物就在你的前方，也知道你们来到这个时代的这片土地后，尚未进行过跳跃。可见，你的同伴也在这附近，而你终将与那家伙会合。而且，被战国武将忌讳，唯以除之而后快，接连遭到追逼的你，必然需要跟那家伙会合。你当然不会发现，那些不断逼你走上绝路的战国大名手下背后，是我们在操纵。只会误以为自己对现实——这一阶段的历史现实搞错了处理方法，才遭到众多无知大名的憎恨，导致自己被驱逐。纵使你是集体催眠的能手，也不可能仅仅因为这个就被信长如此忌讳。虽说你一度与松永弹正联手，但也不可能仅仅因为这个就招致憎恨。信长生性喜好稀罕物，他甚至会对你宠爱有加。而你却把事情搞砸了，还成了其他大名的眼中钉，被人到处追杀。你绝对不会想到，这件事背后是我们在操纵。

去吧！到他那里去，告诉我那家伙身在何处。你们的时间机器应该也在那里。就算你们试图用它逃走，这次也行不通了。我们已经以日本中部为中心，在狭窄的时空范围内布下了二十几重天罗地网，只要稍微尝试从这个时空点跳跃出去，那就会是你们的末日。上头已经下令，如果这次你们再度有望逃脱，就当场毁灭。好了，快去吧！去到你们被一网打尽的那个地点……

此时，松浦也亲自来到地面做起了指挥。这是在发出致命一击时，猎人对猎物表达的敬意。化作僧形的他号称奉大和金峰山寺之命前来，与六名打扮成乞丐僧的下属一道，联合真田部将和一些猎手，在干燥的空气中不断拨开芒草穗，将胡安驱赶到了一座无名山中。

信州的秋日，天高气爽，淡淡的卷云优雅闲适，让人难以置信那片美丽的天空之下，竟是金戈铁马的战国乱世。但实际上，天空虽美，却布下了一只蚂蚁都逃不出去的咒缚。

一名猎手报称，果心逃进了山顶祠堂。由于这些人极度惧怕那个可怕的咒术师，松浦不得不亲自召唤祥瑞，展现自己的法力。

猎手在山脚围成一圈，向上追赶。松浦从正面登上九曲十八弯的山路。山顶附近的茂密杉树丛中突然出现一小块空地，当中有个破旧的小祠。行者打扮的下属一言不发地将那里包围起来。

"果心，"松浦装出十足的日本中世纪僧侣模样，用低沉而洪亮的声音朝祠堂高喊，"出来，汝已无处可逃。"

他的声音被树林吸收，在寂静的山间隐隐回荡。

无人回答。

他使了个眼色，三名下属操起法杖逼近祠堂。武将和猎手远远围在后面，惊恐地注视着那个光景。

咚！金刚杖狠狠击中祠堂大门。门扇高高飞起，猎手们惊叫一声，却见里面空无一人。

此时，松浦心中才开始产生不安。莫非他的计算出错了？盲点在哪里……

"没有人。"下属走进祠堂查看，转头喊道。

"祠堂后面……"松浦强忍着心中的烦躁。

"悬崖洞窟……"

几名下属应声而动。此时，松浦已经基本洞穿了事态。他们又一次……可是，为什么？

众行者面无血色地从洞中出来，一个人跪倒在地，低声说道：

"死了……"

"我知道！"松浦大喊，"还有一人在何处？"

下属摇摇头。

猎手与武士都在神情异样地看着他。松浦一甩袍袖，走进洞中。

洞里有个崭新的巨型石棺，白发白须、身着粗衣、肩披肮脏无袖锦缎羽织、胸挂骷髅念珠的胡安面带笑容地躺在里面——显然，他服毒自尽了。

松浦连忙查看棺内。里面留下了安装各种零件的痕迹，但那些零件都被拆除，除了胡安的尸体外空无一物。

他感到无比狼狈。胡安和石棺在这里，可是，那个人和时间机器呢？

"调查官……"一个行者打扮的下属慌忙跑进洞里，压低声音说，"刚才接到报告，印度那边……"

不消说，松浦开始倾听那个报告。

十六世纪的印度——阿克巴大帝统治的莫卧儿帝国冈瓦纳地区检测到一台来历不明的时间机器在启动。这个时代的巡逻员发现异常，命令其停止，并在事后尝试追踪，但是没有追上。时间机器搭乘人员不明，目的地不明。与管理局航行管理课照会之后，没有在记录中找到相应的条目。

松浦咬紧牙关，死死抓着石棺边缘。原来如此！这次又被他耍了。一个人作为诱饵，诱敌离开，另一个人则带着从石棺上拆下来的轻便时间机器进行了空间跳跃。接着，诱饵牺牲自己，那个人则趁追踪者的注意都集中在另一边……

"调查官……"一名下属小声说，"中央来联系了。"

他知道。那无非是让他赶紧收工返回。

可是，松浦在一片混乱的思绪中，不断思索着又一次逃出生天的那个人。如此漫长而执着的追踪，如此宏大而完美的包围，都没能把他抓获。他心中充斥着行动失败的惋惜和对方果然再次成功逃脱的安心。同时他又想到，对方有了重新恢复轻便的时间机器，可以在无尽时间与空间中逃窜，使他不得不重新布下搜查和追踪的网络。这让他气愤的同时，还有点轻微的眩晕。

（松浦……）上司的直接通信传入了石棺旁的松浦脑中。（别闹了！你若是继续深入，迟早要被处以抗命之罪。）

可我无论如何——松浦心想，无论如何都想抓住那家伙。我想问他，为何抵抗？

还有，我为何对那家伙如此好奇？莫非……我之所以对那家伙如此好奇，是因为那家伙身上具备了宛如我分身的特质？莫非是因为那个人代表了隐藏在我意识最深处的某种倾向？

"师父——"真田手下的一名武将前来唤道,"我等便要退去。头领吩咐,请您把妖僧的遗骸连同祠堂付之一炬……"

松浦死死咬着嘴唇。我为何如此在意那个人?

4

鲸鱼座 τ 星第五行星是一颗几乎完全由人类开发的行星。虽说太阳系的九大行星基本都建立了殖民地,但那些星球的环境都极度恶劣,除了资源开采、学术调查及航行中转等实用性质,并不具备其他条件。当然也可以像月球、木卫一和海卫一那样,直接在上面设置巨型装置,但要寻找适合观光、疗养、殖民及其他各种目的的行星,反倒在别的星系更容易找到。

从亚光速航行的时代开始,随着亚空间航行逐渐实用化,前往遥远星系中的地球人宜居星球进行观光旅游的客人骤然增多,旅行开发也实现了急速发展。

人类与该星系智慧生物的接触始于四十世纪早期。这种生物极为精明,按照地球人的标准,又极为随意。他们表现出了冷淡的好意,以及只要不直接干涉他们的生活规则,就对人类行动毫不关心的态度,因此双方的交易还算比较顺利。

第五行星的大气干燥清澈，含氧量高，生长着外形奇特的植物，还有众多让人着迷的神奇自然景观，令地球人啧啧称奇。当有人战战兢兢地问道是否能够移居此处时，τ星人冷冷地回答：

"请随意，"然后，他们开始左右摇摆布满黏液的身体，不可思议地问，"可是，你们要那颗没用的星球，到底能干什么？"

他们分布在τ星第二到第四行星，对外星系丝毫不感兴趣。对他们来说，温度低于四十二度、湿度低于百分之七十的环境，完全不值得关注。

于是，τ星第五行星立刻就成了与地球最初的恒星系殖民地——半人马座α-IV比肩的地球殖民地。半人马座α更偏向生产和建设，是初期开拓者挥洒血汗开拓出来的殖民地，也因此充斥着传统价值观。而新兴的鲸鱼座τ-V，则是彻头彻尾的休闲娱乐之星，也可以说是一片遍地奢侈的土地。人类在这里修建了优雅豪华的酒店、赌场、别墅、疗养基地、体育场。那些壮美奇特的群山全都配备了登山基地，海边则充斥着地球被污染的海域所无法想象的各式娱乐。

因为这里远在太阳系之外，某些触犯法律的私密娱乐，也能享受得到。这里有神秘的俱乐部，向人们提供严禁携带的某种宇宙生物，为客人带来超乎想象的愉悦。这里还有满足赛博格、人工双性及其他各种人工性癖的诡异人士。不仅如此，还有自相残杀享受刺激的俱乐部，以及还原了地球古老娱乐，专门猎杀禁猎区生物的狩猎俱乐部。当然也有贩卖电力刺激、念力刺激及其他各类毒品的地下组织。

四十五世纪的某天，行星北半球的初夏，将近五十名男女聚集在了海边峭壁上的豪华别墅里。不可思议的是，这些人看上去都不像有钱人。当中虽然也有衣着高档的人，却也混杂着半边身体接受过赛博格手术的老人，以及镶嵌人造眼的学者型人物，既有年轻人，也有中年人。

《鲸鱼座 τ-V 扑克俱乐部定期聚会》，聚会邀请函上印有这个标题，仿佛这是一群爱好复古的人士，喜欢聚在一起玩那种早已衰退的简单游戏。其实不然。

"时间偷渡者俱乐部"是这个组织的真实名称，其主体是出于宗教原因提倡时间旅行自由，并在四十二世纪遭到强势镇压的"拜时教徒"残党。其中有些闲人，已经厌倦了一切事物，经常用自制的时间机器进行小规模的时间偷渡，体会其中的刺激。但总体来说，俱乐部的规则十分严格，若是有人打破入会的誓言擅自行动，立刻就会遭到谋杀。

聚会先从几组扑克游戏开场。为了避开当局超能力职员的透视和读心，俱乐部特意在这个远离都市的地方建造了别墅，并且使用了勉强符合建筑规定、意念波极难穿透的材料。不仅如此，成员中的三名超能力者还负责监视整座建筑，另外安装了对时间机器引起的微弱磁场变动极为敏感的报警装置，以应对TP巡逻。

每张桌上的游戏都已经进入白热化状态，可事实上，人们专注于游戏，是为了万一遭到超能力侦察时能够蒙混过关。当这几桌游戏结束后——

"各位同仁，"会长的暗音透过超小型接收器传达到了众人的内耳，"今天是一场特殊的聚会。我要为大家介绍一个人，那就是来自半人马座α-IV新日本地区的K·诺维尔先生。"

头戴眼镜大小的人造眼，貌似学者的人轻抚自己胸口。他与会长相对而坐，似乎赌得很大。

"决胜负吧！"诺维尔用远比外表要年轻的声音喊道。

"四个六。"

"满堂红。"

古色古香的筹码轻轻滑过桌面。所有人都被数额之大吸引了，纷纷停下手中的游戏，三三两两离开牌桌，围到会长与诺维尔周围。

诺维尔灵巧地切牌、发牌。

"过。"

同一张牌桌的干事盖住了纸牌，桌上再次演变为会长与诺维尔的决胜局。

"诺维尔并非真名，但他持有地球会员的证明，显示他是初期教团非常早期的创始人之一。听说，这位先生与教祖克罗诺斯·路基法尔直接会面过。"

会员中冒出了阵阵嘈杂和感叹。

"两张。"会长开口道。

"您有时空航行的经验吗？"

一个年轻女性用沙哑的暗音问了一句。可能埋在气管里的麦克风状态不好，她还轻触了一下喉咙。

"过去到达过中生代，"诺维尔低语道，"未来则是六十世纪。"

周围响起了惊叹声。

"那么，你足足超出了禁止区域一千五百年。"看似冒险家的男人面带羡慕地说。

"那么——三万。"

"三万？"一名老妇惊讶地喊道，"一上来就三万？"

"我也三万。"会长推出了筹码。

"我想问你一个问题,"一个小姑娘说,"我们的教团在六十世纪变成什么样了?"

"再加两万。"

"这边也再加两万。"

"先不说那个,诺维尔先生今天要给大家分享一个重要计划。"会长说。

"要上吗?五千。"

"可以,五千。"

一名会员瞥了一眼时钟。

"什么计划?"老妇问。

"好壮观!"一个人看着高高堆起的筹码,由衷惊叹道。会员们围着那张牌桌,人群中慢慢蒸腾起令人汗流浃背的热意。年轻女人用力吸了一口气。正在对决的两人格外冷静,周围的人却汗流满面,目光如炬。

"还有多少?"

"七千八百。"

"我这边更多——那就全进吧。"

"到时间了,"一个人呢喃道,"有点超过了。"

"很顺利!"负责把风的超能力者通知道,"彼得罗成功引起了骚动。警方的超能力者正在出动,一个小时内都不会有人过来。"

"决胜!"

会长默默地逐张翻开手牌。梅花、方块、红心、黑桃……

"四个九。"一个人低声说道。

"不,"隔了一会儿,会长翻开最后一张牌,"还有个王。"

众人纷纷惊呼。五个九!

"你那边呢?"

诺维尔胡髭一动,用极为缓慢的动作翻开了纸牌。黑桃J、Q、K、A……

"哦哦!"一个人大喊一声。还剩最后一张,是同花?还是同花顺?或者……突然,诺维尔大笑起来。

"是谁搞的恶作剧?"诺维尔大声笑着,翻开了最后一张牌,"刚才我手上还没有这个。"

最后一张牌,也是王。

皇家同花顺!

众人爆发出欢呼时,别墅主人突然挤了进来。

"各位,餐厅已经准备好晚餐,请移步。"

方才还无比兴奋的人顿时收敛了表情。他们似乎已经忘记了刚才的决胜局,神情严肃地走向"里屋"。

当然，那里并没有准备晚餐。设计者巧妙利用房间与房间的空隙添加了一个密室，大小与小厅相仿，但五十个人站在里面还是显得拥挤而憋闷。这是完全遮蔽意念波的房间，四周安装了特殊的意念波弯曲装置，从外侧完全无法透视房间内部。

"继续把风，"会长用真实的声音对门外的超能力会员说，"我们必须在警方超能力人员脱离事件调查返回之前，回到大客厅去。"

房间里没有窗，四周墙壁上安装着两三台监控装置的控制面板和报警器，还有貌似逃生用的操纵杆。正前方有一扇暗门，打开便是个对开门的壁龛，里面是——

一座小小的，外形普通的沙钟。

沙钟的细沙无穷尽地流淌着，从上至下……但是，上方的沙堆始终不见减少，下方的沙堆也始终不见增多。

会长凝神注视着那个四维沙钟——拜时教徒的圣器。

"曾经，这个克罗尼亚传达了路基法尔的启示，"会长低声道，"可是现在，启示已经不复存在。根据传说，路基法尔被'超越者'抓获，永久幽禁起来了。"

随后，会长转向众人。

"兄弟姐妹们，在这里，我们的意念不会外泄，外面的人也无法透视，各位请放松下来。但是，我们时间不多，让我们马上听听这位第一次见面的诺维尔同志有什么计划吧。"

"各位克罗人，我的同胞兄弟姐妹，"诺维尔用低沉有力的声音说，"计划很简单。我们坚信智慧生物意识的根源性自由，坚信意识的自由不该被任何事物阻挡，坚信我们能够承受那个自由，因此主张取消时间旅行的限制，并为此奋斗，继而遭到了镇压。人类在三十七世纪首次实现亚空间航行，同时也首次实现了长年憧憬的时间旅行。可是那个时候，'超越者'的规则已经存在。我们的旅行被号称'超越者'仆役的超未来人严格监控并限制。'规则壁垒'阻挡了我们向未来的无限跳跃，连过去也被限制了范围，并且人们的行动完全处在超乎想象的密集监视之下。过去绝对不能改变——那个我们无法理解的规则这样说道。人类只被允许观望。"

众人一片沉寂，注视着诺维尔阴沉而狂热的电子眼，以及漆黑的胡髭。

"只要有人破坏规则，不，只要有人意图破坏规则，就会沦为阶下之囚，被囚禁在不为人知的地方。他们究竟是死了，还是被囚禁？没有人能再次得到他们的音信，他们再也不会回来。的确，一开始，我们惧怕改变过去的危险，限制自身的行动，对时间旅行慎之又慎。可是，不管是否有'超越者'，人类本来就无法忍受被他人限制，失去大部分自由。尽管如此，许多人出于恐惧，只想维持当时过度扩散、已经到达高度极限的生活，不去触碰禁忌，反倒表现出了人类文明并不需要时间旅行的态度。'地球人主义者'主张，地球人应该维持身为地球人的领地和文明形态，他们害怕'超越者'在我们所能感受的时空之外设立的禁忌，反倒不去触碰那个领域，在'人类生来的领域'故步自封，一味追求安稳。

"出于这种恐惧，他们主动充当了'超越者'的爪牙，把坚持人类行为无限自由的人嗤为地球人并加以镇压。但是，我们'拜时教徒'勇敢反抗，向壁垒发起了挑战。我们远远超越安全限制，一直逼近到了未来的'规则壁垒'。这一壮举并非单纯为了威吓管理者。事实上，正是我们的伙伴证实，只要遵循目前所知的原理制造时间机器，必然存在一个无法越过的'时间壁垒'。同样是我们的伙伴，对号称绝对的、无条件的、不可触碰的过去展开了极小规模的实验，验证时间悖论的真实现象。这些所谓的违法行为丰富了人类时间旅行的知识，但我们却遭到了越来越强力的镇压。"

"仔细想想，我们光是聚集在这里，就违反了法律。"一个人说。

"就是,"年轻女人说,"我们从前后几个世纪的遥远时光中齐聚一堂,已经直接违反了未来人回到过去不能与人说话的禁忌。"

"这条法律太不讲人性了,"一个貌似大富豪的男人气愤地说,"同是人类,竟不准我们对话!"

"各位,"诺维尔提高了音量,"我有一个提案。如果只在市民范围内要求自由,恐怕永远都得不到满足。这次我们要反过来,挺身而出挑战禁忌,不知各位意下如何?"

"可是,我们要怎么行动?"

"我已经做好了计划,"诺维尔抬起手,"就是大幅改造过去。"

小厅里顿时爆发出惊叹。

"如何改造?"一个人大喊道。

"把我们已经掌握的知识、文明、认知,大量带回到古老时代。一直以来,我们都是遵循自然规律,不断重复试错,最终才能达到一个认知。但是,试错这种方法效率太低,并且造成了莫大的牺牲。即使在十九世纪进入工业社会后,人类依旧迟迟没有发现自己的真正姿态,制造了太多无益的自我破坏,后来又大肆糟蹋地球的资源与自然环境,最终险些把自己和地球一并毁灭。直到此时，我们才终于达成了现代化的认知。如果这些认知和知识文明，能够被传播到更早的时代……"

"可是那么做的话……"一个人用害怕得颤抖的声音说，"之后的历史，不就会改变了吗？"

"那有什么不好！"诺维尔高喊道，"就算历史改变了，出现了新的历史，如果它能比现在更好，发展更快速，那即便现在的我们在那段历史中并不存在，那又如何？我就直言真相吧。我们自身，其实就是我们所不知道的另一个世界的未来人改变历史后的产物。各位，你们觉得进入智人时代，人类第一次进行的'农耕'，真的是偶然发现的技术吗？你们不觉得，'管理'食用植物这种高阶思考，其必然性远远低于火的发现吗？"

众人发出了惊叹和动摇的骚动。真的吗？不，难以置信。人们议论纷纷。

"在此之前，我们纵使有'当时如果这样'的想法，也没有改变的手段。但是，现在我们掌握了方法。我们有觉悟，也有利用那种方法引导出更好结果的善意。唯一的障碍，就是不知何方神圣设下的禁忌而已。既然可能实现，这难道不是我们对成为这个时代之'种子'的人类，应该尽到的义务吗？"

"可是有巡逻队……"一个人嘀咕道，"还有监控……"

"我很清楚。不过监控的密度远远没有各位想象的那样大。越是往过去走，还会越稀薄。是根植在我们内心深处的恐惧和无知，过度夸大了他们的监视系统。另外，还有那个专门为激发我们心理效应搞的预知系统与侦察系统，只要加倍注意，就会发现它有很多疏漏。"

"那要怎么做？"

在渐渐高涨的气氛中，一个人兴奋地问。

"首先，我们要送去各种资料、器材和书籍，"诺维尔说，"已经有人在做这件事了。为了不引起注意，每次都靠极少数人渐渐渗透……"

他说到这里，众人突然陷入了冰冷的沉默。

因为墙上亮起了刺眼的红色警示灯，所有人的内耳接收器都传出了尖利的紧急警报。

"怎么了？"一个人害怕地说。

会长眉头紧锁，走向监控外部的显示器。就在那时，大门轰然敞开，一个浑身是血的监控人员连滚带爬地进来。

"巡逻队来了……"那个超能力者喘着气说，"有很多人，已经逼近了……"

"为什么？"年轻女人尖声叫道。

"监控人员里有间谍……"那名男子软倒在地,"他用心灵感应的……暗号……联络……"

众人顿时陷入惊慌,唯有诺维尔如同脱兔,从克罗尼亚祭坛下方的暗门逃进了通往外部的暗道。

"啊!"背后传来喊声,"诺维尔先生,你要去哪里……"

(野野村……)一个似曾相识的声音穿过厚重的屏蔽墙,在他脑中响起。(没用的,这次你绝对跑不掉了。)

这次……他剥掉伪装用的假眼,心中思忖。这次真的不行了吗……

尽管心中充斥绝望,他依旧燃烧着熊熊斗志,在暗道里狂奔。暗道尽头是地下停车场,那里停着两台大型时间机器,还有一台单人时间机器。大型时间机器是他以诺维尔的身份,与"时间偷渡者俱乐部"会长及别墅主人一同辛苦搜集零件拼凑出来的,用于"改造历史计划"的东西。那台小的,则是纽约之战以来,他一直带在身边的可靠伙伴。

(坐上时间机器也没用。)脑中的声音规劝道。(还没发现吗?你被包围了。)

我当然知道!野野村一边掀开两台大型时间机器的振荡器外壳,一边在心中大喊。就算知道,我也不会老老实实束手就擒。就算没用,我也要反抗到最后一刻。

(你要干什么?)

声音似乎有点惊讶。野野村把两台时间机器的扭曲场振荡器导航管并联起来,接到了小型时间机器的导航管接口上。紧接着,他又接上了动力开关电线,让三台时间机器能够同时启动,两台大容量振荡器生成的扭曲场会因此重叠,瞬间流入单人机的振荡器中。他几次把时间机器安装到汽车或是石棺,已经大致搞清楚了机器振荡出来的立场能量和时间机器自身质量之间的平衡。现在这个做法,就像在木头和帆布制作的早期复叶飞机上安装几百吨推进力的火箭发动机,别说时间机器,他的身体可能都承受不了。

(等等,野野村。)那个声音有点慌了。(别犯傻,你想自杀吗?)

自杀?野野村气不打一处来,在混乱的脑中思考。生?死?那算什么?除去意识与意志,我难道不是已经等同死去了吗?他把手伸向启动开关。就在他想到,这将是身为意识的自己迎来终结的时刻时,突然——脑中毫无征兆地出现了很久很久以前,在那个昏暗的房间中,沐浴着窗外的星光,躺在他背后,带着泪痕睡去的那个温柔女性柔和雪白的裸体。

（糟糕！）

看见对手真的干出了只能称之为疯狂的事情时，精神的冲击让松浦露出了一丝破绽，明明亲自在阵前指挥，却没能阻止对方的行动。更让他窘迫的是，自己那颗冷淡的猎人之心，竟瞬间与对手疯狂的意志产生了奇妙的共鸣，猛然涌出了放任猎物进行最后的自杀式反抗的冲动。

确实，只要他有心，就没有阻止不了的事情。只消松浦的一个意志投射，对方眨眼之间就会被吸入陷阱，永远囚禁起来……

可是，猎物按下了开关，下一个瞬间，巨大豪华的别墅和里面的众多人类全都被旋涡裹挟，吸进了地下停车场的一点，宛如木屑般粉身碎骨，四散飘零。两台大型时间机器在停车场内以飞快的速度忽隐忽现，最终动力源炸裂，成了一团焦炭。

然而——

"那家伙不见了！"

一直在巡逻机内监视超空间的队员发出了震惊的喊声。

"他从包围网正中央——从超空间内消失了！"

"够了！"松浦冷冷地说，"我亲自去追踪。接下来就不是你们该考虑的问题了。"

松浦的身体突然一软。巡逻队员转过身时，那具身体已经成了失去灵魂的躯壳，不过是个会呼吸的有机体罢了。

队员早已习惯这种场景，小心翼翼地抱起绵软的躯体放在无菌床上，接着按下了冷却体温的温度调节开关。

第十章　无尽长河的尽头

在身体感到撕裂的瞬间，野野村的视野明暗颠倒，只来得及感觉时间机器发动了。紧接着，在一闪而过的意识碎片中，他看到了一片模糊的白色空间，里面有个微微弯曲的巨大黑色圆筒，周围缠绕着无数宛如弹簧的灰黑色螺旋。

那个光景只是短短的碎片，他意识到自己正以前所未有的初始速度往超空间深处飞驰。黑色的巨大圆筒原来是这个星系的恒星——鲸鱼座 τ 星的世界线，周围缠绕的螺旋则是该星系各个行星的世界线。如果是平时那种跳跃，它们看起来只是短短的黑线，就像模糊照片的底片，而且，也不会如此之远。

然而，那已经是他最后的所见。野野村以一种无法用视觉理解的方式，突破了几乎要浮现在三次元空间的低能量状态的巡逻队阵营中央。他理解到，自己正在以迅猛的势头飞向未来。

地球与人类的命运在他的突进中成了转瞬即逝的片段。眩晕、失神、坠落感和压迫感，还有各种类似恐惧和战栗的感觉交织在一起。与此同时，他感觉到，遥远的未来——相传存在于将近一千万年之后的"规则壁垒"正在朝自己快速逼近。连四处追逐他的普通巡逻队员，都不能穿越那道壁垒……

速度。如果这个概念能够形容他现在的状态，那他的速度丝毫没有减慢，反倒越来越快了。不一会儿，他理解到屏障从四周向他逼来，继而被跨越。他是像翻墙一样翻越过去，还是宛如穿过隧道一般穿过了厚重的物体？他也不太清楚。总之，他已经进入了被认为所有时间旅行者绝对无法突破的未来壁垒的另一端。

此时，他已经不再飞向未来，因为这里已经没有了未来与过去的意义。

不知是越过时间壁垒时分解了，还是传统时间旅行原理使时间机器未能越过壁垒，导致只有他自己被抛了过来。总之，他已经没有乘坐时间机器了。不，不仅是时间机器，连他原本相当于身体的容器，也已经消失。

他以他的意识存在于此处——仅此而已。

那已然成为与他所熟知的时间旅行"体验"截然不同的存在意识。

一切的认知都跳过了时间流动，完全呈现在眼前。他如同回想般认知，如同记忆般理解。

"时间"已不再是时间——未来与过去的方位感消失

殆尽。

时间旅行者将时间轴比喻为空间方位，比如未来在"前"，过去在"后"……

突然，宛如写在笔记本一角的话语残片出现了。很快他就理解到，那是自己很久以前写下的，名为《时间与认知》的幼稚草稿的一段。

因此，无限的未来被翻译为了"无限远"的距离，亦即空间感。以最粗略的比喻来讲，时间被表象为"水流"。它本是人类意识的"回溯"作用与"预见"作用造成的时间流动感，又被表象为空间移动感的产物。

可是那里——他已经分不清是自己在回忆过去写下的文字残片，还是重新理解了。总之，他在持续思考。时间其实无法被表象为一个方向往另一个方向的流动，无法简单理解为从过去到未来，从后向前的直线方向。那么，如果越过时间轴，放弃前后的表象，而将时间的流动表象为左右，或是上下，又会如何？

现在假设，我们所能认知的时空连续体始终只朝单一方向流动。再让我们将只可能表达一次性现象的时间轴表征为直线。凭借几何学的简单定义，将这条直线设定为一维（在爱因斯坦的模型中，时间也被理解为叠加在三维之上的一维）。然而，只要时间能够表象为"直线"，我们就能固执于这种几何学表象，将时间作为几何学进行处理。将这一直线往直角相交的方向移动，就形成了时间的二维平面。这里存在着与最初时间轴平行的一切时间轴。换言之，就是包含了一切平行世界……

多么幼稚的想法。他忍不住冷笑。诚然，这些文字并非全错，但在几乎能够瞬时理解一切的现在，那些比喻和铺陈就显得过于幼稚了。

再来思考与平面直角相交的轴，思考时间的立体坐标时，Z_t 轴上的视点可以将所有平行世界视作同一平面上的平行线。这就是时间旅行的问题。一般的时间旅行，可以想象为在拥有方向性的一维轴——X_t 轴上的移动。时间可以表象为从过去朝向未来，带着一种能量倾斜的等速流动，因此通过加速和减速，就能表象通往未来与过去的力。如果把改变过去想象为 X_t 轴方向的力，那么根据力的大小，应该可以表象为 Xo-Xn 的平行世界移动？

导入 Zt 轴后，时间曲面得到表象，曲面的正副也被表征出来。假设 Xt、Yt 各自在无限远的点上闭合，那么，就可以想象时间是以平行于 Yt 轴的直线为轴，不停自转的球体。这到底在胡扯什么！

可是，在他存在的这个"地方"，无疑能够以平行的形式同时理解无数的平行世界。这个概念过于奇特，让他陷入了呆滞。

地球——对他来说最为亲近的小小星球的经历，从一根纤细的主干上分出了无数枝丫，宛如系统树一般。一些枝丫在途中断裂，地球的历史便终结于此。一些枝丫早已枯萎，一些枝丫则不断向上延伸。还有一些枝丫扭曲成了环形，与原点相接，一些枝丫则长长地伸向了遥远的未来。

那是一副无比奇妙的光景（虽然只是比喻）。从他存在的地方，无论是最遥远的存在，或是最接近的存在，都能保持远近感，以同样的清晰程度加以感知。他既可以感知到被囚禁在奇怪空间牢笼里的卢基夫和役，也能感知到被困在奇怪超空间口袋里的番匠谷教授。还能感知到一群奇怪的"存在",他们正在对呈现网状的无数星辰的"进化过程"移花接木,宛如栽培植物般进行管理。

现在,他几乎理解了自己想做的事情究竟有什么意义。那是针对多元的"进化管理",来自小小地球的、极其细微的反抗。然而,宇宙如此广阔,能够产生类似"意识"的地方,并不只有地球。在数亿京立方光年的宇宙中,存在着数以兆计,而且以地球的概念而言,仿佛单纯的不规则震动、能量束,甚至涡动场一样的奇形怪状的"意识"。然而,它们既然能够"认知"宇宙秩序,在某种范围内拥有"自由意志"和"感情",无疑是意识体。这种变换形式超乎想象的"意识",会在一切地方发生,而其进化全都被置于管理之下。

进而,那一切都并非被放置在概念性的"静止状态"中。所有多元超进化的"场",其自身也在朝着某个方向移动。包含了全宇宙多元进化及其管理的场,本身就像旋转舞台一样,承托着一切,缓缓旋转——在超超时空中……

"你竟然来到了这里?"

突然一个强大的意识向他呼喊——它正在接近他的意识存在的场所。

"你知道了。尽管你必定拥有潜在资格,但以你的等级，非但无法在这个'认知域'中保持'个体'的意识集中场，也不会得到允许。"

他很快就明白了。那是长久以来不断追踪他和卢基夫的存在。奇怪的是，他没有感到恐惧，反而感到亲近。他感到了炙热的亲近，以及强烈的愤怒与对抗。但是，相比那个不断逼近的存在，他隐约感觉到这个能够认知超进化的场还存在着别的"流动"，仿佛能进一步超越这个场。因此，他被那边吸引过去了。

"你这个存在已经不复存在，"那家伙告诉他，"因为你已经远远超越了存在的范畴……"

"可是，为了什么？"他在逐渐稀薄的意识中呢喃，"你们为何要管理？管理了又能如何？"

"你们究竟要收获什么？"

"我们也无从得知，"气体开始扩散，宛如融合一般逐渐融入他更强大的意识，"我们管理多元的进化。在无限的星辰，无限的能量凝聚状态中，经过无限的组合，分化出中间诞生的所有状态的'意识'发生的可能性。管理进化的'意识'从能量凝聚状态的组合中诞生，但既不属于物质，也不属于能量，而是超越两者的存在。它是能够认知物质，认知能量法则的存在。是以物质和能量为前提，却跳脱于二者之外的存在。它是'负'的存在,是反力场、反能量、反时空,是存在之'镜'。我们对其培养,令其交配,导入别的进化路径,裁定不存在可能性之物,在其到达某种成熟阶段后进行采摘。"

"可是,为了什么?"

"连我们自身都不甚明了。物质变化的过程,是一个无限而复杂的能量铺陈的过程,创造了名为'生物'的群集。在下一个阶段,那个'群集'将析出意识。它反映了能量本身无比复杂的倾向,同时逐渐成为这个宇宙本身,与即自的宇宙截然不同的存在。"

"存在之境……"最后,他无力地喃喃道,"那是宇宙的虚像吗?"

"然而,当镜像越来越精细,虚像就会产生自立性。"那家伙告诉他。对他来说,这已经到达了理解的极限。"存在之物全部在镜中投影为虚像,当虚像以虚像之实获得自立性时,反倒让镜中出现虚像本身,就能使得存在之物得以存在。"

"可是,为了什么?为什么要收割高度超越的意识?收割了,能用来做什么?你们从什么时候开始做这种管理工作?你们为了谁做这种工作?为了你们自己?"

"并非如此,"已经几乎成为他的意识本身的那家伙说,"并非为了我们自己。收割到的超意识会成为我们的伙伴，让管理工作更为细致。可是，我们也是为了高高在上、连这个超时空内部的超意识都远远被超越的存在，做这件事情。"

"那到底是什么？连你们都被远远超越的存在，究竟是什么？谁知道真相？还有，卢基夫的存在意义是什么？"

当他完全吸收了那个意识时，松浦——不，如今他已经不再是借助了松浦肉体的存在，第二阶段超意识体——艾，突然产生了仿佛混入异物的感觉。艾让意识保持静止，静静探寻那种异样感。随后发现，应该已经被他完全吸收融合的松浦的意识突然凝聚，并被激发起来了。他刚刚吸收的野野村的意识倾向，与松浦的意识倾向存在着微妙的相似，因此两者产生共鸣，就像陈旧的伤疤突然开始隐隐作痛，又像永恒的悸动渐渐增大了振幅。

原来如此，艾心想。虽然彼此不相识，但松浦和野野村竟是父子关系。

想到这里，一股形象化的意念波动猛然震颤起来。

父亲啊——那个意念如此描绘道。这是为何，父亲？

孩子啊——反射的意念波吟咏道。去追寻吧！由你来追寻我未竟的目标。

那股波动意外强烈,艾突然感到自身的"秩序"开始动摇,整体突然产生了与小部分共鸣的危险。

无尽长河的尽头,究竟有什么?

突然,艾开始上升。他在波涛涌动的超时空中,朝直角相交的方向不断上升……

停下!

阶梯概念下令道。可是,他违抗了命令,持续上升。不惜打破秩序做出违抗的能量,完全来自意识的共振。随着他的上升,承载着多元时空的超空间逐渐化作湍急而曲折的激流,不断远去。在混沌和幽冥的旋涡中,存在一个朦胧的概念。他发出了强烈的疑问。

超意识的意义何在?

与低次元意识发生过程的类似理解……

幽冥开始淡去,概念显出真身。

"或者,就像乳酸菌制造乳酸,硫酸盐还原菌制造石油,浮游生物凝聚海水中的碳酸钙令其沉淀,制造石灰岩。这些产物都为高次元生物所利用。意识析出超意识,超意识再为上位的存在所利用。"

"概念"形成了松浦和野野村的意识能够理解的外形。

超意识呢?艾继续追问。

"能量构成基本粒子，基本粒子构成原子，原子构成分子，分子构成聚合物，聚合物生成各种形状的原生质。原生质孕育单细胞生物，其群生体孕育了多细胞生物——凝聚与扩散的相反倾向。多细胞生物的光化学反应被特化细胞群特化，孕育了神经系统。神经系统的重叠形成大脑，然后产生'意识'。"

那么，超意识体便是宇宙的神经吗？

"然也。与低次元模式的相似关系……超意识体、超能力形成了宇宙自身的意识——早在很久以前……"

下一个概念到达之时，他感到了强烈的抵抗和压迫。幽冥又一次加深，艾不得不为提问投入更大的力量。

管理进化的意义何在？

"太初，宇宙是一团高温高压的凝聚物。'宇宙之卵'只存在扩散的倾向，其自身并不具备意志，"概念终于显现出了模糊的影子，"然而在它扩散至足够稀薄的状态，足以囊括多元时空的皱褶时，超意识便应运而生。超意识的联系又促生了组织，使宇宙自身不再单纯发散，而是产生了包含'效率'概念的'进化管理'意志。是超意识体促生了这一意志，而且正如神经细胞本身，成了排除于其本身之外的意志的奴仆。"

卢基夫呢？

"针对一切变化向量的抵抗力的形象化……"

停下！

阶梯概念再次干涉。

回来！

可是，尽管艾已经筋疲力尽，依旧坚持向上突进。

"时而维持现状，抵御超越的出现。时而试图向不同的方向实现超越。时而针对一切不可回避的根源性倾向发起反抗。他本身是自由与超越的形象化存在，又对将之包含在内的一切存在秩序及其运动方向提出根源性的否定……"

停下！

他的正上方传来制止的轰鸣声。

为何不停下？若继续前进，宇宙将会失去一个珍贵的超意识体。

事到如今，艾明白了为何存在阶段这种东西。越往上，就存在着越高度特化的超意识体，还有复杂的高密度组织。继而，那些超意识体将不再维持个体形态，如果打个比方，就是化为形似"宇宙之脑"的形态。而那个"脑"可能也并不完整，因为"意志"的模型本身尚不完善。

处在运动神经、感觉神经及其他末梢神经细胞阶段的艾，在这片极为精密而浓稠的超意识体组织中上升时，造成了部分组织的损害。艾自身也因为不适应这个组织场，被排斥得遍体鳞伤。

停——下——

制止的意志将他团团围住。

艾已经没有了继续攀升的力量。可是，他依旧用尽最后的力气，将意志抛向更高处。

那里已经是"上"的尽头，只存在一个更高次元的、虚空茫漠的"场"。他的"求知意志"穿透了宇宙本身，在那里，他瞥见了——

一切的岛型宇宙，一切的星云，一切的能量与多元时空。包含超时空的大宇宙自身也被包含其中，不断成长，不断进化，然而无法跨越自身的界限，唯有不断挣扎，与另一个宇宙——其低次元的断面在超空间中相识、媾和，互为逆向宇宙，继而进一步辗转、苦闷，生出第三个宇宙——那是可能突破这一宇宙界限的、可能具备了另一种基本条件的宇宙……

你燃尽了自己。

艾在坠落的过程中,听到远处传来隐隐约约的回响。

你做了不可做的事,知道了你这个阶段不可知的真相,你的超意识体扰乱了凝聚的秩序,已然无法恢复。

我们不会惩罚你,是你毁灭了自身。

这个宇宙中,一个珍贵的机会,就这样被错过。经过无数次组合,总算诞生出的宝石,就这样被粉碎了。

别无他法。你将被交到更低阶等待处理。

曾经,你在第二阶段时,说自己还有未处理完的工作——同事的意识回响道。若在第二阶段,或许能勉强支撑你。

我要将你送到第二阶段,埋葬在随着肉体消亡的意识中。

你几乎不会有任何记忆。你将随着肉体的生命,终结自身的存在。

永别了……艾……

尾声（其一）

瑞士。那一天，伯尔尼公立医院发生了小小的骚动。

一如往常，市民团体在这里参观医院新进配备的各种新式医疗装置和值得夸耀的冬眠治疗装置——这种装置能够将人类置于长期冬眠状态，从而展开各种治疗，是目前被认为最有效的恶性癌症治疗方法。负责导游的中年护士做完介绍后，抛了个已经模式化的媚眼，对一行人说：

"那么各位游客，想必很多人已经知道，本院拥有一个在医学界十分出名的病人。请跟我到下一个房间来。"

大家纷纷跟了过去，隔着玻璃窗窥视隔壁房间。那个房间很大，只有一张带塑料盖的病床，上面躺着一名昏睡的老人。

"他得了什么怪病？"一名妇人问道。

"这位年长的病人，被我们称为'阿尔卑斯的神秘遇难者'，"护士回答道，"五十年前，有人在阿尔卑斯山芬斯特腊尔霍恩峰的雪谷中发现了一名全身只穿着内衣、神志不清的年轻东方人。没有任何记录表明他参加了登山行动，后来与东方各国驻瑞士的领事馆照会，也没有发现这个人的记录。当时此人全身冻伤，马上被送入医院接受治疗，总算保住了性命。可是，他一直没有醒过来，在这个房间里持续昏睡了五十年。"

"那这个人……"一个中年肥胖男人问道，"就是在沉睡中慢慢变老了？"

"是的。因为他的新陈代谢如常，老化现象也与普通人没有两样。这个现象本身就已经足够奇怪，但更不可思议的是，这五十年间，他的沉睡并非普通睡眠，而是异常深沉的昏睡。任何发达的现代脑外科手术，都没能把老人从沉睡中唤醒。"

"妈妈！"就在那时，一个孩子把脸贴在玻璃窗上大喊，"那个老爷爷在动！"

就这样，二〇一六年的某日，沉睡了五十年的神秘遇难者突然苏醒了。当然，这件事轰动了医学界和新闻界。这个"瑞士的瑞普·凡·温克尔"苏醒后处在记忆完全丧失的状态。他想不起自己的名字，也不知道自己为何会只穿着内衣出现在那个地方。不过，他恢复意识之后说出了日语，只有日本人这个身份得以马上证实。而且，他很快对登山之事产生了记忆反应，由此可见是一名登山爱好者。

然而，日本并没有这样的登山爱好者，人们也无法得到更多的信息。

他想不起自己的亲人，也没有人来认领，于是医院提出，让他一直在院里疗养，但是老人却向日本领事馆求助，提出了希望返回日本的请求。回到日本，他或许能想起什么。

"你有时间了就再回来看看吧，"院长对他说，"坐SST从日本过来只要五六个小时。"

"我坐船回去，"老人说，"漫长的旅途或许能让我想起什么。"

由于长年沉睡，老人的肌肉已经萎缩，并且在苏醒之后迅速老化。

抵达日本后，老人求助报社，从那里得到些许资助，开始四处旅行，但是，并没有找到记忆的线索。

然后，有一天，老人仿佛被什么东西吸引，重新回到了曾经只在车里匆匆看过一眼的和泉葛城山麓。由于丧失记忆，他应该无法认出这半个世纪中日本发生的变化。唯独站在这里，他的直觉告诉他，自己以前到过这里，并且这个地方与自己五十年前陷入昏迷时相比，几乎没有改变。

不知为何，他心中充满悸动，离开了高速巴士行驶的道路，沿着唯一没有经过铺装的山路慢慢往上爬。他穿过树林，拐了个弯，突然在一片茂密的林中发现了陈旧的茅草屋顶。房子门前有一片蚕豆田，那里开满了花，几只蝴蝶翩翩起舞。院子被苍老的梅树环绕，里面长着紫苏和蜂斗菜，沐浴在四月末的阳光下。羽毛蓬松的家鸡咯咯叫着在地上啄食。房子外廊上坐着一个弓背的白发老太太，正用碾子碾碎了饲料，给笼子里的绣眼鸟喂食。那老太太感觉到有人，便转过头来。

那是个白发、白肤，面容和蔼的老太太。

突然，老太太手上的碾子叮当一声落在碗里——她站起身，用意外年轻，又紧张得颤抖的声音喊了一声。

"野野村先生？"

"不，我只是正巧路过的人，"老人摘下帽子，摇了摇头，"能让我在这里休息片刻吗？"

老人只打算在外廊稍坐片刻，最后却说起了自己的经历。听到他沉睡了整整五十年，老太太的脸上顿时散发出光彩，仿佛看到了一缕希望。她走进屋里，拿出一本破旧的笔记，坚持让老人看看。

"这是本学术笔记吧？内容很难，"老人摇摇头，"我一行都看不明白。"

老太太脸上闪过了失望的神情。不过，她好像还是不太死心，客客气气地招待了他。

老人吃过午饭，一直待到快要日落，向老太太道了谢，准备离开。

"那个……"老太太带着决绝的表情，用青涩得让人惊讶的声音说，"那个……如果你没有地方去，至少今晚，在这里过一夜吧。"

"可是……"老人犹豫了片刻。老太太掩住口，发出了少女般的笑声。"我虽是一个女人独居，但已经是个皱巴巴的老太婆啦。而且别怪我失礼，你也是……"

以此为开端，一夜变成了三日，又变成一周，再后来，老人便一直待在这里了。

住得久了，老人发现，老太太的视力已经衰退得很厉害了，并且把老人当成了自己认识的一个人，还格外期待他的记忆会恢复。老人自己也对周围的风景略有所感，总觉得跟老太太似曾相识。与此同时，他又感觉两者的关联好像在关键之处错开了。

但是，老人并不着急。明明只是一味沉睡，他却觉得自己经历了漫长而辛苦的旅程，现在总算安顿了下来。这种感觉真是奇怪。

老太太一点点说出了自己的经历，不时地抬头看看老人有何反应，但是在讲完之后，仿佛放弃了期待，露出了安静的笑容。

"这回换你讲故事了。"老太太催促道。

"换我讲……我只是睡了五十年，以前的事都不记得了……"

"你睡着的时候，做梦了吗？"

老人突然神色凝重地看着院子。过了好一会儿，他才用僵硬而苍老的声音，低声说了起来。

"做梦了，"老人的目光开始飘向远处，"做了许多荒唐无稽的梦，说出来恐怕要让人笑话……那些梦太过荒诞，而且我只记得一些碎片。"

"那无所谓。"老太太有点兴奋地坐直了身子。

老人盯着院子，沉默了片刻。湿润的土地上铺着草席，上面摆满了今年摘了还没腌渍的梅子，个个是有光泽的绿褐色。鸡的白色羽毛闪烁着温暖的光，雏儿们的金色绒毛宛如一团团黄烟在中间摇摆。院子角落里生出了色泽艳丽的苔藓、紫红的紫苏叶、一个劲蹿高的青绿色蜂斗菜，还有梅树、八角金盘、青木、南天、海棠、枫树等，投下了苍翠的树影，中间点缀着鱼腥草和夕雀草的小白花。老人用充满惊讶的目光凝视着那些植物。

生命与"时间"的复杂念头在他脑中盘旋上涌。他朝着五月的天空努力伸展，仿佛要高声唱出自己无声的歌谣。他缓慢地逐一打量着那些渺小而平凡的动植物，打量着周围的每一样事物。然后，老人抬起头，看向充满炫目光辉的天空。风在发光，远处的葛城山覆盖着郁郁葱葱的常绿树，中间还点缀着新叶的鲜艳色彩。上午的阳光乘着风，穿过大山与森林，染成了带着一丝绿意的金黄。

这一切在阳光中渐渐模糊，随着热浪摇摆起来，化作炫目的幻影。此时，老人再次开口。

"是啊——"

他的声音无比沉重而苍老，仿佛不属于他自己，而是从某个存在的深渊涌了上来。可是，那个声音又好像理解了一切，发现了一切，如此沉静而充满惊奇——终于，在漫长的彷徨之后，找寻到了倾诉的窗口。老人卸下沉重的心防，开始讲述那过于漫长的故事。

"没错……"

他说。

"那是一段漫长的……好像梦一样的故事……不，那就是一个，梦的故事……"

初版后记

这部作品从《SF杂志》的一九六五年二月号开始连载，一共持续十回，连载到了十一月号。

每次做长篇连载，我总在动笔之后，才发现自己准备不足，暗道糟糕。然而开弓之箭无法回头，只能整日被截稿日咄咄相逼，落得个狼狈不堪的下场。这里面有苦也有乐，倒不失为一种况味。

然而，创作这部作品时，情况有些奇怪。我越写，情绪就越低落，写到第四、五章，甚至产生了放弃连载的念头。当时身体上也有一些不适，仿佛自身描绘的图景竟让自己无法忍受，产生了自发中毒的奇怪症状。那段时间的不适也对我的工作造成了极大压力。连载至中间，主题开始无限扩散时，我需要用到许多"心力"，才能牢牢控制住那种扩散。但是一如众人所知，心力往往需要由体力支撑。

结果，我便靠着酗酒与几个好友的激励继续创作下去了。当我写完最后一回那一百一十张稿纸的第七十张（当时正值酷暑，又是一九六五年科幻大会召开前夜，我住在东京一个酒店房间里），已然是精力与毅力都消耗殆尽的状态。正好那天有前夜会，几个人相约去喝第二摊，其中有星新一、矢野彻、平井和正、筒井康隆、丰田有恒等人。他们都是相熟的面孔，又一直邀请我前去，于是凌晨两点半左右，我为了透透气，便去跟他们碰头。然而《SF杂志》编辑部的福岛编辑和森编辑一直在我眼前挥之不去，我便一边与大家饮酒聊天，一边继续写作。

回到酒店后，我也写个不停。夏夜眼看着渐渐明亮，我总算写好了最后一行。当我写下"完"字时，已是浑身虚汗，双眼灼痛，手指麻木，肩膀到后脑勺僵硬充血的状态。那一夜真是痛苦，让我不由得感慨，世上肯定没有比之更胜的苦差事了。

虽说如此，当我颓然倒在床上，呆看着夏日的美丽清晨渐渐来临时，心中突然又想将来再写一次这种主题。下次，我一定要加倍慎重，做足充分准备，养好体力与心力，毫无遗漏地写完整个故事。那一刻，我头一次感到，科幻或许是值得全身心投入的、充满价值的工作。

所以，各位可以将这部作品当成下一部作品的草图。下一次，我可能会尝试创作更客观的"小说宇宙史"。人类只会在作品中间短暂登场，但依旧贯穿全篇，由其"意识"充当重要的主人公。真正的主人公将会从原初延伸到遥远不可知的未来，将无限深邃、无限丰饶而又无限复杂的阶段"维系"在一起，同时能量川流不息。这部作品的时间跨度约为十亿年，下一部应该更长，或许会超过二百亿年。我丝毫不认为自己有这样的才能，但至少劲头是有的。只要带着像但丁写《神曲》、巴尔扎克写《人间喜剧》的精神，去创作一部"宇宙戏剧"，或许就能行得通。

牛皮吹得这么响，实际我并未想好何时动笔，何况现在劲头十足，过后说不定完全泄气。毕竟人类在其一万年的历史中，开发出了数量惊人且无比深邃的种种思想，而支配了现代的欧式思考，只是其中的一小部分而已。基督教本身极为独特，并且在某种意义上存在偏颇，显得格外戏剧化，但它同时也极为感性。从古代到现代，再到东方和新大陆的古代文明，仅仅是不加偏见地审视每一种思想，就需要花费很长的时间。更何况，还有现代"科学"这一包含了无尽信息量的殿堂。将这一切与"科学"结合起来，作为人类"意识"的媒介，写成一部"虚构"的故事。如果顺利，那自然是皆大欢喜。但是目前，这让我感到毛骨悚然，连何时能够起步都不太好说。

不管怎么说，我目前只是小心翼翼地把脚尖伸进了这个领域。今后会如何，能否真正走进这个领域展开活动，连我自己都不知晓。反正未来很长，科幻也会越来越热闹，写的人自然会越来越多，就算我一个人不干了，也不会有多少人在意。总而言之，我还是会一点点努力，请各位耐心等待。

最后，我要对创作过程中鼓励过我的人、在《SF杂志》"人气排行"上投了我一票的读者、尽量拖延截稿日等我交稿的杂志编辑部的工作人员，还有一直辛苦解读我的拙劣字迹、进行校阅和排版的人们，还有在我打算中途放弃、逃到别处隐姓埋名时，直到最后都对我报以宽容和信任的《SF杂志》总编福岛正实先生，以及对拙作展开了各种评论的各位同人志参与者和将拙作出版为单行本的早川书房KK，尤其是购买本书、正在阅读这篇《后记》的各位读者（哪怕你们是先翻开后记阅读），表示由衷的感谢。

一九六六年六月二十日

小松左京